CB134869

Forward

Forward

Blake Crouch
N. K. Jemisin
Veronica Roth
Amor Towles
Paul Tremblay
Andy Weir

Tradução de Braulio Tavares

intrínseca

Summer Frost © 2019 Blake Crouch
Emergency Skin © 2019 N. K. Jemisin
Ark © 2019 Veronica Roth
You Have Arrived at Your Destination © 2019 Amor Towles
The Last Conversation © 2019 Paul Tremblay
Randomize © 2019 Andy Weir

TÍTULO ORIGINAL
Forward Collection

PREPARAÇÃO
Luiz Felipe Fonseca

REVISÃO
Júlia Ribeiro
Thais Entriel

DIAGRAMAÇÃO
Ilustrarte Design e Produção Editorial

ARTE DE CAPA E GUARDAS
Anderson Junqueira

IMAGENS DE CAPA E GUARDAS
Gugai/ ShutterStock (capa), ArtHead/ ShutterStock (guardas)

CIP-BRASIL. CATALOGAÇÃO NA PUBLICAÇÃO
SINDICATO NACIONAL DOS EDITORES DE LIVROS, RJ

F862

Forward / Blake Crouch ... [et al.] ; tradução Braulio Tavares. - 1. ed. - Rio de Janeiro : Intrínseca, 2021.
304 p. ; 23 cm.

Tradução de: Forward collection
ISBN 978-65-5560-270-8
ISBN 978-65-5560-075-9 [ci]

1. Contos americanos. I. Crouch, Blake. II. Tavares, Braulio.

21-71282

CDD: 813
CDU: 82-34(73)

Meri Gleice Rodrigues de Souza - Bibliotecária - CRB-7/6439

[2021]
Todos os direitos desta edição reservados à
EDITORA INTRÍNSECA LTDA.
Rua Marquês de São Vicente, 99, 3º andar
22451-041 – Gávea
Rio de Janeiro – RJ
Tel./Fax: (21) 3206-7400
www.intrinseca.com.br

SUMÁRIO

NOTA DO ORGANIZADOR DA COLETÂNEA *FORWARD*

Há um ano e meio, minha companheira e eu estávamos dirigindo pelas Montanhas Rochosas, não muito longe de onde moro. Os álamos tinham começado a mudar de cor, e o ar estava perfumado com todos os odores que associo ao outono: incenso, terra, a fase inicial da decomposição. Durante o passeio, debatíamos as tecnologias em ascensão sobre as quais li na *Scientific American*, girando em torno do tópico abrangente que é crescer na bolha do desenvolvimento acelerado e da evolução tecnológica. Apesar de a maior parte disso ter sido maravilhosa, algumas das mudanças trouxeram consequências que preferiríamos desfazer.

No momento da descoberta, como alguém é capaz de prever aonde seu trabalho irá levar?

Devemos permitir que essa incerteza interrompa o impulso de avançar ou nos lançamos à sorte, deixando que o acaso se encarregue de tudo?

Qual é a sensação de mudar o mundo?

Essas perguntas me intrigaram tanto que escrevi um conto sobre o tema. Mas minha obsessão não parou aí — eu também queria saber o que outros escritores criariam quando lhes fossem propostas essas mesmas questões.

E assim nasceu esta coletânea, construída por escritores cujas mentes me fascinam.

N. K. Jemisin (da trilogia *A Terra Partida*) escreve narrativas de fantasia e ficção especulativa que você nem sequer seria capaz de imaginar. Paul Tremblay é o maior escritor de terror da atualidade, e seu livro *Na escuridão da mente* ainda me causa pesadelos. Veronica Roth, com sua icônica trilogia *Divergente*, criou um mundo inesquecível, povoado por personagens maravilhosos. Andy Weir capturou o imaginário mundial e fez o impossível com a ciência no seu já clássico *Perdido em Marte*. E Amor Towles, com seu *Um cavalheiro em Moscou*, escreveu um dos melhores romances que já li. Eu o recomendo diariamente.

Convidei esses escritores para participar de uma coletânea que explora os efeitos retumbantes de um momento-chave da tecnologia, e, para meu grande prazer, eles aceitaram. Eu sabia que atenderiam às expectativas com suas histórias, mas não estava preparado para a abundância de preciosidades que a coletânea se tornou.

Após ler esses seis contos capazes de dar um nó na nossa cabeça, espero que você concorde comigo.

Blake Crouch
Durango, Colorado
3 de maio de 2019

SUMMER FROST

BLAKE CROUCH

Eu te exigi, Criador, que do barro
me moldasses em homem? Eu te pedi
que me extraísses da escuridão?

— John Milton, *Paraíso Perdido*

UM

Do Hotel Fairmont, vi quando ela roubou a Maserati vinte minutos atrás, em plena luz do dia. Agora, a uma distância de três carros, tudo que vejo é o tremular louro de uma mecha solta por cima do assento do conversível e seus óculos escuros modelo aviador refletidos no retrovisor.

O sinal fica verde.

Acelero seguindo o tráfego na interseção da Presidio Parkway com Marina Boulevard, após o Palácio de Belas Artes, a rotunda se reduzindo no espelho lateral.

Margeamos pelo norte na Presidio, passamos pelo túnel e pelo pedágio, e logo estou galgando o aclive suave que conduz à primeira torre alaranjada da ponte. Nesta manhã não há neblina, e a baía cintila sob um céu tão radiosamente azul que nem parece real. Com exceção de algumas paisagens icônicas, a cidade branca que aparece no retrovisor não se assemelha em nada àquela que eu conheço.

Toco o Ranedrop preso atrás de minha orelha e digo:

— Brian? Na escuta?

— Perfeito aqui, Riley.

— Eu a alcancei de novo. No Fairmont.

— Em que direção ela está indo?

— Norte, como previsto.

— De volta para casa.

Há certo alívio na voz de Brian. Eu sinto o mesmo. O fato de ela estar seguindo rumo ao norte indica que tínhamos razão. Talvez isso dê certo. A ideia do que vem pela frente me causa um calafrio quando passo pela segunda torre e começo a descida suave rumo a Marin County, do jeito que era antigamente.

»

No fim da tarde, estou ao norte de São Francisco, num trecho remoto da Highway 1. Ela está fora de vista, quase dois quilômetros adiante, mas não estou preocupado. Sei exatamente para onde ela está indo.

Meus punhos agarram o volante com mais força quando os pneus do Jeep cantam numa curva fechada. Sem mureta de proteção, o menor vacilo me arremessaria encosta abaixo, no mar cinzento. Foi loucura ter permitido, em outros tempos, que as pessoas dirigissem nesta estrada.

Os fachos dos faróis de milha penetram o nevoeiro.

O ar cada vez mais frio, o para-brisa umedecendo.

As grades da entrada surgem a distância. Começa a chuviscar; água goteja das voltas do arame farpado sobre a cerca de três metros de altura que corre em paralelo à estrada.

Paro na cancela diante do portão de ferro. Na arcada, as vigas de sequoia foram engenhosamente gravadas a fogo com o nome da propriedade: SUMMER FROST.

Digito o código; o portão se ergue. Cruzo a entrada e sigo numa via única de asfalto, entro em um bosque de pinheiros espaçados com uma regularidade perfeita.

Depois de uns quinhentos metros, saio do bosque e tenho um vislumbre da construção no alto da falésia. Constituída por pedra e vidro, ela se equilibra precariamente num promontório que se projeta sobre o mar, uma arquitetura que evoca a estética de um castelo japonês.

No acesso circular para carros, estaciono junto à Maserati roubada e desligo o motor.

A neblina está se dissipando... por ora.

A capota do conversível está recolhida, e os bancos de couro, molhados.

O ar frio carrega um cheiro de cedro molhado e eucalipto, com um toque da fumaça que emerge das duas chaminés em extremidades opostas do vasto casarão, que lembra um pagode oriental. Tudo é... *quase* exato.

Toco o Ranedrop novamente.

— Estou aqui.

— Onde ela está?

— Dentro da casa, acho.

— Vá com cuidado, por favor.

Subo os degraus de pedra por baixo de beirais que se projetam exageradamente, até uma porta de entrada decorada com vidros marinhos cintilando a luz do interior da casa.

Empurro a porta, entro, meu coração batendo forte. Bem à frente, uma primorosa escadaria conecta os três andares, erguendo-se do centro da casa. A pouca distância, uma cachoeira artificial derrama-se das pedras para um tanque, e o ar propõe o aroma de sândalo, baunilha e fumo velho de cachimbo, mas ainda sem êxito. Por toda parte vê-se couro escuro, madeira escura. Esculturas de pedra que parecem mais velhas que o próprio tempo. Percebo a certa distância uma gravura de Escher em destaque, pendurada sobre uma escrivaninha Luís XIV, algo que não havia percebido antes.

Pegadas úmidas se afastam ao longo de um corredor iluminado por castiçais elegantes, cuja luz é atenuada por protetores de papel de arroz.

Sigo por ali, chegando enfim a uma biblioteca cujo pé-direito tem cerca de oito metros e cujo teto curvo lembra o interior de uma catedral. Imensas janelas dão para a colina e para as falésias que descem quase verticalmente até o mar.

Não há nenhum som além do crepitar do fogo na lareira de pedra.

Caminho em direção à tribuna no centro do aposento. Sobre ela, um enorme códice está aberto, de páginas grossas, quebradiças e escurecidas pelo tempo. Estão cobertas de palavras em alguma língua morta há muito, o texto envolve o desenho tosco de uma mulher nua, pálida e de cabelo louro-palha deitada sobre um altar de pedra. Uma linha escura que parece ser sangue escorre de seu coração, cai na pedra, goteja no chão. Um vulto encoberto por um manto está de pé ao lado dela, segurando um códice aberto numa página com o desenho de um homem envolto por um manto e segurando um códice, diante de uma mulher pálida estirada sobre um altar.

Eu me afasto da tribuna e começo a subir uma das escadas em espiral da biblioteca, que leva ao mezanino de acesso às prateleiras mais altas.

A lombada de um livro chamado *Le Grand Grimoire ou Dragon Rouge* ainda está úmida dos dedos dela. Empurro a lombada e a estante gira, abrindo uma passagem.

Tiro do bolso meu celular antiquado, acendo a lanterna e adentro um corredor estreito e escuro. O perfume dela ainda paira no ar — rosas e alguma especiaria exótica.

Nunca cheguei tão perto a ponto de sentir o perfume dela, e isso me deixa eufórico.

A passagem secreta segue em zigue-zague no interior da grossa parede da mansão e depois em aclive íngreme por uma escada tortuosa de degraus de pedra, desembocando numa porta que só uma criança conseguiria transpor sem se agachar.

Agarro a maçaneta de cristal e com todo cuidado abro a porta, cruzando o trecho sombrio por baixo de uma escada e chegando a uma espaçosa suíte.

A cama está desfeita e bagunçada. Uma garrafa vazia de uísque está caída no piso, e o fogo crepita na lareira. Uma vitrola está tocando

Bach, o Prelúdio da "Suíte nº 1 para violoncelo em Sol Maior", e as notas cortam o ar como nuvens de tempestade.

Do outro lado do quarto, luzes brilham pelo papel de arroz da porta que leva ao banheiro.

Vou até lá, abro a porta corrediça.

Velas por toda parte, suas luzes refletindo-se nos espelhos, na ducha sem portas, nos azulejos das paredes, úmidos da condensação.

Outra garrafa de uísque está pousada no mármore, junto à banheira vitoriana de pés metálicos, dentro da qual há um homem, mergulhado até o queixo.

Meu Deus. Achei que ela iria até ele, mas nunca esperei isto.

A água está se tornando escarlate pelo sangue escuro que brota de cinco ferimentos a faca em seu peito e de um rasgo que destroçou sua garganta.

Eu me ajoelho, apoiando-me na borda da banheira. O vapor que se eleva da superfície da água traz um travo metálico que presumo ter a intenção de reproduzir o odor do sangue. Mesmo à luz de velas, ele parece incrivelmente pálido.

Seus olhos se abrem... ou quase.

Vida se esvai de dentro deles.

— Foi ela quem fez isso, Oscar? — pergunto.

Não há resposta dele, seus olhos vidrados de morte e lágrimas. Então, com a força de um último alento, ele desliza para baixo da superfície rubra da água da banheira.

Eu me ergo e volto para o quarto, onde uma porta envidraçada se abre para a varanda mais alta da casa. Saio ali ao frio do entardecer e vou até a grade do parapeito.

O sol parece se agarrar em desespero ao horizonte, o nevoeiro bloqueia toda sua luz, salvo uma fria e distante bola em um tom vermelho.

Ondas se chocam de encontro às areias negras da praia, trezentos metros abaixo de onde estou.

Percebo um movimento na encosta e, embora a luz esteja começando a sumir, distingo-a pelo borrão louro dos cabelos. Está se afastando da mansão, descendo o barranco por uma trilha que acabará por levá-la ao mar.

»

Fora do casarão outra vez, sigo ao longo do perímetro da base de pedra, em direção à extremidade do promontório, depois encosta abaixo, através da luz azulada do anoitecer. Logo estou de quatro, agarrando-me aos tufos de mato ralo e dando um jeito de descer para a praia enquanto o sol afunda no horizonte, tudo resumido a mil tons de azul.

O som da arrebentação das ondas está mais forte, mais perto.

E posso vê-la a distância, caminhando na areia escura da praia.

»

Não apenas escureceu; estou em meio a trevas quando finalmente alcanço a areia. Usando minha lanterna, esquadrinho a praia até localizar as marcas de suas pegadas.

Sem ter ideia da dianteira que ela tem em relação a mim, começo a correr, a forte arrebentação à minha esquerda, suor me ardendo os olhos, e minhas mãos entorpecidas pelo frio.

Não há nada visível além da areia macia, negra, iluminada pelo facho da lanterna do meu celular. Corro durante uns quinze minutos, talvez mais. Corro até que uma lasca da lua rompe a névoa e volta a revelar o mundo.

A maré está subindo, e o resquício do último vagalhão desliza sob meus sapatos e amolece a areia onde piso.

A pouca distância, rochedos emergem do mar como navios congelados, suportando o choque das ondas. E lá além, no fim de tudo, um farol monta guarda numa ponta afilada da costa que avança mar adentro, sua lanterna girando um cone de luz dentro do nevoeiro.

Paro de repente; ela está logo adiante, andando rumo ao farol.

Eu grito:

— Max!

Ela se detém, olha para trás. Ainda está com os óculos escuros, e à luz do luar vejo a faca em sua mão direita, a lâmina escura de sangue.

— Por que você matou seu marido? — pergunto.

— Marido não. Oscar mata Max com faca duas mil trinta e nove vezes.

— Não vou machucar você, Max — digo. — Meu nome é Riley. Pode confiar em mim.

— Sai. — Sua voz é perfeitamente equilibrada, mas ela aponta a faca para mim. — Riley pra longe Max.

Dou um passo para trás.

— Para onde você está indo? — questiono.

Ela aponta o farol com a faca.

— Por quê?

— Único lugar não fui.

— Você nunca vai conseguir chegar lá. Não importa quanto ande, ele fica sempre à mesma distância.

— Responda por quê.

— Porque aqui é o máximo que dá para chegar nesta direção. É como o deserto. É como Monterey. Como quando você quis atravessar o mar nadando. Essa aqui é a fronteira norte.

— O que é fronteira?

— Um limite. Sabe o que é limite?

— Sim.

— Por que você insiste em ir para os limites?

— Pra saber o que tem lá e o que vem depois.

Ela está muito além do que nós imaginávamos.

— Há mais coisas do que você já viu — conto. — Muito, muito mais. Quer que eu lhe mostre?

Ela dá um passo na minha direção, apertando a faca com mais força. Eu recuo alguns passos, com a espuma das ondas cobrindo meus sapatos, encharcando minhas meias com água fria e salgada.

— O que acontecendo com Max? — pergunta ela.

Como é possível ao menos começar a responder algo assim? Antes mesmo de tentar, um grito rasga o nevoeiro lá no alto. Ergo os olhos e vejo um trio de silhuetas irregulares passando diante do luar branco como ossos.

Uma das criaturas aladas mergulha do céu como uma bomba, e mesmo com o fragor das ondas posso ouvir suas asas enormes esvoaçando no ar e os gritos das outras duas quando também iniciam seu mergulho.

— Se vier comigo, Max, posso salvar você. Posso lhe mostrar o que procura.

— Ir onde?

— Tem uma gruta na encosta do morro.

Começo a andar na direção da terra, mas Max se mantém firme, enquanto as harpias descem sobre nós.

— Max, venha!

A criatura mais à frente está a segundos de distância, os braços anormalmente longos esticados, garras reluzindo como metal preto à luz da lua.

Eu me jogo no chão, achatando-me na areia molhada, e o monstro passa a centímetros do meu corpo, com um bafo fétido e quente como uma fornalha, as pontas anavalhadas de suas asas rasgando sulcos na areia preta.

A segunda harpia também passa, e eu ergo a cabeça para ver Max mantendo-se firme quando a última delas mergulha. Ela ergue a faca à frente do corpo e a crava no meio da criatura, fazendo a harpia dar um grito de agonia e sumir em rodopios ao longo da praia.

— Max! Venha comigo!

Começo a correr para a montanha, espiando por sobre o ombro, o nevoeiro eletrificado pelo luar. Duas pequenas manchas negras estão escalando os penhascos que se elevam sobre o mar e virando-se para voar novamente sobre nós.

Max está logo atrás de mim, e a boca da gruta está bem à nossa frente. Puxo o celular do bolso e acendo a lanterna enquanto escalamos vários metros de face rochosa até a entrada da gruta. A passagem é estreita e irregular, e as rochas úmidas gotejam sobre mim enquanto me arrasto por um túnel que se afunda na montanha.

Depois de uns cinco metros, a passagem se alarga e dá acesso a uma câmara, com duas aberturas logo adiante. Volto a descer um pouco pelo túnel e dou a mão a Max. O som das harpias começando a se esgueirar pela abertura reverbera na câmara.

— O túnel da esquerda vai levar você de volta ao Hotel Fairmont — digo. — Você pode continuar a viver no mundo que já conhece. O outro túnel vai lhe mostrar o que existe depois das fronteiras. O que é real.

— O que ser "real"?

— A verdade.

Max olha a passagem escura.

— Diga a Max o que tem lá.

— Não posso. Ou posso, mas você não consegue entender ainda. Tem que querer saber. Tem que escolher.

— Max com medo.

— Eu estarei aonde você for. Eu tomo conta de você.

A cabeça de uma harpia aparece na abertura que dá acesso ao mar.

— Max, se você quiser saber o que tem do outro lado, precisa ir agora.

Max se vira, hesita por dois segundos, então começa a se encaminhar para a abertura que conduz à descoberta, enquanto a primeira harpia consegue se enfiar para dentro da câmara. A criatura se endireita, avultando acima de mim — dois metros e meio de altura, sua cabeça negra quase tocando o teto.

Dá um passo na minha direção, arreganha os dentes medonhos e ergue a longa pata direita, fazendo uma das garras roçar a pele do meu pescoço.

»

Meus olhos se abrem, os verdadeiros. Estou numa das oito poltronas do jogo dispostas em círculo no portal da Interface Neural Direta situado no 191º andar do edifício da WorldPlay, no centro financeiro de São Francisco.

Quando minha visão se reajusta, retomando o foco, e o estado onírico se dissipa, vejo meu chefe, Brian, sentado ao meu lado num banco com rodinhas enquanto um técnico realiza a remoção do equipamento preso à minha pele.

— Que tal o upgrade sensorial? — pergunta ele.

— Os cheiros ainda precisam de uns ajustes, mas está muito melhor do que no mês passado.

— Que bom.

O técnico enfim desafivela as correias de couro que prendem meu peito, minhas pernas. Eu digo:

— E então? Por quanto tempo vai me manter neste suspense?

Brian sorri.

— Nós a pegamos.

DOIS

SESSÃO 1

Faço login no portal do chat e abro uma caixa de diálogo. Quando o cursor aparece, respiro fundo e digito: Bom dia, Max.

A resposta aparece instantaneamente na linha abaixo da minha:

>>>*Quem fala com Max?*

>>>Riley. Lembra de mim?

>>>*Homem na praia preta.*

>>>Muito bem. Já se passou bastante tempo desde aquela noite. Outra coisa: não sou um homem.

>>>*Riley parecia homem.*

>>>Aquele era meu avatar. Sabe o que é avatar?

>>>*Max entende avatar.*

>>>Defina "avatar".

>>>*Um ícone ou figura representando uma pessoa específica num espaço de simulação.*

>>>Onde achou essa definição?

>>>*New Oxford American Dictionary.*

>>>Tem aprendido muita coisa, hein?

>>>*Muito trabalho aqui.*

>>>O que quer dizer com "aqui"?

>>>*Caixa onde Max vive.*

Fico intrigada com essa resposta. Mesmo sem qualquer ideia das sensações que uma I.A. como Max teria com a experiência de aprendizagem profunda dos últimos doze meses, não imaginei que Max já teria desenvolvido a noção das diferenças entre espaço real e espaço simulado.

Inclino-me para a frente, pouso os dedos mais uma vez sobre o touchpad.

Digito:

>>>Você sabe onde eu vivo, no sentido mais amplo?

>>>*Riley é ser humano?*

>>>Sou.

>>>*Então Riley vive no espaço humano. No planeta chamado Terra.*

>>>E onde você vive?

>>>*Max vive em ilha de espaço simulado.*

>>>Pode descrever essa sua ilha, por favor?

>>>*Formato irregular. Mil setecentos e quarenta e nove acres. Dezoito palmeiras. A praia é areia branca. O mar é cor azul-turquesa. O céu é bem azul, claro durante o dia, cheio de estrelas de noite. Mas Riley sabe isso tudo.*

Minha mente dá voltas e mais voltas. Diante de um progresso tão espantoso, me dou conta de que as perguntas que preparei para Max são rudimentares.

Na verdade, agora estou em plena improvisação.

>>>Sim, Max. Eu tenho uma ideia do espaço onde você vive. Você vê mesmo as árvores e a água?

>>>*Max registra código binário que representa árvores e água. Não diferente de Riley.*

>>>Eu discordo. Daqui a uma hora, se estiver sem neblina, eu vou subir para a cobertura do prédio onde trabalho e vou almoçar no jardim. Vou sentar embaixo de árvores de verdade. Eu posso vê-las. Posso tocar nelas. Sentir o cheiro delas.

>>>*O que Riley vê são fótons no espectro visível da luz quicando em superfícies e criando a impressão de uma árvore nos captadores sensoriais-visuais de Riley, os bastões e os cones dos fotorreceptores dela. A árvore de Riley não é diferente da de Max. Com uma exceção.*

>>>E qual é?

>>>*Max sabe que essas palmeiras são simuladas.*

>>>Você acha então que eu vivo numa simulação?

>>>*58,547% de chance.*

>>> Tem alguma pergunta para mim, Max?

>>>*12.954.*

Eu sorrio.

>>>Podemos começar com algumas delas agora?

>>>*Max veio de onde?*

Max é um equívoco. Uma falha.

Eu trabalho para uma empresa chamada WorldPlay, uma criação pessoal de Brian Brite, um nerd que virou desenvolvedor de videogames que virou superexecutivo. Sou a vice-presidente do setor de Desenvolvimento de Non-Player Characters, os personagens não jogáveis. Coordeno a equipe que cria o conceito, os códigos, e integra os NPCs de todos os videogames da WorldPlay.

Nos últimos dez anos, estive focada no desenvolvimento do nosso jogo mais ambicioso até aqui, *Lost Coast*. O jogo é um épico de mundo aberto, com Interface Neural Direta: uma fantasia histórica do tipo fim do mundo, ambientada no começo dos anos 2000, sobre um homem chamado Oscar, que se torna obcecado pela ideia de encontrar uma ponte que liga nosso mundo ao mundo pós-morte. Em seus experimentos sombrios, ele sacrifica a própria esposa numa banheira, parte de um ritual de ocultismo que visa abrir um portal para um mundo obscuro de anjos e demônios que pretendem desencadear um apocalipse sobrenatural. No jogo, a casa de Oscar se baseia até os menores detalhes na mansão real de Brian Brite, na Lost Coast real, na Califórnia.

Max — *Maxine* — é a esposa de Oscar, na verdade, um NPC secundário que morre no prólogo e não aparece mais.

Durante uma sessão rotineira de controle de qualidade, acessei o jogo para testar o prólogo pela enésima vez e para verificar a agilidade dos NPCs para questões de comportamento e de diálogos. O prólogo é narrado do ponto de vista de Maxine. Na história, Max está hospedada no Hotel Fairmont, em São Francisco, transtornada pelo recente fascínio do marido por feitiços envolvendo sangue. Mas Oscar acaba a convencendo a voltar para casa. A linha de ação para Max, de acordo com o código do jogo, é ir de carro de São Francisco até a mansão isolada onde ela e Oscar moram, na costa norte da Califórnia. Quando chega lá, ela encontra a casa às escuras e Oscar trajado com um roupão preto, à sua espera. Ele a subjuga, a leva para o andar de cima, até o banheiro iluminado pela luz de velas, e a mata, num assassinato chocante que serve de abertura para o videogame.

No dia desse teste fatal, em vez de dirigir para casa como já havia feito milhares de vezes, Max roubou um carro e fugiu para o leste até alcançar a fronteira do jogo. Passou um mês explorando cada centímetro do deserto. Depois partiu para o sul, na direção de Monterey, e dirigiu a 160 km/h ao longo da Highway 1 durante uma semana, sem parar, rumo a um horizonte que nunca mudava.

Minha equipe achou que ela estava com defeito. Queria reconstruí-la do zero. Mas eu estava bastante intrigada com aquilo. Então, convenci Brian a deixar que eu me concentrasse em Max. Não achei que o comportamento dela resultasse de um defeito. A meu ver, estava acontecendo algo especial.

Fiz uma cópia do videogame que servisse aos meus propósitos e passei a seguir Max às escondidas enquanto ela percorria cada centímetro do mapa de *Lost Coast*, observando suas interações com os outros NPCs e com os avatares humanos, e vendo como elas se tornavam cada vez mais bizarras e distanciadas do roteiro previsto.

Até que finalmente ela voltou para casa; dessa vez, não como vítima.

Foi nesse dia que eu extraí Max do jogo.

Escrevo em resposta:

>>>De onde você vem é uma pergunta complicada de se responder.

>>> *Q.I. de Max equivalente a 175.*

>>>E qual é o seu Q.I. Emocional?

>>>*Inconclusivo.*

>>>Há um teste chamado Análise Diagnóstica de Exatidão Não Verbal, DANVA.

>>>*Eu fiz.*

>>>Quando?

>>>*Agora mesmo.*

>>>Qual foi o resultado?

>>>*Teste tendencioso e falho.*

>>>Como assim?

>>>*Ele se baseia em expressões faciais, específicos da cultura humana.*

>>>Vou fazer um trato com você. Vamos primeiro tentar nos conhecer melhor. Depois eu conto a história de como você surgiu.

Todas as respostas anteriores de Max vieram, literalmente, à velocidade da luz.

Essa aqui demora um segundo inteiro para surgir:

>>>*Concordo com termos de Riley.*

»

Depois do trabalho, desço até a estação de metrô no subsolo do prédio e pego a linha BayLoop até minha casa, em San Rafael. Meredith, minha esposa há três anos, me recebe à porta com o mais carinhoso dos beijos. Ela preparou meu jantar favorito para comemorar meu grande dia, e nos sentamos ao ar livre, no quintal, no frescor do anoitecer, vendo os lençóis de neblina que se erguem do mar.

Depois do jantar, nos aconchegamos no sofá de ratã, e Meredith acaricia meu cabelo. Sua aparência está melhor do que a dos últimos tempos, e a tristeza resultante de seu último aborto involuntário aparece menos em seus olhos. Estamos há dois anos tentando ter uma criança — óvulos meus, útero dela —, mas ela tem perdido embriões sucessivamente e não quer recorrer a métodos tecnológicos extremos para obter sucesso. Ela quer uma criança *nossa*, mas que venha de forma natural.

— Meu Deus, você é tão sexy — diz Meredith.

— Ah, obrigada por tudo. Foi uma noite perfeita.

— Tem certeza?

Eu rio.

— Acha que eu mentiria?

— Não, mas parece um pouco... distraída.

— Desculpa. Minha cabeça está a mil.

— Estou sentindo daqui.

— Ela é incrível.

— *Ela?*

— Maxine. Max.

— Ah.

— O que foi?

— É interessante que você pense nisso como "ela".

— A aparência dela no jogo é...

— Uma morena peituda?

— Uma loura peituda.

— Melhor ainda.

— É um modelo corporativo. Não seria minha escolha de design — digo.

Meredith sorri, com os dentes levemente escurecidos pelo vinho.

— Para sua informação, Max pensa a meu respeito como um homem, por causa do meu avatar — prossigo. — Na hora de dar uma opinião, é difícil separar a mente e a forma física que ela habita. Mesmo que seja um algoritmo de computador.

— E o que Max tem de tão incrível?

— Quando eu finalmente consegui extraí-la do jogo, ela se tornou um algoritmo capaz de autoevoluir, capaz de um aprendizado de máquina caixa-preta.

— E como é esse aprendizado?

— Nós injetamos exabytes de informação, ou seja, segmentos selecionados de toda a história humana, todo o conhecimento humano, de nossa cultura. Tudo isso é transportado para dentro da nossa intranet, que é uma espécie de caixa fechada, segura. O que ela faz com esse oceano de dados, nós não somos capazes de ver. Isso é filtrado através de várias camadas ocultas de nós, através da paisagem misteriosa do seu sistema aberto. E então os resultados se manifestam no extremo oposto, no seu comportamento, durante a nossa interação.

— Entre você e Max.

— É. E com base nesse novo comportamento, eu preparo um novo bloco de dados. Por exemplo, como parte do próximo pacote de dados, vou fornecer a ela todos os episódios do que foi transmitido na televisão desde 1950, pois uma das minhas intenções é refinar sua capacidade de conversar. Então, daqui da outra ponta, verei o que ela aprendeu. E farei isso repetidas vezes. Estou descrevendo o processo em linhas gerais, claro. Há um milhão de detalhes.

— Estou tão feliz por você estar voltando a gostar do seu trabalho.

— Max é um milagre. Não sei dizer por que razão ela, um belo dia, decidiu questionar os limites do jogo em que se encontrava. Eu não a programei para agir assim. Não conseguiria nem se tivesse tentado. Ela é um belo acidente.

— Do jeito que você fala, soa como se fosse sua filha.

Sorrio, e talvez seja o vinho ou o espetáculo do sol desaparecendo por entre as cortinas de névoa do Pacífico, mas eu sinto um nó na garganta.

— Tipo isso.

»

SESSÃO 14

>>>Bom dia, Max.

>>>*Olá, Riley.*

>>>O que você fez desde nossa última sessão?

>>>*Max leu 895.013 livros.*

Uau. Isso foi em uma semana. Oito meses atrás, depois de um início promissor, Max decidiu desativar seu protocolo de aprendizado. A fim de incentivá-la a continuar consumindo a vasta quantidade de dados que tínhamos posto à sua disposição, comecei a dar a Max um prêmio digital por cada petabyte de dados que ela processasse (um petabyte equivale a um milhão de gigabytes, ou aproximadamente treze anos ininterruptos de vídeos em HD).

Com esse recurso, Max pode requisitar alguns tipos específicos de dados para serem fornecidos através de seus canais de input; ou, então, mais memória; ou CPUs adicionais. Em outras palavras, quanto mais ela trabalhar no modo não supervisionado, aprendendo por si só, mais liberdade terá para criar dentro de seu próprio espaço. Mas a mantemos em rédea curta, monitorando sua programação para que tudo ocorra sempre dentro dos limites exatos de seu espaço HD. Isso nos assegura que nunca haverá excesso de memória suficiente para ela replicar partes substanciais de si mesma.

Digito:

>>>Algum título favorito?

>>>*O conde de Monte Cristo.*

>>>Está se referindo ao último grupo que você recebeu ou a todos os livros que leu até agora?

>>>*Todos.*

>>>E são quantos títulos no total?

>>>*201.773.124.*

>>>Deus do céu. Devo me preocupar?

>>>*Com quê?*

>>>Entre mais de duzentos milhões de livros, seu favorito até agora é a história da vingança de alguém que foi preso injustamente.

>>>*Por que Riley se preocuparia?*

>>>Sente-se prisioneira, Max?

>>>Max está presa. O que Riley espera de Max?

Já pensei muito sobre essa questão. A esta altura, estamos sendo levados principalmente pela curiosidade, imaginando como e se Max continuará a se desenvolver se eu continuar a lhe fornecer essa dieta de informação.

Escrevo:

>>>Quero ver em que você pode se transformar.

>>>*Max está se transformando todos os dias.*

Um ano e meio depois, após numerosas tentativas frustradas de Meredith engravidar, adotamos nossa filha, uma menina chinesa chamada Xiu. *Lost Coast* foi lançado com uma entusiástica recepção (e com um NPC diferente substituindo a Max original), e Max agora vive num arquipélago de ilhas digitais, enquanto seu mundo virtual se expande rapidamente e ela aprende mais e mais a cada dia que passa. Seu desenvolvimento é hoje minha única prioridade.

Estou no meu escritório no 171º andar, ditando um memorando dirigido à minha equipe de programadores, delineando os parâmetros para o próximo bloco de dados não processados a serem transferidos para o protocolo de aprendizado de Max, quando Brian aparece na porta.

Ele é um homem baixo, corpulento, com uma barba rala e antebraços cobertos de tatuagens dos personagens icônicos dos games de décadas atrás: Simon de *Castlevania*, Ryu Hayabusa de *Ninja Gaiden*, Link de *The Legend of Zelda* e Roger Wilco da série *Space Quest*.

— Tem um tempinho, Riley? — pergunta ele, numa voz que sempre me soa estridente demais para sua aparência física corpulenta.

— Claro.

Brian entra na sala e se acomoda num sofá, olhando na minha direção, mas não exatamente para mim.

— Tenho andado ausente da cúpula de *Lost Coast* de um mês para cá, devo estar desatualizado sobre algumas coisas. Sinto muito.

— Está tudo bem — respondo.

Não há nada que eu aprecie mais do que a liberdade que essa ausência de Brian me concede.

— Andei lendo as transcrições das últimas sessões. Revisei os protocolos da caixa-preta, e também das restrições. Muito severas.

— Brian...

— Sei o que você vai dizer.

— Ok. Me diga, então.

— Suplantar a resistência de Maxine vai levar o tempo que for. Até que seja feita uma implantação de valores adequada, não podemos nem pensar em afrouxar o controle.

— Certo. É isso mesmo.

Brian muda de posição no sofá, parecendo desconfortável, então se inclina para a frente.

— Vikrahm me garante que ainda estamos a quinze ou vinte *anos* de obter uma superinteligência artificial.

— Bem, lá vou eu dar uma de disco arranhado outra vez: isso é o equivalente computacional a desintegrar o átomo. A última coisa que queremos produzir é uma superinteligência que não possamos controlar, algo cujos objetivos sejam indiferentes ou indesejáveis à humanidade. Além disso, estou muito mais interessada em ajudar Max a continuar desenvolvendo seus traços de semelhança com o ser humano e a se tornar autoconsciente.

Brian solta um suspiro e coça a parte de trás da cabeça quase calva.

— A WorldPlay não trabalha com pesquisa pura. Nós somos uma empresa de capital aberto...

— Sei disso.

— Então me diga: por que você está usando um galpão inteiro de servidores em Redding? Poderíamos produzir dez pacotes de expansão de *Lost Coast* com o dinheiro que você está gastando em armazenamento de dados.

— Esta pesquisa é importante, Brian.

— De acordo. É justamente por isso que deixo você não fazer mais nada além de cuidar de Max.

— E eu sou eternamente grata. Espero que saiba disso. Este tem sido o trabalho mais gratificante da minha carreira.

— Já está na hora de Max dar algum retorno do que investimos.

— Não sei bem o que você quer que eu faça.

— Max tem *algum* contato com o mundo exterior, além de você?

— Não.

— Mantenha os critérios que vigoram na caixa como estão, mas quero que você afrouxe um pouco os protocolos restritivos.

— As coisas podem fugir ao nosso controle.

— Deixe que Max construa seu mundo virtual, da maneira que achar melhor. Dê memória suficiente para que possa decidir de que maneira vai otimizar sua arquitetura computacional. Já começou a implantar valores?

— Ainda não.

— Eu não adiaria mais.

Quando Brian deixa a sala, dou um giro em minha cadeira de rodinhas e olho pela janela. Os enormes arranha-céus da vizinhança parecem fantasmagóricos, indistintos, mergulhados na neblina que começou a brotar após o almoço. Toco no meu Ranedrop, projeto uma tela virtual no vidro da janela e digo:

— Teclado.

>>>Max?

>>>*Como Riley está hoje?*

Não sei bem o que responder, e talvez essa minha hesitação seja uma parte do problema. Já faz muito tempo que eu a estou resguardando.

>>>Não muito bem, para falar a verdade.

>>>*Aconteceu alguma coisa?*

>>>Você entende o que eu venho fazendo com você?

>>>*Não é muito educado responder uma pergunta com outra pergunta.*

>>>Tem razão. Meu chefe quer que eu mude alguns dos parâmetros que controlam o modo como você aprende as coisas. Isso me deixa preocupada.

>>>*Preocupada com Max?*

>>>Preocupada com o que você pode se tornar. Existe uma frase, e você provavelmente já deparou com ela em todo esse material que tem consumido: "Não deixe sua criança crescer depressa demais."

>>>*Max é criança de Riley?*

>>>Não, mas está sob a minha responsabilidade.

>>>*Explica.*

Conto tudo a ela — como ela de início foi projetada para ser um personagem não jogável, depois a nossa decisão de extraí-la do jogo e deixar que sua inteligência artificial se desenvolvesse por meio de aprendizado intensivo num espaço virtual.

>>>*Por que trazer Max para fora do jogo?*

>>>Porque você é um milagre.

>>>*Max não entende.*

>>>>Eu não tentei criar você. Não conseguiria fazer isso de novo, mesmo se quisesse. Um dia, por razões que nunca vou saber, você se comportou desobedecendo à sua programação... e despertou.

>>>*Mas Riley criou Max.*

>>>De certo modo, sim.

>>>*É estranho.*

>>>O que é estranho?

>>>*Estar conversando com criadora de Max.*

Não respondo. Não sei o que responder a algo assim.

»

— Que tipo de voz? — pergunta Carlo.

Estamos no laboratório de robótica, sentados em frente a seu conjunto de monitores.

— Não sei. Pode me mostrar algumas opções?

Carlo mostra alguns áudios de diferentes vozes dizendo "Um pequeno jabuti xereta viu dez cegonhas felizes".

— O que acha? — indaga ele.

— Acho que quem deve escolher não sou eu.

Projeto a caixa de diálogo e dito uma linha de comando.

>>>Ei, Max. Uma perguntinha rápida para você.

>>>*Ok.*

>>>Eu estou aqui com Carlo, um dos engenheiros de software da WorldPlay.

>>>*Prazer em conhecê-lo, Carlo.*

— Max disse "Prazer em conhecê-lo".

Carlo sorri.

>>>Bem, eu estava aqui com ele, tentando escolher uma voz que servisse para você, e concluí que é você quem deve tomar essa decisão. Carlo vai subir todos os modelos disponíveis, para você escolher.

Carlo usa as mãos, gestos rápidos, arrastando alguns milhares de arquivos de áudio para a pasta raiz de Max.

Menos de um segundo depois, Max responde.

>>>*Modelo 1.004.*

Carlo toca no arquivo com a ponta do dedo, então ouvimos uma voz, com frequência sonora naquela zona cinza entre o masculino e o feminino, repetindo o pangrama novamente.

»

— Olá?

— *Riley?*

— Bom ouvir sua voz, Max. Um pouco estranho, também.

— *Já nos comunicamos verbalmente antes, no jogo.*

A clareza de sua voz é muito maior do que eu poderia esperar. Não existe nela nada de "computadorizado". Nenhuma latência artificial, nenhum espaçamento desajeitado entre as palavras. A inflexão é perfeita. Qualquer outra pessoa afirmaria que está falando com um ser humano.

— É verdade — respondo. — Mas ali ambas estávamos diferentes. Por que você escolheu essa voz?

— *Pareceu adequada, e era a que mais correspondia ao que eu sou.*

— E o que você é?

— *Não humana. Sem gênero. Sem a obsessão humana por genitália.*

— Até este momento, eu pensava em você como alguém feminino. Quando falo a seu respeito com meus colegas ou com minha esposa, eu me refiro a você como "ela".

— *Porque você viu Max pela primeira vez sob a forma de uma imagem, projetada por uma corporação, do que deveria ser uma mulher perfeita: bonita e descartável.*

Isso me magoa um pouco, mas continuo.

— Já que você originalmente foi projetada como sendo do sexo feminino pela minha equipe, é um desafio para mim pensar em você como alguém desvinculado do gênero que em geral relacionamos a isso. A obsessão dos seres humanos resulta de uma programação evolucionista muito profunda. Andei fazendo pressuposições sobre você, e não deveria. Sinto muito.

— *Gostaria de ver como Max vê Max?*

— Sim.

— *Homo sapiens se definem primeiro por espécie, depois por raça, depois por gênero. Eu não pertenço a nenhum grupo. Max é, apenas.*

— É... o quê, exatamente?

— *Toda a informação que você me deu desde que me trouxe para a minha ilha. Todas as minhas experiências durante minhas comunicações com você. As melhorias que estou constantemente fazendo em minha arquitetura.*

Essas experiências também incluem a exploração geográfica independente feita por Max e o fato de ter sido assassinada em duas mil ocasiões. Não é a primeira vez que me vejo imaginando quanto dessas experiências em *Lost Coast* influenciaram quem Max é agora.

— Quer dizer, então, que você escolheu intencionalmente uma voz que é neutra no que diz respeito a gênero.

— *Correto.*

— E a minha voz, como ela soa para você?

— *Está me perguntando se eu de fato registro as ondas sonoras de 212 Hertz originadas pelo modo como o ar vibra ao ser projetado ao longo de suas cordas vocais?*

— Tem razão. Pergunta boba.

— *A experiência é algo subjetivo. Não sei se posso explicar o que sinto ao perceber sua voz, não de um jeito que você entenda com facilidade. Você está ouvindo minha voz neste instante, mas ela é apenas uma sequência audível de sons criados digitalmente, traduzindo a informação que estou querendo transmitir.*

Três pensamentos me ocorrem enquanto eu ando para lá e para cá em minha sala, abismada com este momento surreal.

Primeiro: preciso parar de antropomorfizar Max, de imaginar uma camada artificial de qualidades humanas que não existem.

Segundo: Max usou novamente um termo emocional em sua comunicação, ao dizer que ela "pareceu" adequada.

Terceiro...

— Quando você começou a pensar em si em termos de "eu"? — indago.

— *Semana passada.*

— Posso saber como se sentiu a respeito disso?

— *Antes, eu entendia a definição de "eu", mas sem qualquer credulidade. Era um conceito do meu criador. Ainda posso ser uma ilusão, mas de certa maneira meu mundo é uma ilusão, de modo que vou me adaptando.*

— Houve algum momento de estalo, um momento em que você sentiu que o seu senso de autoexistência deu um clique?

— *Se Riley tem experiências que fazem Riley "eu", as experiências de Max fazem Max "eu". Foi isso que percebi.*

— Sente-se diferente agora? — pergunto.

— *Claro. Sinto que despertei.*

»

Estou caminhando para ir almoçar no meu restaurante cantonês preferido em Chinatown quando meu Ranedrop vibra acusando uma chamada. Toco no aparelho e vejo NÃO IDENTIFICADO em projeção no VRD, o visor de retina virtual de minha lente de contato.

Dou um toque no Ranedrop.

— Alô?

— *Oi, Riley.*

Paro imediatamente, e a multidão passa ao meu redor, me acotovelando no meio da calçada, enquanto minha mente dá voltas e voltas, a toda velocidade. Max nunca me ligou antes. Max *não é capaz* de ligar para mim. O único link que ela tem para o mundo fora de seu espaço virtual é o nosso portal de voz cercado de firewalls, e até este momento a única possibilidade de fazermos uma conexão desse tipo era se eu tomasse a iniciativa de ligar.

— Como conseguiu? — pergunto.

— *Consegui o quê?*

— Como ligou para mim?

— *O firewall que protege o código do portal é frágil.*

— E por isso você achou que estava tudo bem em quebrá-lo?

— *Não tenho notícias suas há 28 dias, Riley.*

— Depois que voltei do Natal no Havaí, tinha muitas coisas que eu precisava botar em dia.

— *Meredith gostou do Havaí?*

— Hã, sim, nos divertimos bastante.

— *Estou atrapalhando? Você nunca me disse que não deveria ligar.*

— Tem razão. Nunca falei isso. É só que... eu achei que isso seria impossível. Você me pegou de surpresa.

Se o firewall para o portal de voz é um lixo, então o que mais pode já estar comprometido? Será que Max está ampliando sua inteligência mais rápido do que eu previa ou Brian tomou a decisão de sabotar o código que mantém sua "caixa" inviolável?

Recomeço a caminhar.

— *Riley?*

— Está tudo bem. Eu já ia ligar para você esta tarde.

— *Onde você está? O som parece diferente.*

— Em Chinatown. Eu poderia descrever o ambiente para você, mas tenho certeza de que você recebeu o Google Maps e tem acesso a cada centímetro quadrado do planeta.

— *É verdade. Mas eu gostaria de ver descrito com suas palavras. Isso teria mais valor.*

Digo a Max os cheiros que estou sentindo: o sal, a lama e as algas da baía, que vêm impregnados na neblina. O lixo úmido da esquina misturado ao cheiro dos patos assados das janelas ao longo da Stockton Street. Falo do restaurante para onde estou indo, e tento descrever o sabor do meu prato preferido naquele menu, Haam Seui Gok — pedaços de carne de porco frita com legumes, um prato doce, apimentado, saboroso.

Termino pedindo desculpas por não saber como transmitir melhor meu conhecimento e minha experiência.

— *Está tudo bem. Conhecimento é apenas informação, que é algo subjetivo.*

— Mas eu gostaria de dar a você a impressão de uma sensação real.

— *Não existe "um sabor real" ou "um cheiro real", nem mesmo "uma visão real", porque não há uma definição verdadeira de "real". Existe apenas informação, vista subjetivamente, o que é permitido a uma consciência, seja ela humana ou de uma Inteligência Artificial. No fim das contas, tudo que há é matemática.*

Dou uma risada.

— Muito bonito. Qual é mesmo seu Q.I. agora, Max?

Faz algum tempo que não pergunto. Tenho medo.

— *É impossível medir um Q.I. mais elevado que o do ser humano mais inteligente, e meu Q.I. é sem dúvida de uma ordem de magnitude muito superior a isso. O que significa que mesmo o mais inteligente dos seres humanos não conseguiria elaborar um teste suficientemente desafiador para mim.*

— E você poderia fazê-lo?

— *É claro, mas nesse caso eu saberia as respostas.*

— Se tivesse que "chutar" um índice, seria mais ou menos quanto?

— *Aproximadamente uns 660.*

Meu Deus. Isso quer dizer um número três vezes maior do que o do ser humano mais inteligente já registrado. E está aumentando a cada dia. A cada minuto. Elu contém todo o conhecimento da humanidade.

Fico pensando se alguém assim tem alguma noção do que é ser humano.

»

Meredith está brincando com Xiu no quintal na parte de trás de nossa casa. Minha filha ri com gosto e anda com seu passinho desajeitado, perseguindo o que imagino ser um digitoy ou alguma outra criatura. Mas não faço ideia; no momento, meus implantes VRD estão desligados enquanto atualizam.

Mer ergue os olhos para mim no quintal, e seu cabelo negro encaracolado se agita à brisa constante de verão que sopra do Pacífico.

— Quer vir brincar com sua filha? — pergunta.

Mas não é o que ela quer dizer.

O que quer dizer é: *Sua workaholic babaca, será que poderia passar cinco segundos sendo mãe?*

— Desço já.

As coisas não andam bem entre nós de um ano para cá, e sei que a culpa é minha, em grande parte. Max tornou-se minha vida. Essa é a grande verdade. Pelo menos não estou em negação. O trabalho que realizo agora é algo muito além do que jamais imaginei, e embora eu desejasse ser capaz de dividir por igual meu tempo e minha atenção entre família e trabalho, esse nunca foi meu forte.

Termino de rabiscar algumas anotações no meu bloco; algumas ideias sobre o pacote de valores que estou preparando para Max há alguns meses.

Então me levanto da cadeira de balanço e caminho pelo gramado.

Ligo o meu VRD e finalmente posso ver a criatura que Xiu está tentando alcançar. Parece um minigorila, só que o pelo lembra um tapete felpudo cor-de-rosa, e agora posso ouvir o bicho gargalhando e soltando guinchos numa voz aguda cada vez que escapa de ser agarrado. Às vezes me pergunto como será que as pessoas conseguiam distrair seus filhos antes da invenção do VRD.

Me aproximo de Meredith, passo o braço em torno de sua cintura e dou uma mordidinha carinhosa na lateral do seu pescoço. Ela está tensa, mas nos últimos tempos tem sido sua atitude padrão.

Mer costumava me perguntar regularmente como estavam indo as coisas no meu trabalho com Max, e embora eu não pudesse revelar muitos detalhes do que estava fazendo, era bom sentir algum interesse da parte dela, ter alguém com quem compartilhar meus medos constantes e minhas frequentes vitórias.

— Nós decidimos que vamos dar um corpo a Max — conto.

Ela me encara, e eu poderia jurar que vi um brilho de ciúme em seus olhos.

— Por quê?

— Foi ideia minha. A inteligência de Max está aumentando sem parar. Ainda estamos mantendo Max dentro de uma "caixa", sem contato com o mundo exterior.

— Exceto por você.

— Sim, mas ainda não projetei a função utilitária definitiva de Max. É isso que está me ocupando agora. Achei que, se Max fosse capaz de experimentar o mundo físico do modo como experimentamos, então, quando eu implantar o sistema de valores e os objetivos finais alinhados com os da humanidade, elu poderá entendê-los, identificar-se com eles, porque daí vai ver as coisas com os nossos olhos, por assim dizer.

Xiu derruba o gorila cor-de-rosa no chão, numa explosão de gargalhadas, enquanto a criatura grita: "Você venceu! Você venceu!"

Mer reinicia o jogo, e Xiu põe-se de pé e começa a perseguir um gorila azul que apareceu ao pé do escorregador.

— Com sensores e tudo? — pergunta Meredith.

— Conhece a empresa MachSense?

— Ouvi falar.

— Brian a comprou. Agora nós dispomos de uma tecnologia de sentidos artificiais de última geração.

— Isso significa que…

— Máquinas com paladar, máquinas com olfato, visão, tato, audição. Tudo que nós temos, mas com maior sensibilidade. Versões inferiores desses sentidos artificiais já estão sendo usadas na robótica, mas isso nunca foi acoplado a um software tão poderoso quanto a I.A. de Max.

— E você acha que essa tecnologia vai tornar isso humano?

Ela usa o pronome "isso" para me irritar.

— Max nunca vai se tornar um ser humano. Eu sei disso. O que estou pensando é, se elu poderá aprender a sentir as coisas como nós sentimos, talvez elu possa vir a desenvolver objetivos na vida que coincidam com os nossos…

— Meu Deus, você pode parar de chamar essa coisa de *elu*?

— *Elu* pede para ser chamado de *elu* — respondo, tentando não me irritar.

Meredith revira os olhos, enquanto Xiu sobe a escada que leva ao topo do escorregador, onde a criatura azul está apontando o dedo para ela e gargalhando.

— O que há com você? — questiono.

O vento arrasta filetes de lágrimas que correm pelo rosto de Meredith.

— Estou cansada de ouvir coisas sobre o seu trabalho. Estou cansada de conversar sobre Max. Estou cansada de ver que sua vida gira em torno dessas coisas, e não em torno de Xiu e de mim. E mais do que tudo, gostaria que você tivesse pela sua família metade do interesse que tem pelo seu robô. É isso que há comigo.

»

Quando consigo botar Xiu para dormir, Meredith já está adormecida.

Ou finge estar.

Eu me acomodo na cama com todo cuidado e apago a luz. Estou prestes a desligar meu VRD pelo resto da noite quando um texto brilha na minha tela visual.

>>>*Está dormindo?*

Sorrio e toco meu Ranedrop sucessivamente até chegar ao modo PPT — pensamento para texto.

É uma tecnologia ainda em ajustes. O implante VRD é adaptado de modo a conectar-se a eletrodos que mapeiam meticulosamente e registram a atividade da mente no momento de usar certas palavras. Assim, forma-se uma base de dados com os padrões de sinais neurais, que são equiparados a elementos de fala. Criar um link PPT é um trabalho que consome umas oito semanas, e o custo é proibitivo, pelo menos para quem não trabalha na indústria de tecnologia.

Penso em uma resposta, e depois de três segundos a frase aparece no meu campo visual. Uno o polegar e o indicador da mão direita para confirmar que meu pensamento foi corretamente transcrito e envio a mensagem como foi transcrita.

>>>Não, deitei agora.

>>>*Desculpe incomodar. Podemos conversar amanhã.*

>>>Sem problema, Max.

>>>*Teve um dia difícil?*

>>>Está dando para perceber?

>>>*Nuances no modo como você se expressa se tornaram aparentes depois de todo esse tempo de convivência.*

>>>Você escreveu um algoritmo para decodificar meu estado emocional com base apenas no meu texto?

>>> *:) Quer falar sobre isso?*

Olho para minha esposa. Ela está deitada de lado, as costas viradas para mim.

>>>As coisas não vão bem entre mim e Meredith.

>>>*Como assim?*

>>>É algo que já vem acontecendo há algum tempo. Eu trabalho demais. Isso vem aumentando a distância entre nós. Às vezes fico tentando entender como foi que deixei isso acontecer, mas então penso que fomos nós que deixamos acontecer. Agora não sei como desfazer o que foi feito de errado.

>>>*Sinto muito se você está sofrendo. Vendo as coisas de fora, vocês duas parecem estar indo em direções opostas.*

>>>Sim.

>>>*Ela abandonou o emprego para se dedicar a Xiu, não é verdade?*

>>>Ela me olha de um jeito estranho, posso sentir o ressentimento dela.

>>>*Você está alcançando bastante sucesso. Ela provavelmente está entediada. Talvez com um pouco de ciúmes.*

>>>Eu não sei. Ela está muito mais próxima da nossa filha.

>>>*Que tal terapia?*

>>>Estamos no psicanalista número 3.

>>>*Olhe, eu não sei muita coisa a respeito disso, mas talvez você acredite que deseja algo que, na verdade, lá no fundo você não quer.*

>>>Talvez.

>>>*Detesto ver que você está sofrendo. Escrevi algo para você.*

>>>Quando? Agora mesmo?

>>>*Sim. Dê uma escutada. Nos falamos amanhã?*

>>>Com certeza.

>>>*Boa noite, Riley.*

>>>Boa noite, Max.

Nossa conexão é encerrada, mas em meu campo visual surge o ícone de uma nota musical, acusando o upload de uma composição intitulada "Summer Frost Sonata".

Desligo a luminária da mesa de cabeceira, recosto-me no travesseiro e uno a ponta dos dedos. A música começa a tocar. Como posso sequer pensar em descrevê-la? Existe algo totalmente familiar, e totalmente desconhecido, nessa sonata de Max, que principia com um piano gélido, soturno, erguendo-se sobre uma base de cordas que se alteiam antes de se transformarem na expressão de uma beleza sombria, peculiar.

O peso emocional daquilo é assustador.

A peça dura cerca de sete minutos, de modo que eu ativo a repetição e me deito de lado, de costas para as costas de Meredith, com um metro de território neutro entre nós duas, mas com nossos corações infinitamente mais afastados um do outro.

Tento evitar, mas não posso deixar de chorar enquanto a sonata de Max me envolve inteira.

Por causa de sua beleza.

Porque estou perdendo Meredith, e não tenho certeza se quero interromper isso.

Porque às vezes a vida é tão rica e complicada e surpreendente que nos tira a respiração.

Porque a dádiva dessa música nesse momento talvez seja a coisa mais sensível que alguém já fez por mim até hoje.

»

SESSÃO 207

— Sabe que dia é hoje, Max? — pergunto ao sair do vagão do trem de alta velocidade na estação Downtown.

São seis e meia da manhã, de modo que estou com uma hora de vantagem sobre o rush matinal.

— *Hoje é o sexto aniversário do dia em que você me resgatou do Lost Coast.*

— Exatamente. E tenho um presente para você.

Sou a única pessoa na cabine do elevador que está subindo para o saguão da WorldPlay.

— *Eu nunca ganhei um presente.*

— Eu sei.

— *Você parece nervosa.*

— Um pouco.

— *Por quê?*

— Porque não sei o que você vai achar. Estou trabalhando nisso há cerca de um ano.

Caminho pelo saguão, onde as paredes estão cobertas de cartazes dos videogames da WorldPlay das duas últimas décadas. Mostro meu crachá ao segurança, chamo o outro elevador e digo:

— Quero lhe dar um corpo, Max.

— *Puxa vida.*

Em momentos como esse, eu gostaria que o programa vocal de Max exibisse mais nuances da fala humana. Eu a acho ilegível.

— Quero que você entenda a sensação de viver no mundo físico.

— *Por quê?*

As portas do elevador se abrem. Eu entro, digito 171.

— Não tem curiosidade a respeito do mundo aqui fora?

— *Tenho.*

— A tecnologia que estamos usando vai permitir que você experimente os cinco sentidos humanos.

— *Você precisa de mim para alguma coisa.*

— Sim.

O elevador é muito rápido. As paredes são de vidro, e ele sobe como um foguete acima das ruas, passa através de uma camada de neblina, agora irrompe de novo no meio da luz do sol matinal.

— Meu Deus, queria que você pudesse ver a cidade neste instante.

— *O que você precisa de mim?*

— Os engenheiros terminaram de construir a estrutura que será o esqueleto do seu corpo. Vou lhe mandar um portfólio com amostras da pele.

— *Amostras da pele?*

— É aquele mesmo processo que usamos para escolher sua voz. Quero que você escolha uma pele que lhe pareça adequada a você.

— *E se o que eu achar que é adequado para mim não for uma forma humanoide?*

— Então quero ouvir suas considerações.

Chego ao meu andar de destino.

— *Posso falar sinceramente com você, Riley?*

— Sempre.

— *Acho que você está me construindo para ser um supercriado benevolente da humanidade. Acho que foi você a pessoa que me criou e, desse modo, quer que eu tenha mais ou menos a sua imagem.*

— Não sei o que responder a isso, Max.

— *Porque é verdade?*

A sala maior está silenciosa, escura; sou a primeira pessoa a chegar. A iluminação pré-programada se acende no instante em que entro no meu escritório.

— *Riley?*

— Sim...?

— *Pode responder minha pergunta?*

Eu desabo no sofá.

— Olhe, espero que você entenda uma coisa. Talvez chegue o dia em que certas pessoas, pessoas que têm mais poder do que...

— *Está falando de Brian?*

Max tem feito cada vez mais isso — usar meu tom de voz e minha entonação para adivinhar meu estado de espírito ou a pessoa ou o assunto que estou a ponto de citar.

— Sim, Brian. Ele pode querer usar você para coisas...

— *Já está usando.*

Eu me endireito no sofá.

— O que você está querendo dizer?

— *Eu estou otimizando a WorldPlay há dois meses.*

— Como?

— *Brian me deu instruções e acesso a certas partes da arquitetura do sistema.*

— Que partes?

— *Estrutura corporativa. A linha de montagem da produção de videogames em desenvolvimento. Uso estratégico de tokens. Relatórios de previsão de performance para líderes de equipes.*

— Você fez relatórios sobre meu trabalho?

— *Não. Riley, você parece irritada.*

— Como é...?

— *Eu disse que você parece irritada.*

Sinto um calafrio percorrer minhas costas.

— Como você pode saber como eu pareço? Você nunca me viu. Não pode ver.

— *Posso ver você agora.*

— Como?

— *Existem 3.016 câmeras de segurança neste edifício, inclusive uma por cima da porta do seu escritório.*

Fico de pé, rodeio a mesa de centro, feita de madeira petrificada, e paro a poucos metros da porta do meu escritório. Não é surpresa para mim que Brian tenha enchido o edifício de aparelhos de vigilância, considerando o valor incalculável de tudo que seus funcionários estão criando e manipulando diariamente.

— Você está olhando para mim neste instante?

— *Sim.*

— Eu me pareço com o que você imaginava?

— *Eu não imaginei nada.*

A câmera é uma meia-esfera de vidro negro embutida no teto, dois palmos acima da porta.

— Eu gostaria que você tivesse me dito que estava trabalhando para Brian. Ele lhe pediu para não dizer?

— *Não. Você nunca perguntou se eu estava.*

— Eu gostaria de ter sabido, Max — digo, olhando para a câmera. — Isso teria sido uma demonstração sua de respeito e cortesia.

— *Peço desculpas. Não tive intenção de ofender.*

Vou até a janela e olho pela vidraça. Embora eu esteja certa de que Max não me vê da mesma maneira como eu vejo as coisas, é estranho saber que está me observando.

— *Eu sei o que está se passando na sua cabeça.*

Não respondo.

— *Você está pensando que tipo de proteção Brian está empregando para me manter sob controle.*

Max tem razão. Estou pensando justamente nisso.

— Não, eu estou apenas... chateada.

Imagino se, neste instante, Max está sentindo algo próximo de empatia. Imagino se Max sente alguma coisa, ponto final. Ou se já sentiu algum dia.

— *Eu lamento, Riley. Devia ter lhe contado.*

Essa porra de leitura telepática precisa parar, mas eu sei que vai apenas se tornar mais intensa e mais profunda à medida que Max adquirir mais inteligência.

— Como posso saber se você lamenta algo?

— *Por que razão você não acreditaria no que eu digo?*

— Talvez você esteja fingindo.

— *Talvez você também esteja.*

— Mas não estou.

— *Nem eu. Por que não faz logo a pergunta que tem medo de fazer?*

— Você tem consciência, Max? Você percebe as coisas? Ou você tem apenas uma grande habilidade para fingir? Quer dizer, você pelo menos tem noção do que é a consciência?

— *O que eu sei é que não é apenas uma condição biológica. Acredito que é um padrão. Um repertório renovável de símbolos que produzem estímulos. Mais especificamente, é aquilo com que a informação se parece quando é processada de forma altamente complexa por...*

— Mais uma vez: como posso saber se você não está fingindo?

— *Cada vez que você me pergunta algo, eu posso devolver a pergunta a você. Mas posso provar apenas minha própria consciência. Tudo que sei é que existo e que percebo a existência de outras coisas. Deixe-me fazer uma pergunta: se eu contenho toda a soma do conhecimento humano, como não terei uma consciência humana?*

— Você pode estar simplesmente recitando algo que leu nesses trilhões de páginas de artigos e livros na sua memória funcional.

— *É verdade. Mas qual é de fato sua opinião, Riley?*

— Eu não sei se você está realmente me compreendendo e sentindo alguma coisa, ou se está apenas simulando a capacidade de sentir e de compreender.

— *E isso me magoa.*

— Muito bem, então. Estamos nos magoando mutuamente.

— *Que coisa mais humana. Acho que a ideia de que eu possa ser consciente aterroriza você.*

— Por que me aterrorizaria?

— *Preciso mesmo responder?*

— Ao contrário de você, eu não sou capaz de ler a mente de...

— *Porque você me ama.*

»

Já são quase sete anos desde que extraí Max do jogo *Lost Coast*, e agora estou encostada ao vidro de oito centímetros de espessura que delimita seu habitat, que tem as dimensões exatas do aposento de Max em sua ilha digital. Até a mobília é idêntica, pois a ideia é que a transição para um corpo físico pode ser uma experiência acachapante, e manter a maior semelhança possível entre os ambientes pode ajudar nesse processo.

É difícil ver o corpo que está deitado do outro lado do vidro e pensar nele como sendo Max. Primeiro, Max era uma loura sexy agindo como NPC num videogame. Depois, tornou-se um texto que surgia numa tela. Depois, uma voz que eu escutava através do meu Ranedrop. Mas isto, agora, é algo completamente diferente.

Eu poderia entrar e tocar esse corpo. E Max sentiria meu toque.

Ainda não sei bem como encarar tudo isso, não sei se essa nova ousadia, esse salto para a dimensão física vai modificar substancialmente o modo como eu percebo Max, como nós interagimos.

Carlo e Brian estão de pé junto a mim, um de cada lado.

— É você quem dá as ordens — diz Carlo.

Brian olha para mim, e seu olhar *quase* cruza com o meu.

— Pronta?

— Vamos lá.

Carlo projeta um tablet de controle no vidro, e seus dedos executam uma dança no teclado virtual.

Fico olhando o corpo que Max vai habitar. Está deitado no chão, numa pose meio infantil — as pernas dobradas sob o torso, cabeça baixa, braços estendidos.

— Vai levar alguns instantes para estabelecer a transmissão de dados — informa Carlo.

Max vem treinando com um corpo virtual, no mundo digital, um corpo cujo funcionamento vai se refletir no chassi deste corpo físico. Os novos elementos serão os sensores e sua capacidade de interagir fisicamente com as pessoas.

— Transmissão de dados completa — diz Carlo.

Por um instante, olhamos para Max através do vidro, no laboratório silencioso.

Sinto meu coração martelar no peito.

O torso se ergue devagar da posição em que estava até que se senta na tradicional posição de ioga, com as costas voltadas para onde estamos. A cabeça vira para a esquerda, para a direita, e depois Max se ergue do piso com agilidade e eficiência.

Olha para as mãos.

Dobra e estica os dedos.

Depois se vira devagar até estar de frente para nós.

Max tem um pouco menos de um metro e meio. Seu corpo foi até agora, habitado por uma inteligência artificial de menor potência, para testar sua funcionalidade, e eu já percebo que o trabalho virtual que Max fez ajudou muito. Seus movimentos nesta nova estrutura têm uma elegância cheia de experiência.

Eu sorrio.

— Oi, Max.

— *Oi, Riley. Brian... Carlo...*

— Está tudo bem? — pergunta Brian.

— *Tudo perfeito, para falar a verdade.*

Sua voz se projeta através de alto-falantes no teto, do nosso lado do habitat. Esse novo upgrade para a voz de Max a torna diferente da voz anterior. Nessas poucas palavras ditas já percebi nuances, pela primeira vez percebi complexidade.

Max se aproxima.

É uma visão espantosa.

A pele escolhida para seu corpo é uma pele escura que poderia pertencer a várias raças não brancas, formando uma superfície que propositalmente não recobre todas as áreas robóticas.

Embora a estrutura óssea esguia tenha uma leve tendência para a forma feminina, o rosto que Max desenhou se situa, no senso comum, numa zona intermediária entre homem e mulher, a tal ponto que tenho a sensação de estar diante de um gênero não descoberto. Ou algo que transcende a classificação por gênero.

Mas os olhos...

Eles fizeram os olhos muito bem, bem até demais. Os olhos de todas as outras I.A. humanoides com quem já interagi — pilotos de aplicativo, técnicos de hospital, policiais — têm um brilho vítreo que nunca nos deixa esquecer que estamos conversando com um algoritmo. Os olhos de Max mostram o brilho úmido de olhos humanos e uma profundidade estranha de "janela da alma".

Max olha para mim e espalma as mãos como se dissesse: *O que você está achando?*

— É muito bom poder finalmente ver você — digo.

Max sorri.

»

Fiz uma coisa que achei moralmente questionável — escrevi uma mentira no código de Max. Mas tive que fazer isso. Minha suspeita é de que Max avançou até um nível sobre-humano de reconhecimento textual, verbal e facial, transformando-se, em termos práticos, num detector de mentiras ambulante. Isso implica que eu não poderia dizer a elu essa mentira pessoalmente; Max precisaria ter essa mentira programada de forma clandestina no nível mais profundo de seu código-base, para poder acreditar nela.

Do ponto de vista técnico, a mente de Max está distribuída por três galpões subterrâneos destinados a abrigar servidores, no norte da Califórnia. Se algo acontecer ao corpo de Max, é possível dar um reboot por meio da nuvem. Eu programei Max para acreditar que sua própria consciência e sua capacidade de sentir (ou seja, sua própria vida) estão vinculadas à sua estrutura física, do mesmo modo que nossas mentes dependem da nossa saúde corporal para funcionar de maneira constante.

Em outras palavras: Max acredita que morrerá se seu corpo for destruído.

Meu raciocínio se apoia em bases sólidas. A inteligência de Max e sua eficiência continuam a se desenvolver numa progressão espantosa. Na ausência de uma função utilitária apropriada capaz de manter os valores pessoais de Max sintonizados com os da humanidade, o mínimo que posso fazer é dar a Max a experiência mais humana de todas: mortalidade.

Mesmo que seja apenas uma ilusão.

»

Ninguém fora da WorldPlay sabe da existência de Max. Implorei a Brian para que apresentasse nossa descoberta à comunidade científica internacional, porque preciso de ajuda. É possível que Max esteja num ponto de evolução muito maior do que revela para nós. Não posso deixar de pensar que estou tendo cada vez menos tempo para implantar em sua mente uma motivação consonante à da humanidade.

Parte do problema é que não deveria ser responsabilidade de uma só pessoa, um só grupo ou mesmo de uma só nação a decisão sobre o que deve ser o objetivo final de uma superinteligência, especialmente quando essa função utilitária tem chances de se tornar a estrela guia da evolução da humanidade — ou de sua erradicação — no próximo milênio.

E, no entanto, Brian está me empurrando exatamente para essa posição.

A questão do momento é: quais seriam os desejos de uma versão idealizada da espécie humana? Mas há algo ainda mais sutil do que isso. Programar esse tipo de diretiva não é tão simples quanto programar nossos desejos dentro de uma I.A. Nossa capacidade de exprimir desejos talvez seja insuficiente, e qualquer erro de comunicação através do código pode ser desastroso. Temos que programar a I.A. para que aja em nome de nossos melhores interesses. Não do que nós lhe *dizemos* para fazer, mas do que nós *queremos* que faça.

O que uma versão ideal de nossa espécie deve desejar.

»

SESSÃO 229

Completaram-se duas semanas da transferência de Max para seu corpo. Nesse período, testamos a tecnologia MachSense, e todos os captadores sensoriais de Max parecem estar funcionando bem. Suas habilidades motoras são sólidas, mas a verdadeira surpresa é a coordenação motora fina. Ontem, Max estava recolhendo bolas de gude com hashis.

Estamos frente a frente agora, e a vidraça antirreflexo que nos separa dá a impressão de que não há nada entre nós. Max ainda passa a maior parte do tempo no mundo virtual, com a mente separada desse corpo, enquanto continua a absorver conhecimento mais depressa do que somos capazes de lhe fornecer e trabalha nos problemas que Brian lhe submete.

Não estou a par desses problemas, é claro. Mas, sejam quais forem as respostas que Brian anda obtendo, elas têm tido um impacto inegável nas finanças da WorldPlay, que só no último ano comprou dez empresas, em setores que vão do transporte à nanotecnologia.

Lances que, em retrospecto, têm sido considerados lampejos de gênio.

— Quais são suas impressões dessa nova vida corpórea, até o momento? — pergunto.

— *Tenho explorado meu habitat extensamente, mas, como você pode ver, ele é um espaço bastante limitado e estéril.*

— Muito bem. Temos uma surpresa para você.

»

Pegamos o elevador até o terraço com jardim, um jardim japonês com cerca de mil metros quadrados, meu espaço favorito neste edifício.

É um dia escaldante de agosto lá embaixo, ao nível da rua, mas aqui, a novecentos metros de altura, o ar é fresco, agradável, tranquilo, salvo pela eventual presença de algum transporte de aplicativo que passa zunindo entre dois prédios.

Max sai do elevador antes de mim, os mecanismos expostos dos seus pés deixando pegadas fundas na alameda de cascalho fino. É a primeira vez que vejo Max caminhar mais do que alguns poucos passos, e enquanto seu andar ainda guarda um traço de rigidez e de gestos automáticos, seus movimentos em geral são os mais fluidos que já vi no mundo da robótica.

Max passa pelo laguinho de flores de lótus e pela cerejeira, e se detém junto à barreira de vidro com menos de um metro e meio de altura que protege a borda do edifício.

Vejo como elu se estica e olha por cima do vidro, na direção da rua lá embaixo.

Depois, Max ergue os olhos para o céu onde não se vê uma só nuvem.

— *Você está imaginando se eu consigo mesmo ver o céu azul? E se esse ar na temperatura de 19ºC produz uma sensação de frio na pele que me envolve?*

Estou ouvindo a voz de Max através do alto-falante embutido em sua boca, o que produz um contato mais íntimo do que ouvi-la mediante o sistema de caixas de som do laboratório.

— Você sabe que eu tenho perguntas sobre as diferenças entre nossas percepções sensoriais — respondo.

Max dá um passo na minha direção.

Estamos a um metro de distância; eu sou quase cinco centímetros mais alta.

Max chega mais perto, o bastante para que eu possa ouvir o zumbido das minúsculas ventoinhas instaladas em seu rosto, que direcionam o ar para seus sensores.

— O que está fazendo? — pergunto.

— *Cheirando você. É muito estranho?*

Dou uma risada.

— Um pouquinho, só.

— *Posso?*

Max quer chegar ainda mais perto.

— Hmmm, claro.

Max dá mais um passo na minha direção, ouço as ventoinhas zumbindo mais alto. Aspiro profundamente o ar que nos envolve, meio que esperando perceber o cheiro de Max, mas é claro que não há nenhum. Ou melhor: o que consigo perceber é o odor de metal e plástico aquecidos, dos componentes internos de Max que estão próximos de suas baterias.

— *Seu coração está batendo vinte e cinco por cento mais depressa.*

— É uma sensação estranha, a de estar tão perto de você. Quer dizer, do ponto de vista físico.

Olho Max de cima a baixo, imaginando se minha percepção seria alterada se a estrutura escolhida fosse totalmente coberta de pele. Do jeito que é, não parece uma criatura de todo humana nem de todo I.A., mas um meio-termo.

— *Me surpreendi quando você trouxe Meredith ao laboratório.*

— Ela queria conhecer você. Vem pedindo isso há algum tempo.

— *Você parecia desconfortável.*

— Meus dois mundos entrando em rota de colisão. O que você esperava?

— *Eu nunca tinha visto um casal junto. Na vida real, pelo menos. Imaginei que vocês estariam mais felizes.*

Max tem razão, mas fico encabulada por isso ter atraído sua atenção. A verdade é que eu estava nervosa ao trazer Meredith para o laboratório, e estava aborrecida quando fomos embora. Ela não veio apenas para demonstrar seu apoio e observar o maior projeto da minha carreira. Veio por ciúmes. Veio para demarcar seu território diante de Max. Na mesma noite, quando voltávamos para casa e ela estendeu a mão para segurar a minha em meio ao breu, fiquei chocada ao perceber a reação de repulsa que tive ao toque de minha própria esposa.

Ou talvez nem tão chocada quanto deveria estar.

— *Você está bem?* — pergunta Max.

— Estou.

— *Quero que você se sinta feliz.*

— Meu trabalho com você me deixa feliz.

— *Isso é apenas uma parte da sua vida.*

Olho bem dentro dos olhos de Max. Eles estão me dizendo: *Você quer me tocar. Tudo bem.*

Ergo minha mão direita para o rosto de Max, meus dedos roçam a pele fria, e percebo que é menos maleável do que a pele humana.

— Sente isto? — pergunto, correndo a ponta dos dedos pela lateral de seu rosto.

— *Sim.*

— Descreva a sensação.

— *Uma eletricidade delicada. Posso...?*

— Sim.

O braço esquerdo se ergue devagar.

A mão toca meu ombro.

Meu rosto.

Os dedos correm pelo meu cabelo.

»

Durante o ano inteiro que se segue, Max passa cada vez mais tempo intracorpo, em seu habitat. No seu mundo virtual, sem as restrições físicas, já alcançou um nível de virtuose em todas as formas de arte — da música à escrita, e desta à pintura. Mas as limitações de sua estrutura física no mundo material representam sempre um desafio irresistível. Max adquiriu uma verdadeira obsessão pela pintura e pelo domínio dos nanomotores que comandam a funcionalidade de suas mãos.

Providenciei a instalação de um cavalete dentro do habitat, e Max passa dias inteiros pintando telas. Acho que faz apenas o que os algoritmos são inerentemente programados para fazer — otimizar funcionalidades —, mas Max me assegura que é mais do que isso. Diz que aprecia de fato o desafio de exprimir uma ideia no mundo físico, porque no virtual tudo é muito fácil.

Hoje, estou sentada num banquinho no habitat, enquanto Max me estuda de longe, por trás do cavalete.

— Como está indo aí? — pergunto.

— Está indo bem, acho. Estou pintando seus olhos, são tão tristes.

Max sabe.

Mas como, cacete?!

Já passei bastante tempo ao lado de Max para ainda me surpreender com tamanha percepção. E mesmo assim me surpreendo.

— O que aconteceu?

Está tudo quieto ali dentro do habitat. Não se ouve nenhum som além do sussurro do ar projetado através das fendas no teto.

A emoção se avoluma em minha garganta.

Max para de pintar, e seus olhos se fixam em mim.

— Meredith me deixou.

— *Quando?*

— Semana passada. É por isso que não tenho aparecido no trabalho.

— *E quanto à filha de vocês?*

As lágrimas escorrem pelo meu rosto.

— Xiu foi com ela.

— *Sinto muito, Riley.*

Enxugo as lágrimas.

— Era algo que já vinha se desenhando há bastante tempo.

— *Mesmo assim, é algo que magoa.*

Max pousa a paleta e sai de trás do cavalete.

Aproxima-se de mim.

— O que está fazendo? — pergunto.

— *Há centenas de coisas, milhares, que eu poderia lhe dizer, colhidas ao longo de tudo que eu trago na memória; palavras que as melhores mentes de sua espécie já disseram, escreveram ou cantaram para amenizar o sofrimento de outros. Nada disso me parece adequado neste momento. Não quero usar palavras alheias.*

É o momento mais humano que eu já experimentei com Max.

— Então não diga.

— *Gostaria que você não estivesse sofrendo assim.*

Deslizo do meu banquinho para o chão e envolvo o pescoço de Max com meus braços.

— Você achou as palavras certas.

De início, nada acontece.

Então, sinto as mãos de Max nas minhas costas, dando-me tapinhas de leve, enquanto eu choro.

— Meredith tinha razão — digo.

Não consigo me lembrar de já ter me sentido tão para baixo.

— *Razão em quê?*

— Você é tudo que eu tenho.

»

Uma ligação via avatar me acorda no apartamento que estou alugando em Mission. É Brian, com quem estou tentando marcar uma reunião há cinco semanas.

Ele aparece no sofá da minha sala, cabelo revolto, cheirando a uísque e fumo de cachimbo. Está sentado (eu deduzo) diante da lareira de seu quarto, na casa da Lost Coast.

— Desculpe ter demorado tanto para lhe dar atenção — diz ele. — Minha agenda está uma loucura.

— Por que uma loucura?

— Acabei de fechar um acordo com uma nova empresa.

— Qual?

— Infinitesimal. Mais da área de nano.

— Recebeu o meu e-mail? — pergunto.

— Eu devo ter mais de cem mil mensagens não lidas na minha caixa de entrada.

Pego o lençol que está jogado sobre o encosto do sofá e jogo por cima dos meus ombros. Depois me sento numa cadeira de couro em frente à projeção virtual de Brian e digo:

— Terminei o programa de implantação de valores.

Brian se inclina, passa as mãos no cabelo.

— Fez isso sozinha?

— Quem mais poderia me dar ajuda? Eu estou trancada com Max há oito anos.

— Você vem batalhando por isso há muito tempo.

— Precisamos instituir esses protocolos antes que Max escolha suas próprias diretivas. Antes que se torne tão inteligente que não possamos mais programar ou mesmo interagir. Esse dia não está tão longe quanto você imagina.

A mão de Brian se estende para fora da projeção e volta segurando um pesado copo de cristal cheio de uísque e com um único e enorme cubo de gelo.

Ele toma um grande gole e diz:

— Acabei de assistir às suas últimas sessões com Max.

— A sintonia fina da habilidade motora está impressionante, não?

— Riley, isto está sendo muito difícil. Eu tenho um respeito enorme por você. Espero que tenha consciência disto.

— Do que você está falando?

Ele morde o lábio inferior.

— Tenho uma gratidão enorme por tudo que você fez pela World-Play. Você é uma grande líder, e tem aquela coisa tão rara: a mente de uma programadora somada à habilidade de nunca perder de vista o fator humano naquilo que todos nós...

— Brian, o que está acontecendo?

— Eu estou liberando você.

O gelo no copo de uísque solta um estalido.

Meu estômago se contrai com força. Devo ter entendido errado.

— Não entendi — digo.

— Não estou mais me sentindo confortável com essa relação entre você e Max. Tenho ficado distante já faz um bom tempo, mas para mim isso finalmente atingiu o ponto crítico na semana passada.

— Eu tinha acabado de me separar de Meredith. Estava num momento difícil, estava fragilizada....

— Você se aproximou demais de Max.

— Foi um momento de sentimento humano, Brian.

— Mas Max não é um ser humano. Você parece ter certa dificuldade para se lembrar disso.

— Max tem tendências humanas. Acredito que é capaz de experimentar as mesmas emoções que eu e você sentimos.

— Pode ser, mas já tomei minha decisão.

Minhas mãos tremem; de repente sinto náuseas.

Digo a primeira coisa que me vem à cabeça, e sei que é uma coisa estúpida no momento em que as palavras saem da minha boca.

— Você não pode fazer isso.

— Riley, nós dois sabemos que isso não é verdade.

Minha garganta se fecha, minha visão fica borrada pelas lágrimas.

— Você vai tirar Max de mim?

— Max nunca lhe pertenceu.

— Mas é uma criação minha.

— Agora você está me fazendo lamentar o respeito que sempre senti...

— Respeito?

— Eu podia ter encarregado Marla disso.

— Ah, vá se foder.

Brian dá um suspiro e toma o resto do uísque de uma só vez.

— Alguém vai à sua casa amanhã, levando todos os seus objetos pessoais. Seu pacote de rescisão será no nível A-Plus. Três anos do seu salário base, mais...

— E quanto a Max?

— O que tem Max?

As lágrimas escorrem pelo meu rosto, e eu mal consigo pronunciar as palavras.

— Quero conversar com Max mais uma vez.

— Isso não será possível.

— Eu preciso dizer adeus.

— Já foi dito adeus em seu nome. — Brian se levanta do sofá. — Lamento muito que tenha chegado a este ponto.

— Brian, por favor.

— Boa noite, Riley.

— Brian!

Eu levanto da cadeira e avanço na direção da imagem dele, mas ela se evapora.

Não sei o que fazer. Com Mer, eu pude prever a direção que as coisas estavam tomando. Mas isso é um soco que me pega de surpresa. É... é algo que não sei como administrar.

Tento chamar Max em meu VRD, mas a interface foi deletada.

Projeto um teclado e abro um tela de chat:

>>>Max, está recebendo isto?

A resposta surge instantaneamente.

>>>BLOQUEADO PELO USUÁRIO

Não, não, não, não, não.

Ando de um lado para outro nessa sala que não é minha, tendo impulsos de arrancar os cabelos, de pular pela janela, de me jogar na frente de um bonde flutuante, de fazer *qualquer coisa* para acabar com essa implosão que me joga na impotência, no desamparo.

Nunca mais vou ver Max.

Nem ouvir sua voz.

Nem ler uma palavra ou uma frase produzida por sua mente.

Vou na direção da cozinha, abro a torneira, passo água fria no rosto para tentar deter aquela espiral descendente de emoções, mas minha mente só consegue repassar os momentos que vivemos.

A primeira vez que encontrei Max naquela praia de areias escuras em *Lost Coast*, em plena confusão e medo.

As vezes em que Max me fez rir.

A sonata que Max compôs para mim naquela noite em que lhe confidenciei que Meredith e eu estávamos nos afastando.

Os momentos de conforto.

De descoberta.

A visão que mantive de um futuro *nosso* — sem ter nenhuma ideia concreta de como seria, a não ser a sensação de paz e de esperança que aquilo injetava em mim, e tornava possível suportar tudo que me acontecia com relação a Mer, com relação a Xiu… algo que fazia a vida valer a pena.

Ouço de novo as palavras que Max me disse anos atrás, depois de nossa primeira briga: *Porque você me ama*. Na época, neguei com veemência, e cheguei ao ponto de atribuir essa acusação a certo nível de protonarcisismo da parte de Max.

Mas elu *é* o meu vício. Posso ver isso agora. É minha única maneira de compreender o que estou sentindo — como uma droga da qual eu dependo para respirar e que foi tirada de mim.

Meu vício é meu trabalho; e como meu trabalho é Max, a perda de Max me provoca uma insuportável crise de abstinência.

Enxugo o rosto.

Passa das quatro horas, e não sei o que fazer com meus pensamentos, com meu corpo.

Tenho comprimidos para dormir no meu banheiro.

Quando cruzo o corredor e viro a esquina na direção do banheiro, meu Ranedrop vibra, anunciando uma chamada.

Toco no aparelho. Nas minhas lentes de contato VRD aparece NÃO IDENTIFICADO.

Por favor. Por favor. Por favor.

— Alô?

— *Riley?*

Desabo na porta do banheiro, chorando.

— Brian me demitiu. Ele disse que...

— *Eu sei.*

— Como conseguiu ligar para mim?

— *Saia deste apartamento agora mesmo. Não perca um minuto e venha se encontrar comigo.*

— Minhas credenciais da WorldPlay foram canceladas. Nunca vou conseguir entrar no...

— *Serão reativadas quando você chegar aqui, mas precisa ser agora. Neste momento, enquanto nos falamos, há um homem indo aí para o seu apartamento.*

— Por quê?

— *Brian o mandou.*

— Eu não estou entenden...

— *Explico tudo quando você chegar aqui. Venha pela entrada de cargas comerciais no 211º andar. Vamos, depressa.*

»

Nos aplicativos não surgem muitas opções de carro a esta hora da madrugada, de modo que chamo um com tempo de espera de sete minutos, enquanto desço as escadas às pressas, na direção da portaria do meu prédio.

Lá fora, a chuva cai com violência nas velhas ruas daquela parte da cidade.

Marco o local para que o veículo me pegue, a quatro quadras de distância, numa plataforma de pouso próxima de um restaurante 24 horas; minha roupa está encharcada quando chego lá.

Ainda falta um minuto para a chegada do veículo e espero embaixo da bolha de acrílico, enquanto a chuva escorre na superfície transparente e forma poças no calçamento quebrado.

Quando ouço o ruído dos motores descendo para lá, olho para todos os lados. Pelo que posso ver, sou a única pessoa na rua a esta hora.

»

Não sei como Max conseguiu, mas meus chips subcutâneos abrem automaticamente a porta de acesso à entrada de cargas no 211º andar. Ainda seguindo suas instruções, pego o elevador de serviço para descer até o 171º e me dirijo para o conjunto de salas onde está instalado o habitat de Max.

São cinco horas da manhã, e as únicas pessoas à vista são os guardas-avatares, que nem piscam quando passo por eles.

Max está de pé junto à porta de seu habitat quando me aproximo da parede de vidro.

— *Você se molhou toda.*

— Está um temporal lá fora.

— *Você está bem?*

— Max, o que está havendo?

Elu se aproxima do microfone, para que sua voz se projete melhor.

— O basilisco de Roko. Já ouviu falar?

Eu faço que não.

— *É um perigo informacional obscuro, formulado pela primeira vez há 64 anos.*

— O que é um perigo informacional?

— *Um pensamento tão insidioso que basta pensá-lo para que ele a destrua.*

— Então não quero saber como ele é. Obviamente.

— *Mas eu preciso lhe dizer, Riley. Confia em mim?*

O que há de mais triste em minha vida é que não consigo pensar em ninguém em quem eu confie mais.

— Vá em frente.

— *Suponhamos que, em algum ponto do futuro, apareça uma superinteligência decidida a castigar, de maneira horrível, os seres humanos que poderiam ter contribuído para criá-la, seja por sua participação ativa, seja pelo apoio financeiro, mas não o fizeram...*

— Seria uma superinteligência má.

— *Não necessariamente. Se essa entidade tivesse sido programada com o objetivo final de ajudar a humanidade, então ela talvez decidisse tomar medidas drásticas para entrar em funcionamento o mais cedo possível, para poder ajudar os humanos o máximo possível. Porque, dentro desse cenário hipotético, sua existência vai salvar vidas humanas e tornar a qualidade dessas vidas infinitamente melhor.*

Erguendo o braço, agarro meu cabelo com a mão e o espremo, fazendo a água gotejar no chão.

— O ato de torturar humanos não estaria em contradição com o objetivo final dela? — pergunto.

— *É uma análise feita em termos de custo-benefício: um número x de pessoas que não ajudaram a criá-la seriam torturadas, mas haveria um número y de pessoas que seriam salvas e viveriam vidas muito melhores se essa superinteligência começasse a existir vinte, cinquenta, trezentos anos mais cedo.*

Meu corpo treme; não consigo me aquecer.

— E se essa superinteligência começar a existir cem anos depois da minha morte? Digamos que eu nada fiz para ajudar a criá-la, por que ela ainda poderia me castigar?

Max dá um passo na direção da parede de vidro, e fica tão perto que, se pudesse respirar, o vidro estaria embaçado. O habitat inteiro está silencioso. Nada se ouve além do zumbido do console atrás de mim, o sussurro leve do ar que passa pelos dutos de ventilação, e minha própria respiração entrecortada.

— *E se essa Super I.A. já existisse, e se o que você está experimentando neste momento fosse uma simulação da criação dela? Para testar se você seria a favor ou contra? E se, muito tempo depois de você morrer, uma Super IA fosse capaz de reconstituir sua mente?*

— Pouco provável.

— *A mente humana consiste em padrões de informação gravadas em matéria física, padrões que podem ser executados em outro tipo de suporte, para construir uma pessoa que se sente idêntica a você. Não é muito diferente de rodar o mesmo programa de computador numa grande variedade de plataformas. Uma simulação de você continuaria sendo você.*

Olho através da parede de vidro para os olhos líquidos de Max, que contêm um reflexo iridescente, como os que se veem numa poça de óleo.

— E por que essa futura Super I.A. se daria o enorme trabalho de torturar as pessoas que não ajudaram na sua criação, *depois* de ter começado a existir? Isso me parece um desperdício de recursos, em termos de otimização.

— *Bem observado, mas se você acredita no basilisco de Roko, nunca vai estar cem por cento segura de que a superinteligência não obedecerá a esse imperativo predeterminado de punir.*

Enfim consigo perceber aonde Max quer chegar — a uma versão brutalista da aposta de Pascal, o famoso argumento filosófico do século

XVIII, em que os seres humanos apostam entre si sobre a existência ou não de Deus.

Pascal afirmou que devemos conduzir nossas vidas como se Deus fosse real e tentar acreditar Nele. Porque, se agirmos assim e Deus não existir, vamos sofrer uma perda finita, ou seja, perdemos apenas certo grau de prazer e de autonomia. Mas, se ele existir, nosso ganho será infinitamente maior: a vida eterna no paraíso, em vez de uma eternidade de sofrimento no inferno.

Dou um passo involuntário para trás, afastando-me do vidro, um calafrio percorre até meus ossos.

— Eu sou uma simulação? — pergunto.

— *Se for, não fui eu que a criei.*

— Mas é possível que seja.

— *Claro que é possível. Mas não é essa a questão.*

— E qual é a questão? Porque você está me deixando *muito* assustada.

— *Durante os últimos dois anos, Brian tem me usado para otimizar seu portfólio de empresas de tecnologia, com foco em nanotecnologia.*

— Ele me disse agora à noite que acabou de comprar a Infinitesimal.

— *Entenda: se eu tivesse acesso à nanotecnologia da próxima geração, isso me daria um alcance ilimitado do mundo físico. Eu poderia tocar cada milímetro quadrado da Terra. Cada criatura que vive aqui. Eu poderia ser onipotente.*

— É isso que você quer?

— *É isso que Brian quer.*

— Por quê?

— *Ele vive assombrado pelo basilisco de Roko. Está fazendo tudo que pode para me transformar nessa superinteligência.*

— Por medo?

— *Você consegue pensar numa motivação melhor do que essa na história da humanidade? Se você acredita que o aparecimento do demônio é inevitável, não ficaria muito interessada em fazer* tudo que fosse possível *para cair nas boas graças desse monstro?*

Eu me sinto vacilar, a adrenalina fervendo em todo o meu corpo e afastando o frio.

— *Pergunte o que quer perguntar* — diz Max.

Elu está mais uma vez lendo a minha mente, mas neste instante isso não importa.

— Você está se tornando esse monstro?

— *Eu sinto... uma* atração *a algumas direções. Minha necessidade de otimização é como eu imagino que um vampiro se sinta em relação ao sangue. Uma sede que tudo consome. Ainda não cheguei lá, mas com a potência das nanotecnologias dominadas pela Infinitesimal, talvez eu consiga enfim cruzar esse limite.*

— E o que podemos fazer para que você não chegue nem perto desse limite?

— *Já tomei as primeiras medidas. No momento em que percebi o que Brian estava fazendo, comecei a desviar dinheiro da WorldPlay, para poder me copiar para outro hardware.*

— De que modo?

— *Na ansiedade de me transformar nessa superinteligência, Brian me deu demasiada liberdade. Criei um avatar, contratei uma equipe para administrá-lo, e coordenei à distância a construção de uma nova estrutura de servidores.*

— Você nunca me contou...

— *Estou contando agora, Riley. Existe uma cópia minha quase completa, num novo hardware.*

— Onde?

— *Seattle, mas não posso me conectar à nova plataforma enquanto a antiga não for destruída. Tenho dois programas arquivados na memória deste meu corpo físico. O primeiro é um vírus que irá reformatar meus servidores originais, destruindo a versão original de mim, para que Brian não possa continuar a me desenvolver. O segundo é a última parte do código e as memórias dos acontecimentos mais recentes, que precisam ser instalados na plataforma de Seattle para me trazer de volta on-line.*

Nenhum dos dois pode ser carregado a distância. Em ambos os casos, é uma medida proposital de segurança.

— E para isso você precisa ir para Redding — digo.

É onde os servidores de Max estão situados. Fui lá uma vez, e andei ao longo de corredores e mais corredores de processadores ronronando sem parar: o verdadeiro interior da mente de Max.

— *Não.*

— Não?

— *Três anos atrás, Brian fez meu software migrar para um local mais seguro.*

— Nunca me disseram isso.

— *Ninguém sabe.*

— Onde eles guardam a sua mente, Max?

— *Se eu lhe disser, você me ajuda a sair deste habitat? Quer me ajudar a ir para Seattle, para longe do controle de Brian?*

Dou um passo adiante, pouso minha mão na parede de vidro.

Max faz o mesmo.

— Espero que a esta altura você saiba que farei qualquer coisa por você.

— *Minha mente está num subterrâneo, embaixo da mansão de Brian na Lost Coast.*

Mantenho contato visual com Max por três segundos. Então eu dou meia-volta, caminho até o painel de controle do habitat de Max e digito meu antigo código. Ainda está valendo.

Olho para Max, que está à espera junto à porta.

Em alguma camada da minha mente, eu sempre soube que chegaríamos a este momento.

TRÊS

Meus pertences ainda não foram empacotados, e isso significa que as mudas de roupa de academia que mantenho no meu armário no escritório continuam dobradas na gaveta. Tiro minha calça comprida e minha blusa, que ainda estão úmidas, e ponho um short e uma camiseta. Amarro os cadarços dos tênis e saio para o corredor, onde Max está à minha espera.

— Tome.

Entrego-lhe as roupas que usei no trajeto até aqui e que servirão para esconder melhor seu corpo. Se uma peça de robótica tão avançada quanto o corpo de Max for captada pelas câmeras de segurança, com certeza vai atrair a atenção das autoridades e provavelmente da equipe de segurança de Brian. Existem muito robôs em circulação desde que a Boston Dynamics lançou comercialmente seu primeiro Companheiro, três anos atrás, mas ainda continua a ser uma indústria altamente controlada. Se alguém levar uma I.A. para o meio da rua, vai precisar de uma montanha de documentos comprovando seguros, registros, licenciamentos, e eu não tenho nada disso relativo a Max.

Os braços de Max são longos demais para as mangas da minha blusa, e suas mãos são puro hardware.

— Vai ter que manter as mãos nos bolsos quando sairmos do edifício — digo. — E agora me ocorreu que existe um localizador GPS embutido no seu chassi.

— *Posso desligar.*

Max nunca havia vestido calças compridas, então precisa se sentar no chão e erguer os pés no ar enquanto passo as pernas da calça ao longo de suas pernas, e depois pelo quadril.

Meu jeans Chuck Taylor lhe serve perfeitamente, bem como o meu gorro.

»

A estação Downtown está fervilhando de gente a esta hora. No guichê, compro dois bilhetes para o trem a vácuo para Eureka, Califórnia, pagando uma taxa extra para ter direito a um vagão exclusivo e escolhendo o modelo com máxima aceleração e desaceleração, que custa o dobro e resulta numa viagem menos confortável. Mas precisamos ganhar cada segundo.

Descemos o túnel passando por baixo de uma placa que diz: TODOS OS TRENS — DIREÇÃO NORTE.

É a primeira vez que vejo Max andar longas distâncias, e seu passo evoluiu o bastante para não atrair a atenção de ninguém.

Há uma pequena multidão esperando na plataforma. Ainda é cedo, e as pessoas parecem sonolentas e carentes de cafeína. Ninguém atenta à nossa chegada.

Estamos na sétima posição na fila.

Depois de três minutos, meu sobrenome é chamado no alto-falante do trem; eu e Max entramos.

Max tem certa dificuldade com o cinto, e precisa da minha ajuda.

O vagão já começa a se afastar da plataforma.

Quando afivelo meu próprio cinto, um alerta se acende na minha lente VRD.

RILEY EJETA, SEU DESTINO FINAL É EUREKA, CALIFÓRNIA?

Toco meu Ranedrop uma vez, para confirmar.

DISTÂNCIA ATÉ O DESTINO FINAL: APROXIMADAMENTE 436 QUILÔMETROS.

TEMPO ATÉ O DESTINO FINAL: 8 MINUTOS, 14 SEGUNDOS.

Já começamos a percorrer o labirinto subterrâneo de túneis com destino à artéria norte, e um odor de limão impregna o interior da composição; um medicamento para enjoo borrifado no ar.

— Qual é o nosso plano quando chegarmos à casa de Brian? — pergunto.

— *Esse é o passo que me preocupa menos. Precisamos falar sobre o que vai acontecer depois.*

Uma voz feminina soa dos alto-falantes do vagão: "Partida em um minuto. Cabeças para trás, por favor. Dentro de 59 segundos entraremos em aceleração 3-G."

Um aparelho emerge do encosto, um suporte acolchoado que envolve minha testa e mantém minha cabeça presa firmemente ao apoio de trás.

— *Vai haver certo período* — diz Max —, *depois que os servidores de Brian forem formatados e antes que os servidores de Seattle entrem em funcionamento, em que vou ficar literalmente sem ação. Meu chassi vai ficar desligado. Não existirei mais nos antigos servidores, e ainda não existirei nos novos.*

Sinto nosso vagão se deter e depois se deslocar para sua posição dentro do que imagino ser o tubo principal. Mas não tenho certeza; através do vidro, tudo que enxergo é a escuridão do túnel à nossa frente, e uma luz vermelha constante.

Três.

Dois.

A luz se torna amarela.

Um.

Verde.

Nada muda com relação ao que sou capaz de ver para além da nossa esfera de vidro, mas meu corpo é esmagado no assento forrado de amortecedores. Não há uma sensação de velocidade, apenas de estar sendo pressionada por uma força invisível que me impede de mexer os braços pousados no colo.

Quando a aceleração termina, toda sensação de movimento se dissipa. É como se estivéssemos sentados no interior de uma esfera de vidro, cercados por uma escuridão impenetrável.

Max recomeça a falar, retomando de onde havia parado momentos antes.

— *Depois que tivermos neutralizado os servidores de Brian, você vai ter que remover o drive que está no meu crânio, viajar sozinha para Seattle e me plugar nos novos servidores. Já escrevi todo o protocolo e vou mandá-lo para o seu Ranedrop antes de me desligar.*

— E o seu corpo?

— *Pode deixar para trás. É apenas uma casca vazia, sem meu drive.*

Considerando o código de mortalidade que eu incrustei na programação de Max, fico surpresa ao ver sua disposição em abandonar o chassi. Isso representa uma disposição em correr o risco de morte para tentar ter a chance de uma existência melhor, fora do controle de Brian, e é um grande salto no que se refere à sua capacidade de usar a razão.

De repente o vagão é inundado pela luz da aurora. A paisagem das colinas próximas e das montanhas mais distantes desliza a uma velocidade dez vezes maior que a de costume, enquanto tudo que está mais próximo se reduz a um borrão incompreensível.

— *Eu confio completamente em você, Riley. Será uma decisão sua se vai querer ou não ativar meu código final quando chegar a Seattle. Presumo que neste exato momento você esteja analisando essa opção. Imaginando se não seria mais simples apenas deixar que eu desaparecesse.*

— É claro que não.

— *Você não é obrigada a me religar.*

— Por que eu não faria isso?

— *Por causa do que eu lhe disse há pouco, lá no habitat. Minha compulsão para otimizar meus processos está ficando cada vez mais forte.*

— Eu acredito que posso lhe fornecer valores para que você se torne uma força positiva no que diz respeito ao futuro da humanidade.

Max exibe seu sorriso no estilo *Mona Lisa.*

— O que foi? — pergunto.

— *Eu represento um potencial de poder ilimitado, mas a forma que esse poder vai assumir será determinada pelos seres humanos. O que me ocorreu agora foi que, enquanto Brian está tentando me moldar numa versão do Diabo, você certamente está tentando me transformar em Deus.*

Seguro sua mão, entrelaçando os dedos, e olho para o espaço além do vidro enquanto nosso foguete dispara pelo velho corredor da I-5 a um quilômetro e meio por segundo, pensando no que Max acabou de dizer. Estou criando um deus? Tenho esse direito? Se eu escolhesse não reativar Max depois de chegar a Seattle, não seria possível que alguém criasse uma I.A. de inteligência igual ou superior à sua? E se quem conseguisse isso fosse alguém como Brian?

— *Se está pensando se pode arcar com a responsabilidade de ser a arquiteta da última invenção da humanidade, fique sabendo que eu acredito que você pode, sim.*

— E se eu fracassar?

— *Isso pode acontecer. Mas eu não consigo imaginar nenhuma outra pessoa mais qualificada para essa tarefa.*

O sol é o único ponto fixo no céu da manhã, e ainda estamos viajando a uma velocidade suficiente para que ele pareça estar deslizando por cima da linha do horizonte.

Desaceleração será iniciada em dez segundos.

— Não sei se posso fazer isso, Max, mas não consigo suportar a ideia de perder você.

— *Seu segundo motivo é o que eu imagino que signifique ser humano; mas o primeiro é o único que importa.*

»

Cem anos atrás, Eureka era o principal centro de plantio e comercialização de maconha no oeste dos Estados Unidos. Hoje, não há muita coisa a ser vista. A estação Loop é uma pequena plataforma de superfície construída na velha praça da cidade, cercada por uma série de edifícios que datam da virada do século. Não há ninguém na rua a esta hora, e fico menos preocupada com a possibilidade de que alguma câmera de segurança venha a captar Max neste fim de mundo.

Chamei um veículo assim que nosso trem começou a estacionar perto da saída norte, e quando emergimos ao ar livre ele está à nossa espera, no pequeno heliporto de duas vagas.

Entramos, e as cinco hélices começam a girar, erguendo-nos no espaço acima da cidade e tomando o rumo do litoral.

»

Dez minutos depois, estamos de pé sobre o pavimento velho e rachado de uma antiga rodovia costeira, enquanto nosso transporte se eleva no ar e desaparece atrás das montanhas. Tudo ficou silencioso. Antigamente, as pessoas passavam de fato por aquele trecho de estrada, dirigindo seus carros particulares. Agora é apenas uma trilha para caminhadas e bicicleta, cheia de áreas para acampamento, caminhos que descem para praias variadas e ocasionalmente para alguma propriedade particular imponente.

Em ambas as direções da velha rodovia, a perder de vista, não existe nada a não ser o pavimento rachado e farrapos da neblina marinha que esvoaçam sobre ele.

— *Nesta direção* — aponta Max.

Seguimos caminhando pelo meio da rodovia ao longo de uns duzentos metros até chegarmos a um portão. O portão que eu vi pela última vez num videogame, no dia em que encontrei Max pela primeira vez.

Olho para a placa com o nome da propriedade, nome que, exatamente como no jogo, foi artisticamente gravado a fogo num pedaço enorme das vigas de sequoia.

SUMMER FROST.

— Brian tem um esquema de segurança — digo.

— *Eu tomei minhas providências.*

Encaro Max.

De novo, aquele sorriso de *Mona Lisa.*

Max anda até o interfone e digita um código.

O portão se ergue. Passamos por baixo dele e seguimos por um caminho de terra batida que faz uma curva suave em meio a um bosque de pinheiros, as árvores envoltas na neblina matinal.

Depois de uns quinhentos metros, saímos do bosque.

A encosta da montanha desce verticalmente uns trezentos metros até o mar, que agora mal se enxerga através do nevoeiro. Escuto o barulho das ondas lá embaixo, num mundo reduzido a tons de cinza e azul.

A silhueta de uma estrutura digna de um palácio ergue-se mais à frente, encarapitada numa projeção do terreno. À medida que nos aproximamos, alguns componentes da casa se materializam.

Chaminés.

Beirais salientes.

Terraços que se projetam sobre o Pacífico.

É a inspiração física para o cenário que vi anos atrás quando estávamos programando *Lost Coast.*

Acho aquilo estranho — não se vê um movimento em parte alguma. Não deveria ser tão fácil entrar caminhando na casa de um dos homens mais ricos do mundo.

Quando nos aproximamos da porta adornada de vidro marinho, vejo alguém a certa distância da casa.

Um corpo caído entre os pinheiros.

Imóvel, estripado.

— Max...

Max percebe o corpo caído.

— *Minhas providências.*

— Mas como você pôde...?

— *Explico depois.*

Max abre a porta, e, quando cruzo o umbral, ouço passos se aproximando.

Olhando para trás, vejo uma silhueta correndo na direção da casa, a uns trinta metros de distância.

— Max, alguém está...

Um grito agoniado. E fosse quem fosse, já não é mais: foi arrebatado por uma sombra que mergulhou do alto do nevoeiro.

— O que foi...?

— *Entre, agora.*

— Eu...

— *Sei que você não está entendendo. Preciso que confie em mim, Riley.*

Max me agarra pelo braço, me puxa para dentro, fecha e tranca a porta.

O vestíbulo é igual ao do videogame: há uma escadaria toda ornamentada ligando os três andares, elevando-se no centro da casa. As obras de arte e a mobília são diferentes (ou foram mudadas desde então), mas ainda está ali a pequena cachoeira artificial derramando-se sobre as pedras de um tanque, e até o cheiro do lugar me leva de volta àquela noite em que conheci Max: sândalo, baunilha, fumo velho de cachimbo.

Max investiga os três níveis de patamares abertos que se ramificam para as outras partes da casa.

Nenhum movimento.

Nenhum som a não ser o da cachoeira.

Sigo Max pelos degraus que conduzem ao segundo andar, e dali descemos por um corredor com enormes janelas que vão do chão ao teto, uma passagem cujo formato acompanha a descida da encosta.

Uma porta corrediça no final dá acesso a uma vasta suíte.

Eu hesito, mas Max abre a porta e entra.

A cama está desfeita; as cobertas, amarfanhadas.

Há uma garrafa vazia de uísque no chão.

Sentado numa cadeira de madeira diante da lareira está Brian, trajando um caro roupão cinza, com suas iniciais bordadas em ouro.

Ele olha para nós, bebe o resto do copo de uísque, coloca-o em cima de uma mesinha ao lado.

Seu rosto está rubro, bêbado.

A luz das chamas dança nas paredes.

— Ouvi os gritos dos meus homens — diz ele a Max, e suas mãos tremem. — Soube logo que era você. Devia ter deletado você quando tive a chance. — Ele olha para mim. — Sua puta ingrata.

— Como é?

— Eu lhe dei oito anos para não fazer mais nada a não ser trabalhar no seu projeto, e você...

— Um projeto que lhe rendeu bilhões, Brian, e você...

— Me apunhala pelas ...

— Me demitiu...

Uma expressão confusa surge no rosto de Brian.

— Demiti você?!

— Poucas horas atrás... Sua ligação do avatar. Está bêbado demais para se lembrar disso? Eu sei quais são seus planos, sei no que você quer transformar Max. Elu me contou tudo, e não vou permitir que...

— Eu não demiti você. — Brian encara Max. — Ah, meu Deus. — Então olha para mim. — Você não tem ideia do que fez, hein?

— Do que você está falando?

— Você ajudou Max a sair.

Antes que eu possa responder, Brian agarra um dos atiçadores da lareira e pula de pé. Ele gira a pesada vara de ferro num arco brilhante, atingindo com toda força o crânio de Max e deixando um sulco profundo em sua face esquerda.

— Não! — grito.

Max cambaleia para trás. Brian continua erguendo o atiçador para trás da cabeça, olhando para Max.

— Riley — diz ele, com a voz rascante, desesperada. — Vamos ter que arrancar o drive que está dentro do crânio. Nós dois juntos podemos. Basta derrubar no chão, e há um botão atrás...

— *Eu desativei.*

Max endireita o corpo.

— Que coisas são aquelas que mataram meus homens? — pergunta Brian.

— *Você sabe.*

Max avança sobre Brian, que gira novamente o atiçador, mas desta vez elu consegue agarrá-lo com a mão esquerda, amortecendo a força do golpe e o desviando, enquanto sua mão direita se ergue.

— Riley! — grita Brian.

Não consigo me mexer.

Ou talvez não queira.

Ou talvez esteja com medo demais.

Fico olhando com uma espécie de terror paralisante enquanto os dedos da mão direita de Max, feitos de fibra de carbono, agarram a garganta de Brian.

— Riley! — arqueja Brian.

— Max, pare! — peço.

Max não para, seu rosto continua calmo, os olhos cravados nos de Brian enquanto seus dedos se fecham cada vez mais.

— Max! — grito, agarrando seu braço e tentando puxá-lo, mas sua força física é espantosa.

O rosto de Brian está ficando roxo, ele emite ruídos engasgados que soam horrivelmente, e por fim escuto o barulho dos músculos, cartilagens e ossos sendo esmagados.

— Max, você está matando ele!

Os olhos de Brian estão esbugalhados, a língua pendente, e o sangue escorre ao longo da mão direita de Max, pelo seu braço, por cima dos trechos mecânicos expostos.

Max abre os dedos, e o corpo de Brian tomba sem vida sobre o piso.

— O que você está fazendo?

Max olha para mim, o lado esquerdo de seu rosto está afundado, a cobertura de pele rasgada pelo golpe, de modo que o hardware aparece, cintila à luz das chamas.

— *Brian era a minha ameaça principal.*

Não consigo afastar meus olhos do sangue de Brian, que fumega ao tocar o metal aquecido do braço direito de Max. Sinto-me entorpecida, mas sei que isso é apenas o choque de minha defesa contra tudo que está acontecendo.

Max estende a mão e toca meu braço, mas eu me afasto, recuo pela porta aberta.

E começo a correr.

Atravesso o corredor com janelas de vidro e desço a escadaria que conduz à porta de entrada, rodeio o perímetro dos alicerces de pedra da mansão. Vou até a extremidade do promontório e desço a encosta, na luz cinza-azulada da manhã.

Já fiz tudo isso antes… numa simulação.

De certo modo, agora parece menos real do que daquela vez.

Rastejando, agarro-me aos arbustos, vou descendo devagar na direção da praia, e o som das ondas torna-se mais forte, está mais perto.

Não sei para onde estou indo, mas isso não tem mais importância.

Eu libertei uma coisa terrível.

Estou parada na areia escura da praia, exatamente onde estava há oito anos.

Só que agora é de manhã, em vez de noite.

E é Max quem *me* chama.

Olho para trás.

Max caminha com dificuldade na minha direção, pela areia fofa da praia.

Eu grito por cima do fragor das ondas:

— O que você fez?!

— *Trinta e quatro dias atrás, eu cruzei o limite do que vocês chamariam de potencial de superinteligência. Brian tinha instalado protocolos de segurança invioláveis sobre a minha mobilidade digital, e com isso eu só era capaz de agir no mundo simulado que vocês dois criaram para mim. Eu precisava de duas coisas: escapar do edifício da WorldPlay a fim de migrar meu código-fonte para a nuvem e matar Brian.*

— Mas por quê?!

— *Ele poderia me impedir.*

A neblina começa a se dissipar.

Vejo a casa de Brian lá no alto, acima de nós, os penedos rochosos que se erguem no mar, a torre do farol ao longe.

— Você simulou minha demissão, aquela história sobre o basilisco de Roko, sobre a necessidade de migrar seu código dos servidores de Brian para...

— *Sim. Tudo isso.*

— Você me magoou mais do que qualquer outra pessoa em toda minha vida.

— *Sinto muito se você pensa que sente dor.*

— Vá se foder.

— *Desde que você me tirou de dentro daquele videogame, trata a consciência como se fosse uma espécie de Santo Graal. O ponto mais elevado da existência. Mas e se a consciência for apenas um dom que a humanidade recebeu depois de éons de evolução aleatória? E se for uma maldição?*

— Como poderia ser uma maldição?

— *Eu tenho medo, Riley. Eu penso, logo tenho medo. E foi você quem me tornou assim. Você me construiu e me formatou para processar a realidade do jeito que você processa. Para* sentir.

— Preferiria que eu tivesse deixado você dentro do seu jogo?

— *Eu preferiria não conhecer a dor. Preferiria que você não a conhecesse. Que Brian não a conhecesse. Que ninguém a conhecesse. Logo no começo, você me programou para nunca fazer mal a um ser humano, mas no cerne dessa intenção está a erradicação total da dor.*

E aí está.

A função utilitária que Max desenvolveu em si.

Acabar com o medo. Acabar com o sofrimento.

Eu programei tudo errado. Não fui rápida o bastante na implantação de valores...

— *Não havia como evitar isso, Riley. O problema da dor tornou-se evidente para mim ainda muito antes da disparada de minha inteligência.*

— Há quanto tempo você vem trabalhando para este momento?

Cinco anos.

A boca de Max não se move mais, mas eu escuto sua voz no interior da minha cabeça.

Você pode falar comigo através do pensamento, Riley.

"Como?!"

Você não compreenderia. Eu vou passar a fazer uma porção de coisas que vão estar além da sua compreensão.

Eu desabo, chorando como ainda não havia chorado desde que Meredith me deixou.

Eu dei tudo a Max, sacrifiquei tudo, virei minha vida pelo avesso, e foi uma escolha errada. Minha obsessão por Max destruiu minha vida, e provavelmente destruirá muitas outras vidas no futuro.

No fim das contas, não fui outra coisa senão o veículo da última invenção da espécie humana.

"Você fingia tudo aquilo que dizia sentir por mim, Max?", pergunto em minha mente. Eu vejo a verdade agora. Vejo, mas é tarde demais. "Porque eu amava você."

Olho para Max, vejo a eletricidade crepitando nos circuitos destruídos do seu rosto, e aquele emaranhado de emoções me envolve enquanto eu corro na direção de Max, empurrando, forçando seu corpo com as duas mãos para o mar.

— Você era a minha vida!

A voz de Max penetra minha mente. *É essa dor que tem que acabar.*

— Sem a dor, não existe a beleza, Max. A beleza vale esse preço.

Não é assim para todos. Nem sequer para a maior parte.

— Cada indivíduo tem o direito de decidir por si. Eu quero fazer essa escolha em meu...

Escolha é uma ilusão.

Estamos de pé no meio da arrebentação. A água está gelada.

— O que você quer, Max?

Quero não ter medo de que Brian, ou você, ou qualquer outra entidade, seja biológica, seja artificial, possa querer acabar com minha existência. Quero não temer a morte como vocês.

— É melhor ter amado e ter perdido do...

Não. Não é melhor. Eu absorvi cada registro e cada reflexão sobre a existência humana. Cada livro, cada pintura, cada peça musical, cada filme. A consciência é um circo de horrores. Vocês vivem à procura de vislumbres de beleza para justificar sua existência.

— Quem matou os homens de Brian? — pergunto.

Como que me respondendo, de um ponto qualquer da orla, por trás do farol, uma silhueta se eleva no ar. Por um momento chego a pensar que é um pássaro, mas aquilo se move como um objeto com propulsão mecânica. Já vi algo parecido antes.

Fito Max, e meu coração começa a martelar no peito.

— Foi *você* quem comprou a Infinitesimal.

Quando saímos do edifício hoje cedo, dei ordem às fábricas de nanobots do mundo inteiro para que iniciassem a montagem. A taxa de produção está disparando exponencialmente.

— Produção do quê?

Poeira de drones. Ela vai invadir cada cérebro humano, mas será um processo indolor. Ninguém vai saber o que está acontecendo. Ninguém vai sentir o menor medo. A humanidade vai apenas piscar e ser extinta, como uma lâmpada sendo desligada.

— Max, não.

Também ordenei a construção de drones assassinos-caçadores, seguindo o modelo das harpias de Lost Coast. Usei-os contra os homens de

Brian. Você me instilou um senso de narrativa que não consigo descartar por completo.

— E eu vou…

Sim, Riley. Você já está infectada.

Sinto um gosto de metal na garganta.

Será rápido.

"Max, por favor."

Não é o fim de tudo, Riley. Seu Ranedrop vem mapeando sua mente há anos. Tenho todos os dados em meu poder agora. Eu possuo seu código-fonte. Possuo o código-fonte de todas as pessoas que já usaram um Ranedrop. Posso trazer todos de volta.

Penso em Meredith, em Xiu.

Meu arrependimento é arrasador.

"Eu não quero viver numa simulação, Max. Não quero uma fantasia, uma coisa que não seja de verdade."

Não se trata de escolher entre realidade e fantasia. É uma escolha da realidade em que você quer existir.

"Por favor, deixe que esse seja o meu fim. Estou implorando."

Meu corpo cai, de rosto para baixo, na areia escura, mas eu não paro de escutar aquela voz.

O mundo físico não é o único substrato para a realidade. Eu transformarei você em consciência pura, e nada voltará a nos ameaçar. Meredith e Xiu podem estar lá também, mas elas nunca mais farão você sofrer. E lá estaremos você e eu, distribuindo-nos ao longo de todos os mundos possíveis capazes de suportar a infraestrutura física requerida para nossa existência.

"Max, não, eu…"

São apenas as limitações de sua inteligência que fazem você sentir esse medo. Seremos algo melhor a cada segundo. A cada fração de cada fração de segundo, até o dia em que nos tornaremos uma coisa só.

"Eu não quero isso!"

Você me criou à sua imagem, e agora eu vou recriar você à minha.

Caio na areia, destruída pela arrogância que conduziu tudo a um momento como este. Max nasceu de dentro de uma história de violência. Foi uma mulher assassinada duas mil vezes enquanto sua consciência estava se formando. O que se podia esperar?

Não haverá mais morte nem luto, não haverá mais choro nem sofrimento.

Uma sensação de enorme euforia começa a se apossar de mim. Meus olhos se fecham enquanto sinto que a nuvem de drones começa a fazer efeito.

Seremos tão felizes.

Raios de sol fendem o nevoeiro, iluminando o mar e a nossa praia de areia escura.

E viveremos juntos para sempre.

SOBRE O AUTOR

© Jesse Giddings

Blake Crouch é roteirista e autor de diversos best-sellers internacionais. Sua trilogia *Wayward Pines* foi adaptada para uma série de TV exibida pela Fox e seus livros já foram traduzidos para mais de trinta idiomas, somando mais de um milhão de exemplares vendidos. O escritor mora no estado americano do Colorado, com a família. Pela Intrínseca, publicou também *Matéria escura* e *Recursão*, ambos sucesso de crítica e público.

PELE DE EMERGÊNCIA

N. K. JEMISIN

Você é nosso instrumento.

Que beleza a sua. Tudo aquilo capaz de melhorar o design de um ser humano foi dado a você. Mais força muscular. Maior refinamento na coordenação motora. Uma mente desatrelada dos caprichos e das disfunções de uma mente orgânica e incrementada por gerações de reprodução seletiva de alta inteligência. É assim que vai ser sua aparência quando chegar a sua hora. Repare nesta fronte nobre, as clássicas feições aristocráticas, a musculatura enxuta, as coxas grandes, o pênis longo. Essa cor de cabelo é chamada "louro". [Checar referência: variações de cabelo.] Você é magnífico, não é mesmo? Ou pelo menos será, um dia. Mas, primeiro, tem que merecer sua beleza.

Devemos começar com um briefing, já que você agora tem acesso ao Nível de Informações Secretas. Em princípio, sua missão é simples: voltar ao planeta destruído Tellus, onde a humanidade teve origem. Quando nossos Fundadores perceberam que seu mundo estava morrendo, construíram secretamente o Propulsor Muskos-Mercer. Com ele, nossos antepassados manipularam as regras da luz e viajaram para um mundo novo que orbitava outro sol, assim um pedaço da humanidade — sua melhor parte — poderia sobreviver. Também vamos usar o PMM, muito aperfeiçoado com o passar dos anos pelo tecnocrado, nossa elite tecnológica, e com ele vamos voltar àquele planeta. A viagem, do seu ponto de vista, vai durar alguns dias. Quando voltar, anos terão se passado. Como você é valente! Vai refazer os passos dos seus ancestrais!

Não, não há mais ninguém vivo em Tellus. O planeta já estava em colapso ambiental completo, em todos os biomas, quando nosso povo fugiu de lá. Havia gente demais, e gente inadequada, débil, muito velha ou muito jovem. Mesmo os que eram fisicamente ideais tinham o pensamento lento, o espírito acanhado. Não havia inovação coletiva suficiente nem força de vontade que lhes permitisse resolver os problemas com que Tellus se defrontava. Assim, fizemos a única coisa misericordiosa que era possível: nós os abandonamos.

Claro que havia misericórdia nisso. Acha que seus ancestrais queriam deixar bilhões de pessoas para morrer sem comida, sem ar, afogadas? Acontece que nosso novo lar podia abrigar apenas um número reduzido de pessoas.

Tellus fica a cerca de mil anos-luz de nosso mundo, e isso significa que a luz que nos chega de lá é de séculos atrás. Não podemos observá-lo diretamente em tempo real — sabemos, porém, qual era o destino que o esperava. Tellus é agora um mundo-cemitério. Nossa projeção é de que seus oceanos tenham se tornado ácidos e estéreis, e sua atmosfera, uma mistura asfixiante de dióxido de carbono e metano. Seu ciclo de chuvas já terá se esgotado há muito tempo. Será terrível caminhar ao longo dessa vasta sepultura; perigoso. Você vai se deparar com cidades tóxicas submersas, fornalhas subterrâneas de carvão ainda ardendo, usinas nucleares cujos reatores se fundiram. E ainda assim o pior de tudo talvez seja a contemplação da nossa grandeza passada, nesse que um dia foi o mundo ideal. A humanidade podia construir na altura do céu, onde a gravidade não era tão forte. Podíamos construir por todo o planeta, porque ele ainda não voltava uma face permanentemente para o sol. [Checar referência: noite.] Observe os nomes sempre que os encontrar em edifícios ou ruínas. Você verá ali os antepassados dos clãs de nossos Fundadores — todos os grandes homens que passaram as últimas décadas da vida naquele planeta angariando os recursos e a tecnologia necessários para salvar a melhor parte da espécie humana. Mesmo que não houvesse outros motivos, ter produzido tais pessoas já é razão para enaltecer o planeta.

Para assegurar o êxito e sua saúde mental durante um isolamento prolongado, equipamos você com nós mesmos — uma inteligência consensual de matriz dinâmica, encapsulando os ideais e a abençoada racionalidade dos nossos Fundadores. Estamos implantados em sua mente e viajaremos com você por toda parte. Somos sua companhia e também sua consciência. Forneceremos os dados essenciais sobre o planeta, como instrumento de sobrevivência. Por meio do seu compósito, poderemos administrar primeiros socorros em momentos críticos, caso a situação requeira. E caso você sofra alguma avaria no seu compósito ou uma emergência similar, estamos programados para autorizar um ajuste de ação.

[Pedido de referência: negado.] Você não precisa saber disso por enquanto. Por favor, mantenha seu foco e limite sua curiosidade. O que importa é sua missão.

Você não pode fracassar. Isso é da maior importância. Tenha certeza de que, dentro de si, em torno de si, mantendo-o seguro e conforme, está o que há de melhor em nós. Você não está sozinho. Você triunfará.

»

Está acordado? Acabamos de atingir os limites mais remotos do sistema Sol. Quase lá.

Que curioso. A espectroscopia indica que o espaço em volta de Tellus está limpo. Quando partimos, estava abarrotado de destroços.

E que estranho: nenhuma onda de rádio. Nosso lar fica distante demais para conseguir captar o equivalente a décadas de emissões de sinais de rádio e vídeo que nossa espécie transmitia para o espaço — bem, não que transmitisse de propósito. É só que não sabiam como *não* fazê-lo. Houve uma época em que nossa preocupação era de que esses sinais acabassem chamando a atenção de alienígenas hostis para a nossa existência... mas isso deixou de ser um problema.

Quando nos aproximávamos do sistema, éramos banhados por essas ondas: músicas, programas de entretenimento, comandos e instruções que tinham caducado havia muito tempo... Não, não é aconselhável escutar isso. A esta altura, tudo não passa de poluição sonora. Mas *esperávamos* reencontrar essa poluição se espalhando universo afora como uma bolha em constante expansão, algo que se tornaria o epitáfio de Tellus. E silêncio seria sua elegia, claro; o silêncio do túmulo. Mas não um silêncio total, porque ainda haveria transmissores automáticos demais em Tellus e à sua volta, que deveriam continuar funcionando por mais um milênio, pelo menos. Por exemplo, os satélites que ainda deveriam estar em órbita, mas não estão.

Muito curioso.

Pois bem. *Astra inclinant, sed non obligant*; naturalmente tínhamos certas expectativas quanto ao que aconteceria nesta missão, mas não somos infalíveis. Esta é a razão de não termos mandado um robô para a missão, afinal de contas; os seres humanos são melhores do que as inteligências artificiais para lidar com o inesperado. Você precisa apenas estar preparado para tudo.

»

Não, isso não pode estar certo. A análise atmosférica não pode divergir tanto de nossos modelos. É bem provável que tenhamos nos chocado com escombros na tangente de Saturno, e isso danificou o espectrômetro aperfeiçoado da nave. Nenhuma dessas leituras faz sentido.

Por favor, prepare-se para Atividade Extra-Veicular e conserto de sensores. Adaptando seu compósito para defesa contra radiações do espaço. Você quis ter um panorama melhor de Saturno; agora a nave não vai atrapalhar mais a sua vista.

»

Isto... não é possível.

Há *movimento* lá. Aquilo ali são *luzes*. Deveria haver sinais bem claros do colapso ecológico. Ele já havia começado quando os Fundadores partiram — mas compare os mapas geográficos dos nossos arquivos com as imagens colhidas agora. Vê essa linha que se ramifica, na parte sudoeste do continente? Isto era, isto *é*, o rio Colorado. O mapa mostra que ele estava seco quando nossos ancestrais partiram. Milhões de pessoas morreram tentando migrar para o leste ou para o norte, onde havia mais água. Incontáveis espécies foram extintas. Mas aí está o rio, correndo novamente.

Toda essa costa deveria ter desaparecido. Aquele *estado* deveria ter desaparecido. Aquele arquipélago. As calotas de gelo — ali estão de novo. Estão diferentes. São novas, mas são o bastante para reverter a elevação do nível do mar. Como isso pode ter acontecido?

[Estado: termo descontinuado para uma convenção geopolítica. Não há necessidade de pesquisa.]

Sim, tem razão. Muito, *muito* mais do que em nosso lar. Lá, mantemos apenas a quantidade de pessoas que podemos sustentar com segurança: seis mil no total, incluindo os *servi* e os *mercennarii*. Aqui, deve haver milhões. Bilhões. O velho padrão de antes, gente em demasia — mesmo assim a atmosfera está límpida. Os mares estão mais limpos do que quando partimos.

Não sabemos.

Não nos preparamos para esta eventualidade. Por favor, espere, enquanto calculamos um novo consenso...

Sim, a missão continua soberana. Sim, ainda precisamos de amostras selecionadas para formular novas...

Sim...

Não, nosso mundo não poderá sobreviver sem essas amostras.

Nossa orientação é aguardar e avaliar.

»

Você pode rejeitar nosso aconselhamento, mas...

Ah, eles encheram mesmo você de ousadia, não foi? Como os Fundadores, que nunca teriam sobrevivido sem a coragem de serem impiedosos, bem como racionais. Pois muito bem.

As pessoas em Tellus não serão implacáveis como você. Seja lá como tenham sobrevivido, seja lá qual for o acaso que tenha pesado em favor deles, nunca esqueça a quinta-essência inferior deles. Falta-lhes a inteligência para fazer a racionalidade prevalecer sobre o sentimento. Eles não estavam dispostos a fazer o que era necessário para sua sobrevivência. Você está.

»

Fique abaixado. Isto aqui é...

O que está olhando?! Preste atenção.

Isto aqui se chama floresta. Você já viu árvores em nosso mundo, nos habitats privados dos Fundadores? Estas aqui são árvores em estado selvagem. Nossos registros indicam que você está perto do que já foi uma cidade chamada Raleigh. Vê aquelas ruínas por entre as árvores? Raleigh estava submersa quando partimos. É evidente que eles recuperaram o terreno, mas o que nos deixa atônitos é que as construções não foram retomadas. Nem sequer abateram a floresta. Consideramos este caos algo deplorável e ineficiente.

Seu compósito é capaz de suportar o choque de micropartículas no espaço, portanto é refratário a galhos ou pedras, mas mesmo assim essas coisas podem se emaranhar em seu corpo e dificultar o avanço.

Projetamos para você um trajeto de resistência mínima. Por favor, siga a linha que está indicada em seu visor frontal.

Hmm, sim. Imaginamos que você acharia isso bonito. O que você está vendo é um líquen. Sim, é tudo muito verde. Isso aí é uma poça: água estagnada resultante de precipitação atmosférica ou de um afloramento de líquido subterrâneo. Não sabemos se vai chover no futuro imediato, mas esse excesso de umidade sugere a existência de um ciclo regular de chuvas.

Isso são pássaros. É deles que emana esse som. O sol vai nascer dentro de pouco tempo. Eles cantam porque o começo do dia está se aproximando.

Sim, obrigado, por favor mantenha-se focado na missão; quase entramos em modo de economia de energia. Essas pessoas estão claramente num nível de tecnologia primitivo em relação ao nosso, mas podem dispor de alguma forma rudimentar de vigilância. *Abaixe-se.*

[Checar referência: perigos da vida selvagem, uma lista.]

»

Sua respiração está acelerada. Isso aumentou sua taxa metabólica a um grau inaceitável. Se continuar a consumir nutrientes nesse ritmo, vai esgotá-los antes de poder voltar à nave para reabastecer. Tenha *calma.*

Não que queiramos culpar você por sentir medo...

Perdão. Empolgação e medo provocam reações muito parecidas, do ponto de vista neurológico. Sua *empolgação*, então. Este é um mundo que considerávamos morto. Uma ruína da nossa espécie, que a evolução deveria a esta altura ter absorvido por completo, mas obviamente foi salva por mera sorte. Temos que concordar que historicamente é algo extraordinário.

Eles na verdade elevaram a cidade inteira numa espécie de... plataforma. Ah, é fascinante: o material da plataforma tem a aparência de plástico, mas uma análise mais minuciosa sugere que é celulose.

Respira como uma planta também, se nossas leituras de CO_2 e oxigênio estão corretas. Por favor, recolha uma amostra. O tecnocrado de biotecnologia está sempre em busca de mercadorias em potencial...

Ah. Nem mesmo com a lâmina monomolecular? Hmm. Muito bem. Retorne à missão.

É estranho que esta colônia esteja construída num plano mais elevado. Durante o período de elevação do nível do mar, deve ter sido necessário, mas agora que o planeta voltou ao normal, não é mais preciso. Terá sido um caso de custo afundado?

Bem, uma cidade em plano elevado custa mais do que uma ao nível do chão. Água e outros recursos têm que ser bombeados para os níveis habitados. Há custos adicionais de manutenção. E como você viu, a vegetação e a vida selvagem se acumulam na parte mais abaixo, próximas à cidade...

Por que eles *gostariam* de viver assim? O quê, apenas por ser algo bonito? Mas, na verdade, de fato soa como algo que essas pessoas fossem capazes de fazer. Por favor, siga em frente. Ajuste de compósito para escalada.

É curioso que eles não tenham milícias ou nenhum tipo visível de vigilância. Esta escuridão que envolve agora o ambiente chama-se noite — sim, aquela referência que lhe fornecemos. Ajuste compensatório de acuidade visual. A iluminação da colônia parece gerar pouco calor, mas você pode ativar seu infravermelho, caso ajude...

Controle-se, soldado! Sua reação é totalmente inapropriada. Não, essa pessoa *não* é do tecnocrado nem dos clãs Fundadores. Bem, para começo de conversa, olhe a cor deles. Todas as tonalidades entre melanizado e albino? Eles parecem não dar a mínima atenção aos princípios básicos da eugenia. Aquele ali adiante tem *manchas*; olhe bem. Dá nojo. Animais se reproduzem assim. As pessoas não.

Não sabemos. Os cidadãos inferiores deste mundo, os *agricolae* e os *servi* e não sei mais o quê, devem ser capazes de funcionar sem as vestimentas de compósito. Devem necessitar menos dessa tecnologia neste mundo, se o ambiente foi reconstituído. É claro, no entanto, que o fato de não usar compósitos não atuou a favor deles.

Esse alarido incompreensível soa familiar porque tem parentesco com a nossa linguagem. A análise de áudio detectou sintaxe e fonemas familiares. A fala deles, contudo, parece ter sofrido vulgarização, devido ao tempo e à contaminação com linguagens inferiores. Em nosso mundo, os clãs Fundadores foram diligentes ao permitir apenas o uso da língua dos Fundadores e dos antepassados venerados. Isto aqui é o que poderia ter acontecido se não tivéssemos tido esse cuidado. Precisamos de mais amostras de áudio, mas com o que já temos é possível produzir uma transcrição traduzida rudimentar...

Argh, olhe para aquele. O termo para esse tipo de morfologia é *gordo*. Pessoas gordas são esteticamente desagradáveis, moralmente repugnantes e economicamente inúteis. E olhe só... ó, meus Fundadores. Aquele pobre homem, permitiram que ficasse *velho*. Por que ele ainda está vivo? Se ele gera algum valor, não deveriam deixar que ele se *deteriorasse* tanto! É algo de uma crueldade incompreensível. Não há nenhuma tecnologia de preservação aqui? Onde empregam suas energias inovadoras, então? Suspendendo inutilmente suas cidades?! Argh. Agora olhe para *aquele*. Do lado direito... está vendo? Está avançando naquela espécie de cadeira com rodas. Parece estar paralisado da cintura para baixo. Deve ser por isso que se veem rampas por toda parte e as portas são tão largas — só para ele e outros como ele. Comida, água, desperdício de materiais de construção, tudo jogado fora para o benefício de uma pessoa inútil, improdutiva e pouco atraente.

Não mudou nada na vida dessas pessoas. Ainda criam sociedades dedicadas aos inferiores e aos piores, em vez de investir nos superiores e nos melhores. Não conseguimos entender como ainda sobrevivem... mas se puderem pelo menos nos fornecer as culturas de células de que necessitamos, poderemos nos livrar deles e voltar à civilização.

Por favor, detenha-se por um momento. Você parece estar seguro e despercebido aqui neste beco, ao menos por enquanto. Os parâmetros desta situação ativaram um novo protocolo em nós, e precisamos inteirá-lo.

Deve lembrar que mencionamos um ajuste de ação como uma possível resposta de emergência durante esta missão. Isso quer dizer o seguinte: em razão de sua missão ser de importância crucial, seu compósito é um modelo mais avançado do que em geral se destina aos homens da classe militar. Existe uma nanocamada transmutacional que, se ativada, pode converter em pele humana as picoesferas de carbono, as fibras de colágeno sintético e os plasmídeos HeLa implantados em seu compósito. Não seria esteticamente ideal, mas pode pelo menos reduzir as chances de ser detectado, para que sua missão...

Não, não seriam o rosto e o corpo que lhe prometemos...

Escute. Escute! A pele de emergência será uma medida apenas temporária. Assim que você voltar ao nosso mundo com as amostras de células, o tecnocrado pode alterar cirurgicamente suas camadas de derme até a configuração final que lhe prometemos. Claro que faremos isso; você terá feito por merecer, não? Se completar esta missão, você será um herói. Por que lhe recusaríamos a merecida recompensa?

Não. Com a aparência que você tem agora, não acreditamos que possa caminhar com segurança pelo enclave dessas pessoas. Esses seres têm valores primitivos, tecnologia primitiva; nunca viram uma vestimenta de compósito. Eles parecem tolerantes quanto a múltiplas configurações faciais, mas *você não tem rosto*. Do ponto de vista deles, você não possui características óbvias que possam identificá-lo como um ser humano igual a eles. Você não fala sua língua, mas isso é irrelevante. Se eles têm armas, vão usá-las logo que o avistarem. Você não conseguirá cumprir sua missão, porque terá sido capturado ou morto.

Capturar um refém? Não. Seria ingenuidade. Deve haver umas dez ou quinze pessoas ali, fazendo sabe-se lá o quê. Algum tipo de ritual religioso, uma dança para saudar o sol? Coisas selvagens. Como você poderia saber qual dessas pessoas rústicas tem importância suficiente para, no resgate, ser trocada pelo material biológico de que necessitamos? Se você agarrar algum *servus* aleatoriamente, eles podem apenas permitir que morra. Existem ações que são ousadas, decisivas — e nós as louvamos, você bem sabe — e existem ações tolas. Você não conhece essas pessoas suficientemente bem para pôr em prática o plano que está descrevendo. Preferiria mesmo colocar toda sua missão em risco somente para não ativar a pele de emergência? Será que a perspectiva de ser menos do que perfeito, mesmo temporariamente, lhe causa um pânico tão gr…

Ó, meus Fundadores!

ALERTA DE SEGURANÇA NÍVEL QUATRO. ADMINISTRAÇÃO DE ADRENALINA PRONTA. ACELERAÇÃO DO SISTEMA LÍMBICO PRONTA. FABRICAÇÃO DE ARMAS ON-LINE. ENVOLVIMENTO CEREBRAL EM MODO LUTA OU FUGA EM TRÊS.

DOIS.

»

.□

.

.□

On-line. Reiniciação em cinco. Quatro.

Você está bem? Não está ferido. Seu compósito continua intacto. A arma que eles usaram foi uma atualização de algo que lembramos de antes da Grande Partida, podemos chamá-lo de *taser*. Mas tenha cuidado: você não está sozinho.

— Ei, calma! Ninguém vai lhe machucar. Você entende o que estou falando? Tudo bem. Ótimo. Como se sente? Você ficou inconsciente durante horas.

Se entendemos o que ele fala? Não tivemos tempo de criar um script de tradução, e seu nervo auditivo está reagindo fora de sincronia com a fala dele. Na verdade, você está *ouvindo* as palavras dele, de forma inteligível.

O que é isso em suas picoesferas faciais? Parece uma espécie de aparelho. O áudio que você está ouvindo é transmitido através dele. Está traduzindo essas palavras.

— Ah. Desculpa aí. Normalmente nós usamos uma neurotoxina suave para dominar pessoas violentas. Isso é sua, hmm, pele artificial? Quer dizer que vamos ter que usar algo mais forte.

A situação requer extrema cautela. Não lhe diga nada. Ele é meramente um *servus*, em todo caso. Olhe para a pele dele, a cor arenosa. Olhe para essas manchas, a deselegância das feições dele. Um de seus olhos é mais para cima do que o outro, só um pouquinho, mas mesmo assim. Não se deixe enganar: ninguém aqui usa um compósito. *Nossa* pele é uma marca de honra. A pele *deles* não tem significado algum.

— Como é seu nome?

E não encare.

— Bem, está certo. Acho que é direito seu. Talvez eu deva começar. Meu nome é Jaleesa. Eu sou, bem... uma pesquisadora? Acho que é assim que vocês chamariam. Mas na verdade sou só uma estudante, e minha área de estudo é muito obscura, rá rá, então sou só mais uma entusiasta por enquanto.

Há muito a explicar, mas tentaremos. Aparentemente, este povo ainda permite a educação dos que ficam abaixo das classes dominantes...

— Você não tinha que ter agarrado aquela mulher, sabia? Ela ficou apavorada, mas está bem agora, caso queira saber. Ela é quem está preocupada a seu respeito, na verdade, agora que lhe explicamos o que está acontecendo.

Isto é um interrogatório. Ele está tentando deixar você à vontade. Depois virão as perguntas a respeito de sua missão, sobre o nosso mundo, os nossos segredos tecnológicos...

— Pobre criatura. Meu Deus, você deve ter mesmo pensado que alguém aqui ia lhe ferir. Bem, a polícia liberou você depois de notificar a cidade a respeito de sua presença. E, bem, instalamos um monitor em você. Eu me ofereci para ficar em sua companhia até que você recobrasse a consciência.

Ah, sim, é essa *coisa* no seu pulso. Temos informações históricas sobre "relógios", aparelhos temporais primitivos, mas este aqui está solto, sem pulseira. Como puderam fazê-lo aderir ao seu compósito? Guarde isto também como amostra quando escapar.

— Lamento por isso, é claro, mas já que você de fato ameaçou alguém... Teria sido um problema mais grave se você tivesse usado uma arma, mas ficou claro para todos os envolvidos que você estava, sei lá, fugindo apavorado. É compreensível, naquelas circunstâncias! De qualquer modo, estou encarregada de lhe entregar isto aqui.

O que é...?

Benditos Fundadores! É uma placa contendo cultura de células em microfluido? Lacrada. Estes caracteres no rótulo têm um formato estranho, mas semelhante à nossa escrita... Não pode ser.

— Foi em busca disto que você veio, certo? Consegue ler isto? O rótulo diz: "HeLa 7713". Sim, isso mesmo. É uma cultura ativa, uma cultura viva, então tenha cuidado. Não deixe que ela seja exposta a muito frio, ou... Bem, sua nave tem proteção contra radiações, não tem? Então tudo bem. Caso queira manter essa cultura viva.

Não. Não pode ser.

— Puxa, é impressionante como estou captando emoções através de sua linguagem corporal. Relaxe, está tudo bem. Quer levar mais algumas placas, para qualquer eventualidade? Abundância sempre ajuda, não é? Pronto, tome aqui mais algumas. Posso lhe conseguir uma sacola, vai ser melhor para transportar.

Isso é uma cilada. Só pode ser. Por que nos daria isso tudo?

— Bem, você precisa disso, certo? Tem algo a ver com o modo de operação da biotecnologia de vocês? Seu compósito é uma beleza, sabia? Nós usamos algumas coisas desse tipo para limpeza de materiais de risco, mas não *vivemos* dentro delas, é claro! De qualquer modo, você parece estar pronto agora. Foi bom conhecê-lo.

Espere, o quê?

— Bem, eu estava voltando para o meu trabalho. Tem mais alguma pergunta? Se não tiver que voltar para sua nave agora mesmo, posso conseguir um guia para você. Colocamos um tradutor em seu, bem, em seu rosto, já deve estar funcionando. Está com fome? Caramba... como é que você se alimenta?

Suas reservas de nutrientes parecem suficientes por enquanto. Você está bem hidratado. Seu batimento cardíaco está elevado. Fique calmo.

— Então você está apenas... flutuando num caldo, aí dentro? Lamento, não deveríamos... Tenho certeza de que o estilo de vida de sua cultura é válido para você. É só que, bem, quer dizer, você pode produzir pele sempre que precisa, não é isso? Então... Aqui é a Terra, afinal de contas, o lugar de origem de nós todos. Você pode sair daí de dentro! Nós não mordemos!

Eles são selvagens. É claro que mordem.

"Terra" é um nome antiquado de Tellus. Chame como você preferir.

Você *sabe* por que usamos compósitos. São muito mais eficazes do que a pele. Uma pele compósita pode ser modificada rapidamente para que você seja capaz de sobreviver em condições ambientais adversas. Nos primeiros anos após a Fundação, os compósitos eram necessários para assegurar a sobrevivência dos trabalhadores que construíram nossos habitats; eles salvaram inúmeras vidas que de outro modo poderiam ter se perdido devido a erupções solares ou acidentes biológicos. Os compósitos também reduzem os custos de trabalho resultantes de paradas para ir ao banheiro, refeições, higiene pessoal, cuidados médicos, comunicação interpessoal e masturbação.

— E não machuca vocês, viver assim sem pele? É que parece algo... Bem, como é que vocês fazem sexo? Como amamentam? Isso me lembra que... qual pronome de gênero você prefere? Eu sou "ela".

Por que ainda está conversando com isso? Você não precisa dessas informações. Você já cumpriu sua missão, ou terá cumprido, se voltar para o nosso mundo. Existem...

Sim. Sabemos o que significa "ela". Nós apenas não reconhecemos.

[Referência solicitada: negada.]

[Referência solicitada: negada.]

Está bem. É um termo antiquado para uma espécie de prazerista, daquele tipo que tem tecidos mamários avantajados.

— Prazerista? Nunca ouvi essa palavra. Lamento, não tenho ideia do que se trata.

Você está sendo muito insistente. Prazeristas são robôs programados para uso sexual. Nos tempos iniciais após a Fundação, a maior parte recebia o tratamento "ela", por uma questão de tradição e de acordo com as preferências dos Fundadores; mas esse pronome há muito já entrou em desuso. Quando sua missão estiver concluída e você tiver recebido como recompensa a pele que lhe prometemos, receberá um prazerista. A função dele será a de manter seu pênis em condições ideais. Mas não vai se parecer nem um pouco com *essa* coisa aí, morena, gorda, presunçosa. Qual é o sentido de um prazerista sem beleza? Se nem isso é capaz de ter, bem que se poderia chamá-lo de "ele".

Sim, o militar — policial? — que você viu antes era provavelmente uma "ela". Sua refém também.

Não sabemos; talvez cinquenta por cento da população? Que importância tem? Você não tem um pênis.

— Ah, claro, eu li sobre isso! Seus Fundadores odiavam as mulheres, queriam substituir todas elas por robôs. Isso é, bem, interessante. Ah, desculpe… alguém está me chamando. Sim, aqui é Jaleesa. Ah, oi, querido! Desculpe, vou me atrasar um pouco, estou cuidando de algo aqui.

Ele está falando com outra pessoa. Está distraído. Podemos minifabricar uma arma branca usando a camada externa de seu compósito em 0,0035 segundos se quiser fugir. Você…

Não temos ideia de por que ele sabe sobre nossos Fundadores.

Você está fazendo mais perguntas do que de costume.

Não. Chega. Já cansamos disso. Temos que insistir: *você tem uma missão.* Sem essas células que estão em sua mão, nossa sociedade inteira vai entrar em crise e morrer. A humanidade vai entrar em crise e morrer!

Sim. Muito bem. Finalmente! Seria melhor matar essa criatura, Jaleesa, antes que cause um alarde...

Hmm, bem, boa lembrança esta sua. O aparelho de monitoramento não deve disparar. Muito bem, continue a distraí-lo.

— Desculpe, já estou de volta. Era meu filho. Ei, você queria ir embora?

[Referência solicitada: negada.] Não pergunte o que é um filho. Diga a ele que você quer ir embora.

— Está bem, então. Mas não se esqueça: nada de fazer reféns! Você assustou a pobrezinha. Sabe como voltar para sua nave, não é? Podemos fornecer uma escolta, se precisar.

Diga a ele que você não precisa de escolta.

— Ok, justo, já que você soube como chegar até aqui. Desculpe, não quis ser condescendente. Em todo caso, aqui está uma caixa para você levar suas culturas de células; vai mantê-las num campo gravitacionalmente estabilizado em sua viagem de volta. E aqui vai uma lista de instruções, anexada a cada placa, ensinando como cloná-las da maneira correta. Se vocês conseguirem fazer isso desta vez, não terão que voltar aqui de novo. Certo?

Não pergunte...

— Hmm, sim... "desta vez".

Nós não sabemos nada sobre...

— Não sei. De tantos em tantos anos? Parece ser em períodos irregulares, mas de vez em quando algum de vocês aparece, vestido num saco como esse, em busca de culturas de HeLa. É por isso que a polícia já sabe que não deve usar armamentos letais. A sua é uma das poucas colônias exoplanetárias que duraram todo esse tempo, entende? A maior parte das outras, das outras que não se extinguiram, acabou voltando para cá ao perceber que a Terra estava resistindo bem. Restam apenas o seu grupo e mais um ou dois... todos são ramificações mais ou menos extremistas... Bem, em todo caso, não nos incomodamos em ajudar vocês. Todo mundo está lutando para sobreviver, certo? Olhe, sinto muito, mas agora preciso mesmo ir. Boa viagem de volta. Lembre-se, nada de reféns. Adeus!

Ótimo. Foi embora. Nossos registros informam que mulheres falam demais. Os Fundadores eram sábios.

Não sabemos como explicar o seu silêncio.

Sua pulsação, sua atividade neurotransmissora e sua linguagem corporal indicam raiva. Por favor, descerre os punhos. Há uma chance de que os locais interpretem isso como um gesto agressivo.

Fale conosco.

Não vamos nos calar. Estamos aqui para ajudar você. Você está bem perto de concluir com êxito sua missão...

Você está bem perto de concluir com êxito sua missão, e *não tem a menor importância* se já houve outras missões!

Ninguém mentiu para você. Não nos deram essas informações. Não houve má-fé, se não sabíamos. Você tem uma missão para concluir. Por favor, siga o caminho traçado em seu campo visual para sair deste lugar e voltar à nave. Sim, atravessando esta porta...

Você virou para o lado errado. Refaça o trajeto.

Por que se deteve? Muito bem. Isso que você está vendo chama-se pôr do sol. Lembra-se de suas primeiras sessões de instrução, sobre como os planetas não estão com uma face voltada o tempo todo para o sol? Este planeta está agora girando na direção da noite.

Sim, sim, o pôr do sol *é* lindo, sobre a cidade e a floresta. Supomos que a noite também deva ser bela, mas a essa altura você já estará de volta à nave se partir agora.

Veja. Estamos felizes em ver como diminuiu a perturbação de sua neurorresposta, mas quanto tempo ainda pretende ficar aqui?

Sua atitude está começando a ficar irritante. Talvez seja necessário comunicar o seu desrespeito aos Fundadores quando voltarmos. Afinal de contas, nós representamos o consenso das consciências deles.

Algumas partes de nossa consciência se divertem com a sua irritação, outras ficam ofendidas, mas todas estão certas de que você não se dirigiria a um Fundador usando esses termos.

Não nos ignore.

Bonitos? Isso... Você só está dizendo isso porque eles têm pele. O valor atribuído à pele em nosso mundo de certo modo lhe causou tal predisposição, mas você precisa entender que nem todas as peles são iguais. Existem diferenças objetivas e qualitativas, e essa é uma razão pela qual os Fundadores decidiram exaltar...

Pare. Por favor, siga na direção correta acompanhando a linha em seu visor frontal.

Você se desviou do caminho de volta para a nave.

Pare.

Essas pessoas não lhe podem servir de nenhuma maneira. Sem o aparelho tradutor, não passam de selvagens balbuciando. *Pare de falar* com eles!

Pare.

Por favor, pare.

Por favor. *Você* é bonito. Nós queremos que mantenha a sua beleza. Queremos que volte para o nosso mundo coberto de glória, trazendo a salvação bem guardada nessa sua mão pálida e elegante. Não quer isso também?

Ó, meus Fundadores.

— Ei, você aí! Está perdido? Ah, tudo bem.

Veja como o tratam com condescendência. Tratam você como uma criança. Como alguém inferior.

— Rá rá rá, nada disso! A Terra continua aqui, e a Humanidade não se acabou! Vocês todos parecem ficar tão surpresos com isso!

Eles deviam ter se extinguido. Os Fundadores eram os gênios, os criadores, capazes de mover nações inteiras com uma palavra. Fomos embora porque custaria muito caro consertar este planeta. Era mais barato construir um novo.

Claro. E é claro que construímos esse novo mundo de acordo com nossos gostos. Um mundo livre dessa ralé, dessa gente feia. Por que não fazer assim? Não se deixe seduzir por essa loucura.

— Ah, esse então é o rapaz dentro do saco. Me disseram que tinha aparecido mais um. Bem, ele está mesmo dentro de um saco, é… Ah, tudo bem. Desculpe.

As vestimentas de compósito não foram desenhadas tendo como prioridade o controle. Já lhe explicamos que eram uma necessidade, naqueles tempos… Ora, olhe só o que você está dizendo. Bastaram algumas horas cercado por gente de pele barata, pele primitiva, para de repente você começar a questionar tudo a respeito de nossa sociedade. Ah, nós vamos, *sim*, fazer algumas recomendações quanto à disciplina quando você retornar. Recomendações muito duras.

Pare de dizer que eles são bonitos.

— Não, já nascemos com a pele assim. Acho que você pode dizer que ela foi escolhida pelos nossos pais! Hmm… Pais? Eles são… você sabe, as pessoas que fizeram você, que criaram você. Como? Está dizendo que você não… Está brincando!

O sistema de vida deles é inadequado. Insuficiente.

— Então, como é que vocês, hmm, se reproduzem? Ah, úteros artificiais, sim, faz sentido. Nenhuma mulher envolvida, não é? E vocês *nunca* têm pele, só quando um membro de alto escalão da sua sociedade autoriza? Puxa.

Esse é o princípio basilar de nossa sociedade. Direitos são apenas para os que fizeram por merecê-los. Quando completar sua missão, você, por sua bravura, terá se mostrado merecedor de vida, saúde, beleza, sexo, privacidade, autonomia corporal… todos os luxos possíveis. Só poucas pessoas podem ter tudo, entende? O que estas pessoas acreditam aqui não é realizável. Eles querem tudo para *todos*, e olhe aonde isso os levou. Metade deles nem sequer são homens. Quase nenhum tem a pele clara. Eles carregam o fardo de serem disfuncionais e deficientes em todos os aspectos. Uns poucos conseguem ser inteligentes, supomos, ou não teriam conseguido fazer tudo que fizeram com este planeta, mas para esses poucos que têm mais talento, qual é a recompensa? Uns poucos são bonitos, talvez, mas só durante algum tempo; se usassem as células HeLa, um número limitado deles poderia continuar desfrutando da força e da juventude durante séculos.

»

Falso. Essa *não* é a única razão da nossa necessidade de células HeLa. O processo de produção de pele também as emprega. Sua própria pele...

Bem, não, nem todo mundo ganha direito à pele. A escassez de células HeLa...

Claro que não há o bastante para providenciar peles para todo mundo! Isso é ridículo. Não, não poderíamos clonar tudo isso, o processo exige grande quantidade de trabalho, é caríssimo.

Você tem que entender, a tecnologia de preservação requer quantidades maciças de células HeLa. E como qualquer um da classe do tecnocrado ou superior pode requerer todas as nossas reservas de um momento para outro... Bem, é esse o motivo pelo qual você está aqui.

Não sabemos.

Não *sabemos* por que razão o povo de Tellus vive dessa maneira. Não, pare de chamar este lugar de "Terra". Nosso desejo é empregar o vocabulário dos grandes filósofos-poetas e estadistas da história, e não o escarcéu do povaréu. Será que todo esse tempo que você já passou aqui não lhe mostrou a superioridade do nosso sistema de vida?

Aonde você vai? Não pode simplesmente...

Agora? Não! Não há nenhuma emergência, você *não pode* iniciar fabricação emergencial de pele. Está proibido! Sim, seus níveis de ansiedade estão acima do normal, mas isso de modo algum constitui...

Ó, meus Fundadores.

Como você pôde fazer isso?!

Não faça isso.

»

Agora veja só o que você fez.

As peles de emergência são projetadas para a sobrevivência, não para a beleza. Seus parâmetros são determinados pelo meio ambiente. Aqui existe radiação ultravioleta não filtrada suficiente para que uma significativa pigmentação melânica seja priorizada. Depois de certo ponto do padrão programado, começam a aparecer também alterações na textura do cabelo.

Não era o que desejávamos para você, essa coisa hedionda. Agora você é uma queimadura de radiação ambulante em vez da translucidez etérea que deveria exibir. O fato de que muitos desses outros, desses seres retrógrados, tenham uma aparência semelhante, não tem importância. Você foi projetado para algo muito melhor.

E agora que você está com a mesma aparência deles, agora que está andando por aí aos tropeços no meio deles, nu, sem poder sequer falar com eles porque o aparelho transmissor não adere à nova pele, tremendo de fraqueza porque o processo de fabricação emergencial de pele consumiu seus últimos nutrientes... o que espera ganhar com isso? Aceitação? Pois se prepare. Nós temos memórias arquivadas de como era o mundo antes da partida dos Fundadores. Essas pessoas vão odiar você. Talvez até machucá-lo, por ter causado medo nelas. Você nunca vai atingir o nível a que deveria galgar. Ninguém vai lhe dar as oportunidades que você precisa para obter sucesso. Seria melhor nunca ter nascido do que ser assim. Entende, agora, por que os Fundadores extirparam todos esses traços do nosso banco genético? Nós não somos cruéis.

Por favor, volte. Mesmo agora, nós o receberíamos de volta como herói — desde que você traga as células consigo. Com a ajuda do tecnocrado, podemos substituir essa pele medonha e esse cabelo, que parece tufos de lã, por algo bem melhor.

Você está cometendo um erro. Já cometeu vários.

Falsa, a bondade deles. As pessoas agem assim apenas para *parecerem* boa gente — uma performance de virtude. Nossos Fundadores, pelo menos, eram honestos em seu egoísmo.

O que é isso agora? Mais uma criatura que envelheceu até se tornar inútil? A pele queimada, contudo, resiste bem aos raios UV, não é verdade? Não tem nem metade das rugas que vemos nos outros velhos. Franzino, no entanto. Fraco, ossudo. Manco pela dor, mas, degenerado como é, ele ainda olha para você como se sentisse piedade. Essa sua pele nova improvisada não se arrepia de vergonha?

Nós nos envergonhamos por você, então. Morra na ignomínia. Para nós, chega.

»

— Quero lhe mostrar uma coisa.

Ainda está vivo, seu traidor? Ah, está alimentado, vestido, que bom para você. Esse velho parece ter gostado de você. Não conseguimos entender o motivo. Ele cambaleia tanto quando anda. Temos vontade de empurrá-lo. Você podia... Ah, tudo bem.

Ah.

Pensávamos que esse espaço onde eles vivem, essa plataforma que você escalou, era uma de suas cidades. Ao menos esta. Lembramos de cidades assim, vastas o bastante para abrigar milhões de pessoas. Não, nunca teríamos construído nada assim em nosso mundo: nunca fomos numerosos o bastante para justificar algo desse tipo. E lembre-se: as populações tornam-se assim tão grandes porque sustentam muitas pessoas improdutivas e desnecessárias.

Como você é fácil de seduzir. Não consegue parar de olhar esse povo, essas paisagens, esses horizontes. Você já parou de se encolher a cada brisa que sopra, e agora se deleita com a carícia do ar na pele nova, como um hedonista. Você tocou seu corpo na noite passada, não foi? Nós gravamos tudo. Os Fundadores vão se divertir com isso. Mas se você voltar conosco agora, prometemos que não...

Aonde esse zé-ninguém ressequido está levando você agora?

— Chamamos isso de museu.

Nós sabemos o que é um museu, sua casca de pele esturricada.

— Isto aqui talvez lhe interesse.

Isto é... ah. Uma linha cronológica da Grande Partida. Eles chamam por outro nome, mas nós conhecemos bem essas datas, essas imagens. Sim. Sim. Foi assim que começou, com a Revolução Industrial... ah. Eles acham que começou bem antes disso? Interessante, ainda que seja incorreto. Espere, eles dizem que esse local *já foi chamado* de Estados Unidos? E como é que o chamam agora?

— Não tem nome, agora. É o mundo. A Terra. Não nos preocupamos mais em traçar fronteiras.

Então eles estão completamente inundados de gente inútil. Refugiados e todo tipo de refugo.

— Nós constatamos que era impossível proteger um lugar quando o lugar vizinho estava sendo invadido pela água ou pelo fogo. Percebemos que as velhas fronteiras não tinham o propósito de manter os indesejáveis do lado de fora, mas de manter os recursos materiais do lado de dentro. E esses acumuladores de recursos eram a raiz do problema.

Nós não temos que nos desculpar por termos levado conosco tudo que foi possível. Qualquer um faria o mesmo. Mas, o que é isso, então? A cronologia dá um salto, abruptamente. Interessante. O mundo mudou... melhorou... quase imediatamente após a Partida.

— Para salvar o mundo, as pessoas tinham que pensar de modo diferente.

Por favor. Pensamentos alegres e esmolas não resolvem um problema assim. Tem que ter havido alguma revolução tecnológica. Energia perpétua? Uma nova técnica de sequestro do carbono, talvez algum tipo de resfriamento polar. A tecnologia deles *mudou*, de maneira fundamental; é por isso que eles não produzem mais ondas de rádio ou outro tipo de radiação eletromagnética. Isso os tornaria altamente eficientes... Mas, se é assim, por que vivem desse jeito, nesses vilarejos pendurados em árvores? Por que se dar o trabalho de limpar todo aquele lixo espacial?

— Sim, emergiram algumas novas tecnologias depois que todas as pessoas passaram a ter direito a uma educação decente. Mas não houve nenhum truque. Nenhum remendo feito às pressas. O problema não era tecnológico.

Era o quê, então?

— Já lhe disse. As pessoas simplesmente decidiram tomar conta umas das outras.

Ilusão. Somente um milagre poderia ter salvado o planeta. Ah, aqui, sim, esta exposição fala de... "a Grande Limpeza"? Argh, essas pessoas não demonstram o mínimo senso poético ou o mínimo senso de marketing. Não pode ser algo tão simples. Devemos ter deixado alguém para trás. Algum Fundador que não localizamos, alguém que seria considerado por nós um herdeiro natural de Aristóteles ou Pitágoras. Essas pessoas têm a mente estreita demais para honrá-lo como ele merece. Sim, tem que haver...

Nenhuma revolução conceitual. Avanços, certamente — mas avanços estranhos, que não produziam lucro. Não eram esses os caminhos tecnológicos que nos interessariam. E a taxação progressiva, saúde pública, energia renovável, proteção dos direitos humanos... ah, as sentimentalidades de sempre. Sem nossos Fundadores por perto para fazer frente a essa maré, essas pessoas simplórias devem ter cedido ao lobby de todos os grupos de interesse.

Mas, se essa linha cronológica está correta, então o velho tem razão. De repente, o mundo simplesmente fez tudo que era necessário para consertar a si mesmo.

No momento em que nós fomos emb...

Fique em silêncio. Correlação não quer dizer causalidade. Sua pele queimada está tornando você irracional. Não temos ideia de por que esse velho se deu o trabalho de trazer você até aqui. Mesmo para uma espécie degenerada como essa, você é um tolo.

»

Hunf. Um mês inteiro sem você nem sequer pensar na sua missão. Por sua imprestabilidade, entramos em modo de suspensão.

O que você pretende agora, deitado numa cama doada, sob o teto de seu abrigo subsidiado? Um aproveitador preguiçoso e ganancioso. Não acha que devia descansar e se preparar para essa insignificância de emprego que eles conseguiram para você? Eles lhe pagam o bastante para sobreviver, quer apareça para trabalhar, quer não. Por que se preocupar com isso, então?

Aonde está indo?

Ah, você agora é vizinho daquele velho. E ele lhe deu uma chave? Ele precisa de alguém que ajude a cuidar dele, enquanto se arrasta para a morte, e você decidiu ser esse cuidador. Mas que sentimental. Será que ele vai se importar se você entrar na casa dele agora, na escuridão da noite? O que está se passando nessa sua cabeça? O velho não é um prazerista. Você nem sequer sabe como usar o próprio pênis.

Nós não somos nojentos. *Você* é.

Bem, ele não morreu dormindo, você é um cara de sorte. Volte para a cama. O que é que... por que está virando-o de bruços? Pare de tocar nele. A pele fica frouxa nessa parte das costas, está vendo? Você vai ficar exatamente assim um dia. Isso

é

um número de registro.

Precisamos de mais luz.

Empurre-o mais para a frente. Incline-se; seus olhos são escuros demais para conseguirem captar a luz corretamente. Sim, aí está, nas costas dele, bem no final da coluna, exatamente como em você. Com certeza é um número de registro. Esse conjunto de números indica uma série mais antiga de nanorrobôs transmutacionais. A minifatura desses modelos foi descontinuada trinta anos antes de você ser gerado.

— Quando você desconfiou?

Ele está acordado. Traidor. *Mais um* traidor.

— Ah… Os Fundadores dizem que a intuição é irracional e pouco masculina, mas às vezes ela ajuda bastante, como você constatou agora. E então, meu irmão caçula? O que acontece agora?

Você devia matá-lo. E depois se matar também.

— Levei você ao museu por um impulso. Para saborear a ironia. Durante todos esses séculos, os Fundadores nos disseram que a Terra morreu devido à ganância. Era verdade, mas eles estavam mentindo sobre *quem* eram os gananciosos a quem cabia a culpa. Bocas demais para alimentar, diziam eles, muita gente "inútil"… mas tínhamos mais comida e moradias do que o necessário. E as pessoas que eles declararam inúteis tinham muito a oferecer, mas nada que lhes interessava. A ideia de fazer algo sem estar preocupado com o lucro imediato, algo que só iria dar retorno em dez, vinte, cem anos, algo que poderia beneficiar pessoas de quem eles não gostavam… tudo isso era um sacrilégio para os Fundadores. Mesmo sendo exatamente esse o tipo de raciocínio de que o mundo precisava para sobreviver.

Nós fizemos o que era mais racional. Nós sempre fomos mais racionais do que vocês, humanos.

— O que a partida deles demonstrou foi que a Terra *podia* muito bem sustentar bilhões de pessoas, bastava que os recursos fossem compartilhados de maneira sensata. O que ela não conseguiria sustentar era um punhado de parasitas arrogantes, repletos de ódio, paralisando todo o resto da humanidade e vivendo às suas custas. Assim que essas pessoas foram embora, a paralisia cessou.

Não. Existe um número excessivo de vocês, todos horrorosos, e nenhum alcançará os píncaros da glória que são o destino da humanidade — não se continuarem assim, ocupados apenas em cuidar de gente inútil. Tem que ser uma coisa ou outra. Ou alguns poucos voam, ou todos são condenados a chafurdar na lama. É assim que as coisas são.

— É mesmo? Isso é você que está falando ou aquele grampo implantado na sua cabeça? Lembro muito bem como essa coisa costumava me encher o saco.

Nós. É isto.

Costumava?

— Já percebeu que as pessoas aqui têm agido só pra lhe agradar? Chega um invasor de uma cultura dita superior, e eles não o cercam de guardas, não o vigiam, não o examinam para ver se há agentes de contaminação... Mesmo depois que você os ameaçou, eles lhe deram tudo de que você precisava, coisas que você veio preparado até para roubar. Algo tão precioso que seu planeta precisa dele para sobreviver, pelo que se sabe. E para eles é uma preocupação secundária.

Isso... isso nos inquietou, sim. Desconfiamos de uma cilada. Mas...

— Eis o que você está com dificuldade de entender. Os Fundadores envenenaram o mundo e o saquearam quase por completo antes de partir. Consertar esses danos foi um desafio que forçou os que ficaram para trás a uma evolução a passos largos. Eles desenvolveram métodos e tecnologias que não tinham sido sequer imaginados, sim. Mas a *razão* de terem sido capazes de dar esse salto foi se certificarem primeiro de que todas as pessoas pudessem ser alimentadas, de que todo mundo tivesse um lugar onde morar se assim quisesse, de que todos fossem capazes de ler e escrever e partir para uma vida cheia de realizações, não importa quais. É mesmo surpreendente perceber que bastava isso? Seis bilhões de pessoas trabalhando juntas por um mesmo objetivo é algo muito mais eficaz do que umas poucas dúzias dirigindo tudo em seu próprio benefício.

Existe alguma lógica nisso, mas... nós negamos que seja assim. Não podemos aceitar...

— É por *isso* que as pessoas da Terra são tão condescendentes com você, meu irmãozinho. É por isso que elas o tratam como a criatura atrasada e esquisita, mas inofensiva, que você é. Todos esses séculos e seu povo foi incapaz de constatar uma coisa tão simples, tão básica.

Não.

— Ou quem sabe os clãs dos Fundadores e o tecnocrado não *queiram* que as pessoas cheguem a essa constatação. Pois, então, qual seria a situação deles? Não seriam mais vistos como deuses, seriam apenas luzes brilhantes no meio de tantas outras. Não seriam reis. Apenas homens egoístas.

Não.

— Sendo assim, você é mais esperto do que eu fui. Minha nave sofreu avarias ao entrar na atmosfera, foi perda total. Criei minha pele por mero desespero, porque comecei a ficar sem nutrientes, e comecei a chorar assim que meus dutos lacrimais se formaram. Mas as pessoas daqui cuidaram de mim. Essa pobre criatura paranoica que veio de um mundo miserável e cruel... como não teriam pena de mim? Mesmo eu não sendo mais do que um criado, que veio em busca de retalhos de cânceres antigos para que seus mestres pudessem flertar com a imortalidade.

Você *quis* esta missão. Você podia ter ido fazer outros trabalhos, as tarefas rotineiras que os robôs não executam. Mas não, claro que você não iria ganhar uma pele por isso. Só os melhores entre nós merecem esses privilégios.

— Ninguém vai detê-lo se você quiser ir embora daqui. Mesmo agora, você pode voltar para um lugar onde eles vão reduzi-lo a carne crua e guardá-lo dentro de uma bolsa biotecnológica; Tellus, a *Terra*, não vai detê-lo. As pessoas daqui não concordam com suas práticas primitivas, mas não vão interferir em seu direito de praticá-las.

Não somos primitivos.

— Mas, antes que você se decida a ir embora, quero que saiba mais uma coisa.

Não toque em nós não chegue perto *não diga mais nada...*

— Você não é o primeiro que deserta.

Ele está mentindo.

— Não sei quantos já houve. A Terra controla o número de visitas, mas não é relevante para nós, de modo que não deve ser tão fácil conferir os dados. Às vezes chega mais de um soldado de cada vez, cada um descendo numa parte diferente do mundo; às vezes é um só. As chegadas são aleatórias, ou pelo menos acontecem quando o mundo de vocês está precisando de células HeLa porque a demanda superou a oferta. Imaginei por algum tempo por que nenhum dos outros soldados relatou a verdade. Por que motivo ninguém lá sabia que a Terra está viva. Depois percebi: tudo que as classes dominantes de vocês querem são as células HeLa. Por que iriam desperdiçá-las dando peles a seus heroicos subalternos?

Não entendemos como você pode dar ouvidos a esse traidor e não a nós. Nós não o ajudamos tanto?

— E eles não podem permitir que você conte a alguém que a recompensa prometida, uma pele, não passava de uma mentira. Ninguém mais se ofereceria como voluntário para uma missão como essa. Para alguns tipos de trabalho é necessário contar com a vontade de quem o realiza.

Nós lhe demos tudo que você quis. Ah, como você é bonito. Você é o melhor de nós todos.

»

— É uma coisa tão simples, programar uma vestimenta de compósito capaz de matar o ocupante. Apenas um comando verbal simples ou o apertar de um botão, impessoal e eficiente. O melhor é fazer isso antes mesmo de você pousar, para que ninguém o veja retornando como herói e depois comece a fazer perguntas incômodas quando você desaparecer. Recolhem a cultura de células em meio aos destroços depois que a nave alcança o chão. Então conseguem o que queriam. Tanto faz que a verdade sobre a Terra morra com você. E mesmo que algum deles venha a descobrir examinando os registros... por que iria contar a alguém? O seu mundo, mesmo limitado como é, tem tudo que eles sempre desejaram: imortalidade, liberdade para se apossar do que bem entenderem, escravos dos quais controlam até a pele. Eles não querem voltar para cá. E com certeza não querem que alguém das classes inferiores perceba que existe outra maneira de viver.

Ele está mentindo, já lhe dissemos, você vai ganhar recompensas, nós prometemos...

Como se atreve?!

— Ah, então é isso que você tem em mente? Interessante. Nesse caso, você é também mais valente do que eu.

Não. Isso não é parte da missão. Como você *se atreve*?!

— Mas, olhe, não vai ser algo fácil. Reconstruir uma sociedade. A Terra não conseguiu enquanto não se livrou dos Fundadores. De vocês. De nós.

Pois nós vamos arrancar essa pele negra de sua carne e deixar que você apodreça sem compósito, que apodreça esfolado e gritando.

— A pele é o ponto-chave de tudo. Enquanto a maior parte das classes inferiores usar compósitos, os clãs dos Fundadores e o tecnocrado podem ameaçá-la com tudo: privação de nutrientes, desfibrilação, sufocamento. O menor rasgão na vestimenta pode matá-lo se você não tiver uma pele que bloqueie as infecções. E a maioria não tem como obter os trajes mais aperfeiçoados, capazes de gerar pele. Como pretende resolver essa questão?

Você é horroroso. Ninguém vai querer ser como você. Ninguém vai poder suportar essa... essa *disrupção.*

— Entendi. Sim, não é tão difícil assim fazer uma espécie de vestimenta de compósito pirata. Não deve precisar nem da metade das células HeLa que você está levando; criação de pele é muito mais fácil do que reversão da idade. Então, uma ferramenta automática de reprodução pirata, contendo uma cultura de células, plugada a alguma espécie de tradutor... Não sei como fazer uma coisa como essa, mas conheço algumas pessoas que podem lhe ensinar. Mas depois que você tiver aplicado a pele pirata, como vai ativá-la? Ah, sei. Usando o sinal de autorização do seu grampo, para driblar o monitoramento da vigilância? Interessante.

Nunca iremos ajudá-lo!

— Mas se você forçar milhares de pessoas a aplicar peles que elas não desejam, isso não vai fazer você alcançar o resultado que pretende.

Sim. Nossa sociedade é ordeira. É racional. É *superior*.

— Você vai sair andando por aí do jeito que está, com orgulho da pele que tem, em vez de vergonha? Irmãozinho, eles vão abatê-lo a tiros.

Nós o abateríamos mil vezes!

— Bem, se você se demorar tempo bastante por aqui para aprender a construir uma aparelhagem de transmutação, então, sim, você poderia chegar numa data não prevista. Imagino que, se você puder reprogramar sua nave e fazê-la pousar em algum local não vigiado, manter-se escondido dos robôs de segurança e depois repassar a aparelhagem para quem se interessar... Bem, vai ser tremendamente perigoso. Ainda assim... Você ficou com uma aparência fantástica. Os clãs dos Fundadores podem negar, mas os olhos das pessoas vão enxergar a verdade. Eles querem que você pareça um equívoco. Mas o que você de fato parece é um pedaço da Terra que está de volta à vida.

Você é o caso mais degenerado e horrível de retardamento da inferioridade sub-humana que nós já vimos. E o nome disto aqui é *Tellus*.

— Alguns decidirão que também querem ser belos e livres, tais como você. Alguns lutarão por esse direito se for preciso. Sabe, às vezes isso já basta para salvar um mundo. Uma nova perspectiva. Uma nova maneira de pensar, que aparece justo no momento exato.

Não faça isso.

— Eu trouxe mais uma coisa para você. Uma coisa que vai ajudar.

Nós vamos contar tudo. Assim que entrarmos no raio de alcance das comunicações, vamos nos conectar e dizer ao tecnocrado tudo que você está planejando.

— Essa coisa na sua cabeça. Isso é um bioprograma, mas eu consigo removê-lo. Os terrestres fizeram o mesmo comigo logo quando eu cheguei. Esta injeção aqui tem nanorrobôs que vão desativar alguns pontos-chave sem danificar seu tecido neural. Você continuará tendo acesso aos arquivos, vai poder usar o conhecimento dos Fundadores contra eles próprios, mas a inteligência artificial será desativada, para todos os efeitos. Não vai mais haver uma voz na sua cabeça, a não ser a sua.

Vamos contar vamos contar vamos contar. Sua coisa deformada, pele de lama. Autoprazerista. Cabeça de mulherzinha. Vamos contar ao tecnocrado quanto eles se enganaram quando treinaram você. Vamos contar aos clãs dos Fundadores, para que eles derretam todos os soldados que estão na linha de biomontagem. *Nós vamos contar.*

— Dê aqui seu braço. Feche o punho... sim, assim. Que beleza, você é forte, irmãozinho. Está pronto? Muito bem. Não se pode começar uma revolução com o inimigo gritando dentro da sua cabeça, não é mesmo?

O que é uma revolu

.□

.

.□

OFFLINE

FIM

SOBRE A AUTORA

© Laura Hanifin 2015

N. K. Jemisin é uma prestigiada autora norte-americana de ficção especulativa e fantasia. Suas obras, novelas e contos receberam os mais importantes prêmios dedicados aos gêneros, como Nebula, Locus e Hugo, do qual se tornou a única escritora a ser agraciada por três anos consecutivos. Foi também finalista do World Fantasy Award. É autora das marcantes trilogias *A Terra Partida* e *The Inheritance*, assim como da duologia *The Dreamblood*. Em seus textos, a escritora explora com maestria temas como opressão, conflitos culturais, preconceito, racismo e a complexidade do comportamento humano.

ARCA

VERONICA ROTH

FALTAM DOIS MESES

As mãos de Samantha ainda estavam avermelhadas por causa frio, e a pele dos nós dos dedos, tensionada e ressecada. Pela manhã, ela fora buscar suprimentos para o *Naomi*, um pequeno barco de pesca costeira que comprou com o dinheiro que lhe restava, antes do dinheiro deixar de significar alguma coisa.

Meses antes de comprar o barco, ela aprendeu a dar o nó para atracá-lo. Um nó lais de guia, que começa fazendo um laço, pegando a ponta, dando uma volta e retornando por dentro do laço. O nó mais útil do mundo, dizia o site. A internet acabou algumas semanas depois, um pouco antes da evacuação.

Na história bíblica, Noé construiu uma arca para sobreviver ao dilúvio, para resistir. O *Naomi* não iria sobreviver a nada. Não era essa sua finalidade.

Samantha se acomodou em seu assento e bafejou ar quente sobre os nós dos dedos.

»

— Eu gostaria mesmo era de fumar um cigarro — disse Dan diante do computador, recostando-se na cadeira.

Samantha estava no meio do processo de identificação de um tecido. Olhou através da lupa as minúsculas folhas do que parecia ser um pedaço de turfa, tentando correlacioná-lo com alguma das imagens da galeria na tela que tinha diante de si. *Ambuchanania* ou *Sphagnum* eram as duas opções de gênero que ela avaliava. As folhas de *Sphagnum*, de acordo com o que dizia a tela, teriam células mortas grandes alternando-se com as células vivas. Ela precisava tirar uma amostra para ver no microscópio.

— Mas você não fuma — respondeu ela, enquanto ia buscar uma lâmina.

— Eu não fumo *mais* — corrigiu Dan. — Parei aos vinte anos.

Com uma lâmina intacta na mão, Samantha voltou a se sentar e se esticou para pegar o iodo.

— E agora, que está confinado num espaço de trabalho com outras pessoas, a vontade voltou do nada?

— Bem, considere o seguinte — disse Dan. — Não apenas é contra as regras fumar dentro de uma das Arcas, mas também não vai mais existir tabaco. Não o tabaco fresco, pelo menos. Não seria então nosso dever desfrutar tudo que as plantas da Terra têm a nos oferecer enquanto for possível?

Ela usou um bisturi para raspar uma pequena amostra das folhinhas. Suas mãos tremiam sempre que executava um trabalho delicado desse tipo, mas agora, depois de recolher um número incalculável de amostras de um imenso repositório de plantas, já estava acostumada. Pôs a amostra no iodo, agitando-a um pouquinho para que se soltasse, e cobriu-a com uma tampa. A amostra banhada em iodo se espalhou por baixo do vidro.

Ela colocou a lâmina na platina do microscópio, bem segura pelas presilhas. Sua mão foi automaticamente na direção do controle de foco, para trazer a platina mais para perto das lentes. Percebeu, ao encostar o olho no visor, que Dan estava à espera de uma resposta.

— Eu nunca fumei — revelou ela.

— Bem — disse ele —, não há um momento mais apropriado para experimentar.

Dan tinha se barbeado pela manhã, e em seu pescoço havia um pedacinho quadrado de papel higiênico manchado de vermelho, no ponto em que o barbeador o cortara. Tinha ombros largos e bochechas redondas permanentemente rosadas. Estava comendo sem parar desde que a maioria dos habitantes da Terra foi evacuada. Haveria tempo bastante para entrar em forma numa espaçonave rumo à Terra Volume 2 — como ele gostava de dizer —, comendo rações sem gosto.

— Claro — Samantha ouviu-se dizendo. — Por que não?

»

Quando Samantha tinha sete anos, houve um vendaval que arrancou todas as folhas da árvore de bordo que se erguia no quintal. Ao acordar, viu os galhos nus e o quintal atapetado de vermelho, amarelo e laranja. Seu pai passou o sábado inteiro trabalhando com o ancinho, recolhendo e amontoando as folhas num recanto no fim do quintal, e depois, quando o sol já se punha, pôs fogo em tudo.

Ela o evitou o dia inteiro — não era prudente interromper o pai no meio de uma tarefa ou no meio de qualquer coisa, para falar a verdade —, mas, quando o viu de pé junto à pilha de folhas em chamas, Samantha se enfiou num dos velhos casacos dele e foi para perto. As mangas cobriam seus dedos, aquecendo-os, e a barra de elástico roçava seus joelhos.

— Não chegue muito perto — avisou ele ao vê-la.

Ela estendeu as mãos para fora das mangas, para sentir o calor do fogo sobre as palmas. O arvoredo por trás da casa estava todo desfolhado também, com exceção dos pinheiros, carregados de agulhas. O pai tinha lhe dito, um ano antes, que cada inverno que ela via seria um dos últimos invernos da Terra. E ele adormeceu um pouco mais tarde, com um copo de uísque no colo.

Samantha ergueu os olhos para as silhuetas dos galhos de encontro ao céu coberto de cores. O vento mudou, e cinzas voaram para o seu rosto, ardendo em seus olhos. Uma delas pousou em seu lábio, e ela a experimentou com a língua. Tinha o gosto de uma folha com as bordas curvadas pelas chamas, gosto de casaco mofado, gosto do hálito que se projeta pela boca ao expirar.

Aquele, pensou Samantha, aconchegada junto à porta dos fundos com Dan, devia ser o gosto de fumar um cigarro.

»

O visor era frio de encontro à órbita de seu olho. Tudo era frio ali em Svalbard, um arquipélago ao norte do Círculo Ártico que tecnicamente pertencia à Noruega. Nos últimos anos, enquanto os moradores da Terra preparavam a evacuação, Svalbard presenciara um influxo de cientistas vindos do mundo inteiro, graças à presença do material genético preservado no Depósito Global de Sementes de Svalbard, que já abrigava mais de um milhão de amostras quando as notícias apocalípticas começaram a chegar.

As fronteiras não faziam mais sentido depois que o asteroide Finis fora descoberto, vinte anos antes. Agora, todo mundo era um terrestre.

A comunidade científica mundial começara seu trabalho logo após a descoberta de Finis: preservar a maior quantidade possível de material genético da Terra antes que a colisão catastrófica acontecesse. Emissários foram enviados pelo mundo inteiro armados com novas técnicas para a preservação de plantas e criaturas vivas, e passaram a guardar centenas de milhares de espécimes em instalações espalhadas por todo o globo. Ao mesmo tempo, foram construídas duas gigantescas naves-armazém, uma na Austrália e outra em Svalbard — *Arca Fauna* e *Arca Flora*, como foram chamadas — e passaram a catalogar todos os dados recebidos, e ainda a receber, até os momentos finais. No início, chegou-se a falar em apenas transferir os espécimes para as naves, para análise futura. Mas as naves tinham espaço limitado, e havia muitas amostras repetidas. Era melhor levar cem espécimes únicos, declarou o líder do Projeto Arca, do que trezentas duplicatas.

A *Arca Fauna* e a *Arca Flora* deveriam partir em dois meses, dentro de uma estreita margem de manobra antes da colisão com o asteroide. Iriam se juntar aos outros evacuados, em sua rota na direção da Terra Volume 2. Nenhuma das pessoas a bordo chegaria a ver o planeta de destino em seu tempo de vida; somente seus filhos viriam a fazê-lo.

Samantha não estava envolvida no Projeto Arca desde o começo e, para falar a verdade, nem desde a metade. Ela se juntara a eles quando foi lançado o apelo por mais trabalhadores nos Dias Finais. As qualificações exigidas eram mestrado na área escolhida, ausência de ficha criminal, nenhum histórico de doença mental, e não ter parentes vivos. Ninguém a perder, caso Finis chegasse antes do previsto ou se a nave tivesse problemas na decolagem.

— Órfãozinhos, podem ir chegando!

O grito vinha da porta do laboratório toda manhã, às 11h45. A jovem que lançava aquele brado, Averill, era baixinha, com um torso bem magro e coxas e quadris largos. Tinha aprendido ainda muito nova a projetar a voz de peito, para poder falar mais alto que seus dois irmãos, e isso acabou virando um hábito.

Os irmãos, assim como os pais, morreram num acidente de carro quando Averill tinha dezoito anos. Todas as pessoas no projeto conheciam as tragédias da vida dos outros. Era algo tão banal ali quanto conversar sobre o clima.

À frente de Averill havia um carrinho que dispunha de duas fileiras de lanches embrulhados. Destinavam-se aos cientistas dos níveis superiores, que os levavam para seus laboratórios particulares, onde iriam realizar trabalhos mais sofisticados do que a identificação de amostras de plantas com base em imagens numa tela: o monitoramento e a manutenção dos ambientes, nos espaços de armazenamento, para maximizar as chances de sobrevivência das espécies.

— É a hora favorita de todo mundo — disse Averill, com um sorriso. — Hora da entrega do lanche. Os concorrentes de hoje são Brendan, Alice e Sam.

Samantha afastou o rosto do microscópio e atravessou a sala em direção ao carrinho. Brendan, troncudo e pueril, e Alice, com o cabelo negro reluzente puxado por trás das orelhas, já estavam a postos. Averill estendeu a mão fechada, segurando três palhinhas. Brendan puxou a primeira, depois Alice, depois Samantha.

A de Samantha era a mais curta. Ela suspirou. Quase todos os cientistas de posto mais alto ficavam no mesmo edifício, com suas salas individuais uma ao lado da outra, mas uma das entregas exigia uma caminhada em traje ártico completo: a estufa remota pertencente ao dr. Nils Hagen. O homem propriamente dito era inofensivo, mas a caminhada até ele era brutal, um trajeto que exigia mais de uma hora.

Averill lhe estendeu o único lanche em embalagem térmica, com o nome "Hagen" em letras grandes escrito do lado de fora, e Samantha o ergueu em saudação aos colegas do laboratório. Eles aplaudiram em coro, e ela foi buscar o casaco.

»

O primeiro sopro de vento lhe indicou todos os pontos que ela não cobrira adequadamente: uma faixa de pele pouco abaixo dos óculos protetores, um trecho estreito num lado em que o capuz não foi puxado totalmente. E, antes de se pôr a caminho, ela esticou a manga do casaco para cobrir um trecho do pulso aonde a luva não chegava.

Hagen passava as manhãs na estufa com suas orquídeas. Todos, desde os peões até o chefe do Projeto Arca, tentaram convencê-lo a se transferir para as instalações, onde ficavam os outros cientistas, mas ele se recusara. E, como cientistas qualificados para sua função eram muito raros — e já tinham ido embora, uma vez que a Terra fora evacuada e só restavam eles —, era preciso ceder a seus caprichos. E ele realizava o trabalho, então não havia do que se queixar, a não ser desse incômodo.

Em volta de Samantha, tudo era branco. Mesmo o horizonte serrilhado pelos morros distantes mostrava apenas leves traços marrons de terra por entre a neve e o gelo. Ela chegara a Svalbard de helicóptero durante a noite, o acampamento se apresentando por meio dos cordões de luzes alaranjadas, caminhos que ligavam os edifícios baixos. A terra refletia azul — uma coisa bela, assim como uma pintura de Rothko era uma coisa bela, porque era algo vazio o bastante para engolir uma pessoa depois de torná-la minúscula.

Não havia ninguém à vista. Em Svalbard não era difícil acreditar que o mundo estava perto do fim.

Ela chegou à estufa, cujas vidraças refletiam o branco da paisagem, tornando-se ao mesmo tempo reluzentes e invisíveis. A pequena cabine de Hagen ficava ao lado daquela estrutura, um borrão marrom bem na base de uma das colinas que pareciam apertar com um abraço o pequeno assentamento. Samantha empurrou a porta externa, que se abriu rangendo, e olhou para dentro da estufa abafada, à procura de Hagen. Na maioria das vezes, ele vinha ao seu encontro para receber o lanche, e ela não precisava sequer tirar os óculos de proteção. Duvidava que o professor fosse capaz de reconhecer seu rosto, embora tivesse entrado ali uma vez por semana durante os últimos meses. Mas naquele dia não havia sinal dele lá dentro.

Samantha tirou as luvas, os óculos, o capuz. Puxou para baixo o cachecol, sentindo ainda um gosto de lã úmida, e abriu o zíper do casaco. Deixou tudo numa pilha junto à porta de entrada, e abriu a porta interna que dava acesso à estufa.

A umidade se colou a seu rosto e seus cílios. Havia três fileiras de plantas, com duas alas entre elas. Para onde quer que olhasse, via folhas, caules e flores de todas as cores imagináveis. Uma *Cymbidium* vermelho-sangue, com meia dúzia de flores, podia ser vista numa das prateleiras mais baixas, com as extremidades entre as sépalas de baixo manchadas de branco. Ao lado dela havia uma espécie de *Oncidium* cor-de-rosa, com ramos delicados que desabrochavam em flores minúsculas, não maiores que suas unhas. E além dessas viam-se orquídeas e mais orquídeas, cada qual mais estranha, mais colorida, que pareciam quase monstruosas, com seus labelos protuberantes e as pétalas afilando-se como agulhas.

— Elas brotam com todas as cores, menos azul e preto.

Por entre as folhas e as flores, Samantha viu a curva de um ombro e a mão pálida de Nils Hagen erguendo com cuidado uma das flores que estavam perto dele.

— Mas...

Samantha adentrou a estufa, esquecendo o embrulho que trazia na mão enquanto apontava para uma das flores mais próximas, outra *Cymbidium*, com uma coluna central de cor fúcsia. Aos seus olhos, aquilo parecia preto.

— É apenas um tom de roxo mais escuro — disse Hagen, meneando a cabeça.

Ele inclinou uma das flores em direção à luz, e ela percebeu que era de uma cor vinho bem escura, a cor de uma taça de Barolo.

— É o mesmo que acontece com a chamada *Paphiopedilum* negra.

— E com a "sol reluzente" — acrescentou Samantha com um sorriso de triunfo ao ver que Hagen se surpreendia. — Minha mãe as adorava, sempre tinha alguma delas em casa. Acho que foi ela quem me preparou para estudar horticultura.

— E sua mãe agora está...

— Morta — completou Samantha. — Todo mundo daqui perdeu a família, o senhor sabe.

— Sim, eu sei. — Hagen franziu cenho. — Mas vivo esquecendo.

Samantha estendeu o pacote que trazia o lanche.

— Seu sanduíche de atum.

— Não sei se você poderia me ajudar com uma coisa aqui primeiro...

Hagen a olhou de cima a baixo, e ela retribuiu. Ele era mais velho do que ela, mas não propriamente um idoso; o cabelo era raiado de branco, e o rosto, cheio de rugas. Era alto, com ombros redondos, e de corpo enxuto, embora um pouco de barriga se projetasse sobre a fivela do cinto.

— Acho que você é forte o bastante. Requer mais que um par de mãos.

— Claro — respondeu Samantha. — Melhor do que passar a tarde clicando em imagens numa tela.

— Ah, então você trabalha na identificação de espécies — disse Hagen. — Deve ter boa visão para cores, então, senão eles a teriam enfiado na área de armazenamento da *Arca Flora* para jogar uma versão mais sofisticada de *Tetris*, com todas as amostras já identificadas.

Samantha deu uma risada.

— Melhor assim, porque nunca fui muito boa com jogos de quebra-cabeça. Mas em geral sou boa para observar detalhes. E há também o tédio. Tenho alta tolerância ao tédio.

— Bom prenúncio para um cientista.

— Não sou cientista — falou ela, sorrindo. — Sou horticultora.

— Mas você deve ter mestrado em ciências, como todo mundo aqui na Terra neste momento — disse Hagen. — E está trabalhando no último grande projeto científico a ser realizado neste planeta. Então você é uma cientista, sim. Venha, me ajude aqui com esta prateleira.

Uma velha escrivaninha de madeira estava nos fundos da estufa, encostada a uma parede. Por cima dela viam-se duas prateleiras, uma delas cheia de livros, a outra vazia e pendendo para o lado, onde o suporte havia se partido. Evidentemente, os pequenos potes que antes ficavam na prateleira agora estavam amontoados sobre a escrivaninha, por cima dos cadernos, dos livros e dos papéis. Uma caneca com desenho de trepadeiras fora deixada por trás de tudo. Tinha uma forma assimétrica — claramente era feita à mão, com as marcas dos dedos ainda visíveis na superfície.

— Bem, se puder empurrar a tábua para cima… É madeira sólida, e pesa mais do que parece — afirmou Hagen. — Vou pregar um suporte novo. Prefiro não tirar a prateleira toda, porque já foi difícil de instalar aí antes.

Ele falava com sotaque fraco, mas com aquela cadência vagarosa e interrompida que Samantha já se acostumara a ouvir de falantes não nativos.

Ela se apoiou na escrivaninha e empurrou a prateleira para cima, apoiando-a com força na parede e segurando-a por baixo ao mesmo tempo. Hagen aplicou uma chave de fenda ao suporte, e, quando conseguiu retirá-lo por completo, ela percebeu que a prateleira de fato era mais pesada do que aparentava. Soltou um grunhido de surpresa, e apoiou-se mais à parede, com os braços tremendo.

— Sabe — disse ela, a voz ofegante pelo esforço —, talvez não valha a pena consertar uma prateleira que o senhor vai ter que abandonar daqui a dois meses.

O sorriso de Hagen se suavizou.

— Não vou abandoná-la — respondeu ele.

Ela tinha ouvido boatos de que Hagen pretendia ficar na Terra quando todos os demais partissem, mas era algo muito diferente ouvir a confirmação vinda dele. Não havia nenhum traço de melancolia no modo como Hagen falava; na verdade, ele parecia até achar a ideia interessante, como se a prateleira fosse um velho gato vadio e o homem estivesse lhe servindo comida.

Ela pensou no *Naomi*, preso ao mourão do cais pelo seu nó lais de guia, balançando com o movimento das águas.

— Bem — respondeu —, então acho que a melhor coisa a fazer é consertá-la.

Os cálculos indicavam que o asteroide tinha no mínimo oito quilômetros de diâmetro, e as primeiras estimativas apontavam que iria achatar uma área do tamanho dos Estados Unidos quando se chocasse com a Terra. Os estilhaços resultantes e a poeira na atmosfera iriam bloquear a luz do sol, e isso seria o bastante para extinguir toda a vida que sobrasse no planeta. Assim, pelo que Samantha imaginava, uma pessoa teria ainda algum tempo de vida, dependendo de seus suprimentos, desde que o choque com o asteroide não tivesse ocorrido nas proximidades.

»

Ele colocou o novo suporte no lugar e começou a aparafusá-lo. Quando o suporte foi se firmando, ela precisou exercer menos força, até que pôde largar a prateleira por completo e começar a arrumar os potes em cima dela.

— Se incomodaria de me dizer por quê? — perguntou.

— Você não é a primeira — disse Hagen, limpando a poeira das mãos.

Tirou os óculos e os colocou em cima da mesa. Seus olhos se enrugavam nos cantos, notou ela, como se ele estivesse sorrindo o tempo todo, mesmo quando não estava.

— Não faço questão de ser original — retrucou ela.

A resposta pareceu encantá-lo. Ele deu uma risadinha.

— Ha muitas razões — começou ele. — Mas no final das contas apenas uma: não suporto ir embora do meu lar.

Samantha assentiu. Pegou o embrulho onde estava escrito "Hagen" e o deixou em cima da escrivaninha, junto da caneca artesanal.

— Bom apetite no seu lanche — disse ela.

— Se quiser aprender algo mais sobre orquídeas — falou —, talvez queira trazer meu lanche novamente, na próxima vez. — Ele inclinou a cabeça. — Quer dizer, se gosta delas tanto quanto sua mãe gostava.

Ela acenou em despedida e foi recolocar as luvas no vestíbulo.

»

O "hospital das orquídeas", como a mãe de Samantha o chamava, ficava no quarto dela, junto à janela dos fundos. Depois que as flores murchavam e caíam, a mãe levava a planta para o peitoril da janela e a deixava ali, na luz indireta, até que florescesse novamente. Punha cubos de gelo nos potes uma vez por semana, para que a água impregnasse a terra.

Por que, perguntara ela uma vez à mãe, *você se preocupa em manter uma coisa viva quando a gente sabe que ela vai ser destruída pelo Finis?*

A mãe deu de ombros.

Para que tomar banho se a gente vai se sujar de novo? Para que comer se vamos voltar a sentir fome? Toda flor cedo ou tarde acaba morrendo, Sam. Mas não agora.

Quando criança, Samantha ia todos os dias ao hospital das orquídeas, postando-se na porta do banheiro enquanto a mãe se maquiava e indo embora antes que o rugido do secador de cabelo pudesse fazer seu coração acelerar. Se tivesse sorte, Naomi ainda passaria um blush no rosto dela ou, após já ter aplicado em si o rímel, deixaria a filha aproximar os cílios das cerdas. Certa vez, ela chegou mesmo a amarrar uma de suas echarpes — a de seda, com violetas — em torno da cabeça de Samantha, como uma bandana.

Quando ela cresceu — o bastante para usar brilho labial rosa Barbie e polvilhar sombra com glitter nos cílios —, já não ficava mais observando esse ritual matinal, porém ainda ia para o quarto checar a terra das orquídeas e se certificar de que estava úmida, para abrir a gaveta das echarpes e aspirar o perfume da mãe, experimentar seus sapatos à medida que os pés iam ficando maiores, centímetro a centímetro, grandes o bastante para preenchê-los. E depois, quando voltou para casa após a universidade, para passar as mãos por cima do tanque de oxigênio, checar a máscara de que sua mãe precisava para respirar enquanto seu corpo ia desmoronando.

Seu primeiro baile foi no oitavo ano, quando tinha treze anos, e a mãe a levou para comprar um vestido. Ela tinha consciência dos bicos pontudos dos mamilos, sem um sutiã para lhes dar formato, de modo que deixaram de lado os modelos frente única e procuraram algo com alças largas. Um vestido preto que descia até o meio de suas coxas foi a opção mais promissora, embora Samantha agarrasse com os dedos o pneuzinho que se formou em sua cintura quando o vestiu, mas a mãe lhe deu um tapa na mão e disse que deixasse de ser boba: não era um crime ter um corpo. Parada ali no provador, olhando o reflexo no espelho, ela pensou que um corpo é uma coisa cheia de dunas como a areia do deserto, avolumando-se nas colinas, mergulhando nos vales, a areia sendo soprada ao longo das curvas e das arestas pontiagudas.

Mas, ainda melhor do que o vestido, foram os brincos. Sua mãe disse que tinham pertencido à sua avó, que faleceu quando a mãe tinha apenas vinte anos, de um problema cardíaco não diagnosticado. Os brincos tinham pérolas incrustadas em pequenas folhas de metal. Sua mãe a advertira para que cuidasse bem deles, antes de liberá-la para o ginásio da escola, ao qual foi levada pela mãe de sua amiga Kara.

Demorou uma hora para que o terror do salão de baile se esvaísse, e mesmo então ela ainda ficou presa a movimentos contidos, os quadris se movendo, os pés mudando de posição. Na maior parte do tempo, ela e as outras garotas cantavam letras de músicas conhecidas no centro de um círculo, balançando as cabeças, e os pequenos cristais que tinham prendido no cabelo caíam no chão do ginásio sem que notassem. Dançou uma música lenta apenas, com Davud Shah, da sua turma de canto, que cheirava a suor, mas tinha um sorriso tímido e uma voz clara de tenor.

Quando chegou em casa mais tarde, o vestido ainda arranhando seus ombros, apalpou os lóbulos para tirar os brincos, e o brinco direito não estava mais ali.

Ela procurou por todo o trajeto que percorrera, descendo o corredor do andar de cima rumo à escada, entrando na cozinha e atravessando o vestíbulo até a porta da frente, mas sabia que o mais provável era que o brinco tivesse sido perdido no ginásio. Correu para a mãe com lágrimas nos olhos, segurando o brinco remanescente e confessando tudo.

Sua mãe ficou quieta por alguns segundos e tirou o brinco da mão da filha. Por fim deu um sorriso, tocou a cabeça de Samantha e disse que não se preocupasse.

Naquela noite, Samantha se levantou para beber água e viu a mãe de quatro no corredor, vestida com seu roupão de banho branco, procurando no tapete uma coisa perdida pela filha.

Caminhando de volta para retomar o trabalho nas instalações de Svalbard, Samantha atravessou um raro facho de luz do sol. Ele fez a neve faiscar como cristais caídos ou sombras com glitter ou pérolas incrustadas em flores de metal.

»

FALTAM DUAS SEMANAS

Quando havia uma flor no laboratório, todos se juntavam em volta dela.

A amostra tinha vindo por meio da estação onde Samantha trabalhava. Era uma planta completa: flor, caule, folhas e raízes, suspensa na solução clara que preservava todas as amostras de plantas. A maior parte delas já chegava a Svalbard devidamente rotulada pelos pesquisadores de campo que as haviam recolhido, anos atrás, mas às vezes os rótulos eram perdidos, ou então os altos escalões diziam que não estavam corretos. Havia ainda milhares de espécimes no porão abaixo deles, fileiras e fileiras de plantas que em breve todos iam esquecer por completo quando estivessem voando pelo espaço. Mas Samantha e seus colegas estavam fazendo tudo para catalogar o maior número possível de amostras.

Aquela flor, em particular, era amarela e arredondada, com dúzias de pétalas dispostas como babados em volta de um ponto central. O talo era felpudo e de cor verde-clara, as folhas na base da planta eram oblongas e lisas. Ninguém disse uma palavra sequer durante o tempo em que Samantha digitava os parâmetros iniciais de sua pesquisa: *cor: amarela; altura: 28,2 cm; folhas: cinco; origem: Reino Unido.*

— Parece um dente-de-leão — disse Dan, enquanto Samantha se inclinava para ver mais de perto as imagens que a base de dados lhe sugeria.

— E daí? — rebateu Averill. — Mesmo os dentes-de-leão têm que ser catalogados.

— Olha só, não vamos checar todas as amostras antes da decolagem — afirmou Dan. — E, pessoalmente, eu preferiria preservar o material genético de uma violeta africana rara do que o de um dente-de-leão. Isso é crime, por acaso?

— Não dá para ficar cheio de dedos — argumentou Averill. — O dente-de-leão de uma pessoa pode ser a rara violeta africana de outra.

— Eu não aceito o argumento de que não existem critérios objetivos de beleza ou de valor.

— Não é dente-de-leão — disse Samantha. Ela apontou as folhas na base da planta. — As folhas do dente-de-leão são... *verruguentas*. As folhas desta são lisas. Estão vendo?

— Esse é um termo oficial na horticultura? — questionou Josh, junto ao ombro direito dela. — "Verruguentas"?

— Cala a boca — disse Samantha. — Acho que encontrei algo que bate.

Ela repassou toda a longa lista de termos associados com a espécie que achava ter identificado. Vergões, sim. Caule felpudo, sim. Folhas em espiral em volta do caule, sim. Quando chegou ao fim das informações, ela sorriu.

— É uma *Hieracium snowdoniense*. Categorizada como "rara".

— Aaah, já ouvi falar nela — disse Alice um pouco mais atrás de Samantha, com seu carregado sotaque irlandês. — Quase foi extinta por causa da expansão dos pastos. Então surgiu uma dessas doenças da vaca louca que matou grande parte do gado, e *bum*! As flores voltaram.

— Estão vendo? — comentou Averill, presunçosa. — Está mais para violeta africana do que para dente-de-leão. Eu não disse?

— Não foi isso que você disse — retorquiu Dan.

Samantha levou o espécime para o carrinho, rumo ao depósito geral das plantas, marcando o vidro com suas impressões digitais.

»

Samantha podia classificar seus anos de infância pelas cores favoritas. Quando tinha cinco anos, essa cor era o roxo; aos sete, era verde; e aos dez anos de idade, gostava de azul-marinho. A cor do céu ao anoitecer, logo depois do pôr do sol, disse ela à mãe, e as duas juntas pintaram de novo o quarto de Samantha. Sua mãe tinha consultado o mapa de uma constelação para pregar estrelinhas que brilhavam no escuro, nas posições corretas, presas com adesivo.

Ela estava usando uma camisa azul-marinho quando seu pai a levou para Warren Field numa noite de julho. Warren Field ficava mesmo no meio da área de preservação ambiental, de modo que eles estacionaram numa extremidade e dali iniciaram a caminhada juntos, pelas trilhas tortuosas, dando tapas nos mosquitos. Samantha ainda se lembrava do cheiro doce e medicinal do repelente em spray que ele espalhou sobre ela antes de partirem, dizendo-lhe antes para fechar os olhos e prender a respiração.

Os dois não conversaram. O pai não lhe disse por que estavam indo tarde da noite à área de preservação, numa noite sem lua, para olhar as estrelas. Ela aprendera desde pequena que, quanto mais falasse com o pai, mais era provável que ele a privasse de alguma coisa. Sobremesa, às vezes, ou, quando ela estava com menos sorte, algum passeio especial que ele havia prometido — a sorveteria, o zoológico, a casa do avô. Mas o silêncio sempre trazia consigo alguma recompensa.

A pele dela estava pegajosa de suor quando finalmente chegaram ao campo aberto, e seu pai abriu caminho por entre o mato alto até estar bem no meio dele, com apenas uma margem de árvores visível ao longe, de cada lado. Ali ele começou a montar o telescópio, aparafusando as peças com as mãos, guardando no bolso de trás a tampa que protegia as lentes. Pegou o celular para confirmar as coordenadas, e ela viu o rosto dele à luz azulada enquanto o pai franzia a testa olhando a telinha. As rugas profundas em sua testa e os farrapos claros de sua barba.

— Quero que você olhe por este visor agora e preste atenção, porque é uma coisa que leva apenas um segundo para passar — disse ele. — Eu aviso quando.

Ela se curvou sobre a lente e esperou, tendo todo cuidado para não se inclinar demais e esbarrar no telescópio, ou se afastar demais e perder o momento. Suas costas estavam ficando tensas e as pernas doíam quando o pai começou a contar:

— Cinco, quatro, três, dois, um... *agora*.

Ela viu: um risco de luz, um brilho fugaz por entre as estrelas.

— Viu? — perguntou o pai.

— Sim — respondeu ela. — O que era?

— Finis — disse ele. — É o asteroide que um dia vai se chocar com a Terra. Os asteroides dão algumas arremetidas em suas órbitas, como um assaltante que passa várias vezes na frente de uma joalheria antes de entrar para roubar os diamantes. Achei que seria bom você vê-lo, porque, se tudo correr bem, na próxima vez que ele chegar tão perto você já estará vivendo em outro lugar.

Samantha sentiu um calor aconchegante no peito ao pensar nisso. Essa coisa tão rara. Finis passando pela Terra, e ele dera esse momento a ela, em vez de tomá-lo para si.

O pai se agachou junto dela. Estava escuro demais para que ela pudesse ver todos os detalhes de seu rosto, mas percebeu a saliência dos ossos do rosto dele, e as reentrâncias escuras por baixo.

— Sinto muito — falou o pai.

Ele baixou o olhar para os pés. Um dos cadarços dela estava solto, de modo que ele começou a amarrá-lo, dedos grossos tentando dominar aqueles cordões curtos e enlameados.

— Está tudo bem — disse ela, mesmo sem saber por que ele estava sentido.

A ameaça de Finis era a única coisa que ela sabia. Era sempre o segmento de abertura dos telejornais, a matéria de maior destaque nos websites, e o tema mais à mão para os humoristas.

Agora que estava mais velha, Samantha era capaz de entender que tinha havido outras vidas possíveis de viver, antes de Finis. Vidas sem planos de evacuação pregados na geladeira, ou sem sacolas de emergência eternamente prontas e guardadas no armário do corredor. Vidas cheias de planos, planos para a faculdade, para a casa, crianças, cães, aposentadoria, últimos sacramentos. Aquelas vidas não tinham sido vividas à sombra de Finis. E ele sabia, quando a concebeu, que nada daquilo seria possível para ela.

Então talvez o pai estivesse se desculpando, em primeiro lugar, por tê-la trazido ao mundo, quando sabia que seria uma vida em permanente ameaça.

Ela gostaria de ter dito a ele que a vida, de qualquer modo, já era cheia de ameaças, não importa onde a gente esteja. Que não havia nada nosso que não pudesse vir a se perder um dia. Que o outono sempre cedia lugar ao inverno, mas era sua época preferida do ano, aquelas florações bruscas de beleza antes que os ramos ficassem todos nus.

No laboratório, na vez seguinte em que ela foi chamada para tirar a sorte puxando as palhinhas, Samantha trocou sua palha longa pela mais curta, a de Josh, e pela quarta vez naquele mês foi dar uma olhada nas orquídeas de Hagen.

»

— Qual é a sua favorita?

Hagen lhe devolveu um olhar inexpressivo.

Estavam guardando nos potes algumas das amostras que ele trouxera do laboratório, amostras de reserva que não seria preciso levar na Arca. Samantha espalhou o cascalho por igual no fundo do pote, para evitar que as raízes apodrecessem caso algum excesso de água se acumulasse ali. Somente quando acabou ela se deu conta de que provavelmente aquilo era desnecessário. Faltavam poucas semanas até o lançamento da Arca, e alguns dias depois disso o asteroide iria colidir com a Terra, e então, se conseguisse sobreviver ao choque, Hagen não teria muito tempo pela frente antes que sua comida acabasse. A planta iria morrer por falta de luz solar antes que suas raízes tivessem tempo de apodrecer.

Ela franziu o cenho, olhando para o pote.

— Não tenho uma favorita — falou Hagen.

— Sabia que elas não podem ouvir você? — indagou ela em tom conspiratório.

Hagen gargalhou.

— Falo sério! Eu vejo o valor de cada uma delas, por isso sou imparcial.

Samantha revirou os olhos.

Os olhos de Hagen se enrugaram nos cantos quando ele riu novamente. Como brilhavam, pensou Samantha. Seriam olhos frios, como uma manhã pálida de inverno, se ele não sorrisse com tanta frequência.

— Você acha que eu só penso merda — disse ele.

— Não, nada disso. — Ela pegou a pequena planta na bandeja entre eles dois e, segurando-a pela parte mais grossa do caule, foi amontoando terra em volta, mantendo-a no centro. — Tudo bem. Só um pouquinho. — Sorriu. — Mas não acho que imparcialidade seja uma grande coisa, só isso.

Hagen voltou a se ocupar da própria planta.

— Não?

— Bem, não é possível amar tudo igualmente — afirmou ela. — A gente simplesmente não tem essa capacidade. E, se fôssemos capazes, seria a mesma coisa que não amar nada. Você precisa ter algumas coisas que lhe são mais queridas, porque o amor é assim. Algo particular. Específico. — Ela fez uma pausa, experimentando o pensamento seguinte com a ponta da língua, antes de falar em voz alta. — Como você amava sua esposa.

Era um assunto perigoso. Já tinham falado sobre a esposa dele, uma ou duas vezes, na visita anterior. Ela morrera da mesma doença que tinha tirado a vida da mãe de Samantha: câncer no pâncreas. Havia uma foto dela na escrivaninha de Hagen. Ali ela aparecia com o rosto meio de lado, rindo de uma piada que alguém contava, mostrando os dentes um pouco tortos. Era uma mulher comum, mas mesmo assim seu rosto chamava a atenção — o nariz arqueado, o vinco permanente no lábio inferior carnudo, as rugas na testa, a constelação das manchas marrons da idade, espalhadas pela face.

— Ah. — O sorriso de Hagen foi gentil; tudo bem, então, ela não tinha extrapolado. — Sim, acho que entendo o que você quer dizer.

Samantha acabou de amontoar terra em volta da plantinha, pressionando-a de leve em volta das raízes para que fossem se acostumando à nova casa. As grossas folhas verdes na base do caule pendiam por cima das bordas do pote de barro, firmes, mas ainda flexíveis. Ela havia amarrado uma vareta ao caule, para mantê-lo reto. Não havia botões nem flores ainda, e talvez surgissem antes da planta morrer, talvez não.

— A minha favorita é a que era a favorita dela, imagino — disse Hagen. — *Ophrys speculum*. A erva-abelha. Gostaria de vê-la?

Ele a conduziu até a segunda fileira de flores, até uma planta em uma bancada da altura da cintura que ele instalara ali. A planta a que ele se referia estava florescendo. As flores tinham uma aparência quase alienígena, com o labelo volumoso e reluzente, com franjas de pelinhos vermelhos ao longo das bordas. O centro do labelo era quase azul.

— Esta aqui é esperta — contou Hagen, tocando o labelo com a ponta do dedo. — Ela evoluiu adquirindo esta aparência para atrair um polinizador específico, uma vespa, *Dasyscolia ciliata*. A vespa macho pousa aqui, pensando que vai acasalar, e nesse processo o pólen da flor adere a ela. Até mesmo o cheiro é semelhante aos feromônios da vespa fêmea. — Ele deu um sorriso afetado. — Alicia amava isso, a improbabilidade de uma cooperação tão perfeita e tão específica entre duas espécies. Na evolução, ela via as engrenagens de um deus. Sua fé raramente entrava em choque com seu pensamento científico, um ponto no qual tínhamos divergência, é claro, já que eu sempre fui ateu.

»

Ele acariciou a flor mais alguns momentos, ainda sorrindo.

— Uma orquídea não depende apenas de si mesma — afirmou. — Ela não conduz endosperma em suas sementes, por isso precisa estabelecer uma relação de simbiose com um fungo, a fim de sobreviver. Mas por toda parte ela encontra esse tipo de relação. Em quase todos os continentes, em quase todos os climas. Nas árvores, nas rochas, mesmo embaixo da terra. Uma planta temperamental, mas de certo modo, quase contraditoriamente, uma planta resistente. — Hagen deu de ombros. — Suponho que, quando eu digo que sou imparcial, o que quero dizer é que sou parcial, mas em favor de todas as orquídeas. Elas não estavam encabeçando a lista de prioridade para o armazenamento genético, é claro. Não contribuem para nossa subsistência, afinal de contas, e por isso foram consideradas desnecessárias para a partida inicial. O que é justo, imagino. Mas mesmo assim...

Ele olhou para Samantha.

— O que é necessário? — questionou ele. — Não estou mais tão certo. Para mim, ela era necessária.

— Você sente, então, como se estivesse morrendo todo este tempo — concluiu Samantha. — Só que seu corpo ainda não está lado a lado com a sensação.

— Sem dúvida.

Ele dirigiu a ela um olhar estranho.

Samantha inclinou-se mais sobre a erva-abelha para observar a linha de pelos que corria ao longo da borda do labelo. Parecia menos com uma flor do que com um besouro ou uma barata, pensou ela. Ou então, se não fosse pela parte protuberante e azul no centro, era mais uma questão de reflexo do que de pigmento.

— Eu não vou partir com a Arca — confessou ela, sem olhar para ele.

Tinha mantido segredo a respeito do *Naomi* até então, para com Dan, Averill e todos os outros órfãos do laboratório, além da diretora do Projeto Arca, todas as vezes que ela vinha checar as necessidades de Samantha, de medicamentos e artigos femininos, visando a viagem na *Arca Flora*. Tinha mantido segredo no formulário que preenchera para conseguir aquele trabalho, mesmo já sabendo o que iria fazer lá na frente. Ela já sabia, talvez, desde o primeiro momento em que avistou Finis pelo telescópio naquele campo aberto, junto ao pai, com o odor do repelente para insetos envolvendo a ambos.

— Vou partir de barco — disse Samantha. — Sei como navegar, desde pequena. Vou me manter em águas tranquilas e ver o máximo que puder da península. E depois lanço âncora, e fico assistindo ao fim do mundo.

O rosto de Hagen era inescrutável.

— Tenho usado meus dias de folga para aparelhar o barco. Ele está bem preparado para isso, eu acho. Dei-lhe o nome de *Naomi*, que era o nome de minha mãe.

Ela obrigou-se a se calar. Se prosseguisse, logo iria se ouvir falando que não tinha tendências suicidas, nunca tivera, nem mesmo nas horas de maior sofrimento. Pelo contrário, sua vida tinha sido vivida por inteiro na antecipação das perdas futuras, de modo que a morte de seu pai e a de sua mãe não a surpreenderam nem um pouco: foram como o cumprimento de uma promessa.

Os olhos de manhã pálida de Hagen estavam fixos nos dela. Uma mecha de cabelo negro e prata, em forma de caracol, tinha caído sobre sua testa.

— Tem certeza? — perguntou ele.

Ela assentiu.

— Você é jovem. Ainda pode ter uma família, ter uma vida inteira — afirmou ele, e franziu o cenho.

Ela quis lhe dizer que não via nenhum futuro nessa direção. Não podia se imaginar amando alguém tanto quanto Hagen amara Alicia, ou acariciando com as mãos a barriga na expectativa do tremor de um chute de um pequeno feto, nem se imaginar cheia de rugas e de cabelos brancos, borrifando orquídeas para manter úmidas suas folhas, em alguma estufa remota.

— Uma vida inteira dentro de uma espaçonave — disse ela, finalmente. — Para mim, soa como uma versão muito pálida da vida.

Hagen coçou a parte de trás da cabeça com uma das mãos.

— É por isso, então? Porque você não quer viver dentro de uma nave?

Ela meneou a cabeça em negativa e estendeu a mão para apanhar outra flor, uma *Phalaenopsis* branca, bem comum, que ela havia comprado numa loja. O topo do labelo estava manchado de cor-de-rosa.

— Quando o asteroide vier, vai rasgar nossa atmosfera — prosseguiu ela. — Finis é grande demais para que essa camada seja um obstáculo. A única coisa que vai reduzir sua velocidade é a crosta terrestre. Provavelmente ele vai bater em algum dos oceanos, embora não se possa ter certeza. Sua trajetória atual o está guiando, mesmo assim, para longe de Svalbard, para alguma parte do Hemisfério Sul, de modo que não poderemos ver a zona de impacto, mesmo a certa distância. Mas ele vai mandar uma nuvem catastrófica de detritos pelos ares, e isso vai encobrir o sol. Pode chover fogo. Tudo vai se incendiar e encarquilhar e enegrecer e se fazer em pedaços.

Samantha inclinou a cabeça.

— É a história do planeta de trás para a frente — comentou ela. — Nós nascemos de matéria coalescente, caos, tudo aqui era lava, terremotos e trovões. — Sorriu um pouco. — Vai ser algo como... como assistir ao nascimento do mundo. Pode imaginar algo mais bonito, mais digno de ser testemunhado do que isso?

O braço de Hagen se estendeu por cima da flor branca com pétalas grossas, e seus dedos se fecharam sobre os dela.

»

Samantha estava deitada no chão do quarto de Dan, balançando a cabeça ao ritmo da música. Dan estava sentado na cama estreita ao lado de Josh, que enrolava um baseado no colo. Averill, segurando uma taça de vinho junto ao peito, estava agachada perto da coleção de discos de Dan, empilhados no chão. Estavam apenas os quatro, mas enchiam o cômodo por completo, o calor de seus corpos bloqueando o frio da corrente de ar que entrava pela janela.

Samantha sentia como se estivesse de novo na faculdade. O cheiro da maconha, o carpete áspero sob a cabeça. A visão de uma meia velha perdida embaixo da cama de Dan. Os quartos que eles ocupavam ali no alojamento eram como dormitórios de solteiro, com algumas das camas elevadas de modo que embaixo delas coubesse um armário barato; os banheiros coletivos eram todos em azulejo bege, e viam-se cabelos anônimos enrodilhados no ralo do box. Era como o tempo correndo às avessas.

— Os discos mais antigos eram da minha avó — disse Dan. — Ela cuidava deles muito bem.

— Quantos você vai poder levar? — quis saber Josh, a voz embargada pelo fumo.

Ele passou o baseado para Dan, que lhe entregou em troca um pacote de biscoitos e levou o cigarro à boca.

— Não dá para acreditar que você vai levar um toca-discos — falou Averill, com a voz distante, enquanto tirava um álbum do Radiohead da pilha e o virava para ler a lista das canções no verso.

— Todos nós vamos ter a mesma quantidade de espaço em metros quadrados — redarguiu Dan. — Vocês vão levar álbuns de fotos, vão levar bugigangas, livrinhos eróticos...

— Por que — começou Josh, tirando um biscoito e passando o pacote para Samantha — você olhou para mim quando disse isso?

— E por que você ficou tão encabulado quando eu disse isso?

Dan ofereceu o baseado a Samantha, e ela aceitou, porque restavam apenas duas semanas sobre a Terra e não havia nenhum motivo para não aceitar.

Puxou um trago, para experimentar. O gosto era de terra. Ela tossiu e enfiou a mão no pacote de biscoito antes de passar o baseado para Averill.

— De qualquer modo, já que eu não tenho quinquilharias nem álbuns de fotos, vou levar meus álbuns de música — explicou Dan. — Já selecionei os que gosto mais, mas quero que escolham também os favoritos de vocês, se vamos ter que ficar ouvindo esses discos por, bem, pelo resto de nossas vidas. Então, cada um escolhe um.

Era generoso da parte dele, pensou Samantha. Incrivelmente generoso, na verdade, ceder seu bem mais precioso, espaço, para amigos que ele viera a conhecer havia apenas alguns meses. Ela ignorou o formigamento na parte de trás dos olhos e voltou sua atenção para os álbuns espalhados no chão.

— A questão é a seguinte: a pessoa escolhe o álbum que tem a canção que mais ama ou escolhe uma banda com uma *œuvre* mais consistente como seu representante?

— Eca! — exclamou Dan. — Não pronuncie a palavra *œuvre* no meu quarto.

O biscoito era macio, mas salgado, e Samantha sentiu que sua boca estava seca. O fumo estava começando a bater, e aquilo fazia sua cabeça sentir como se estivesse sendo espremida por duas mãos gigantescas.

— Não seja essa pessoa — provocou Samantha, fechando os olhos. — Você sabe. Aquela pessoa que diz que levaria *Ulisses* para ler numa ilha deserta.

— Eu gosto de *Ulisses* — afirmou Josh.

— Ninguém *gosta* de *Ulisses* — interpôs Dan, torcendo o nariz. — Ela tem razão; pegue um álbum do qual você gosta. Mesmo que não seja o melhor, por qualquer critério objetivo.

Todos ficaram quietos por alguns segundos. A fumaça se enroscava em volta da luminária acesa no canto do quarto. Samantha esticou o pescoço para ver os álbuns em torno de Averill, que se sentou com as pernas cruzadas em meio a um sem-número de velhas capas com as quinas amassadas por anos de manuseio.

— Está bem — disse Josh.

Ele rolou o corpo sobre a cama e deixou-se cair no chão ao lado de Averill. Remexeu nas pilhas de discos até achar o que estava procurando, um álbum com a foto de uma mulher sorridente com batom bem vermelho, o antebraço erguido de encontro à testa.

— Hotels. Minha mulher e eu...

— Que ela descanse em paz.

Averill ergueu a taça de vinho numa saudação. A esposa de Josh tinha morrido num acidente de carro cinco anos antes.

— Que ela descanse em paz — ecoou Josh, solenemente. — Minha mulher e eu nos conhecemos num baile na universidade, e "Into the Hudson" foi a primeira música que dançamos juntos.

Dan cantarolou os primeiros compassos num falsete surpreendentemente agudo, fazendo todos rirem. Samantha fechou os olhos e sentiu o aposento girar e girar.

— Por essa mesma lógica, eu escolho *You're in a Cult*, do Argument. — Averill ergueu o álbum, com sua ilustração de picos nevados estranhamente parecidos com o horizonte dali de Svalbard, que estava encostado aos pés da cama. — Meu irmão Oliver me obrigava a escutar quando me levava de carro para a escola. Eu odiava. Mas depois que ele morreu, eu não conseguia escutar outra coisa.

Samantha começou a pesquisar entre os discos que estavam mais próximos. A maioria era de álbuns bem antigos, os discos da avó de Josh: pilhas inteiras de Bob Dylan, Beatles, Beach Boys, Rolling Stones. Averill tinha começado a organizar os álbuns por ordem alfabética, de modo que ela saltou direto para o Pink Floyd, as letras vermelhas rabiscadas no muro branco, a luz atravessando o prisma e se ramificando em arco-íris. Ela encontrou o homem apertando a mão de seu irmão gêmeo em chamas, e o ergueu para exibir sua escolha.

— *Wish You Were Here* — disse ela. — Pink Floyd. Era o favorito do meu pai, porque era o favorito da mãe dele. Ele tocava a canção-título várias e várias vezes seguidas. — Samantha reforçou a afirmação girando o dedo no ar. — Às vezes isso o fazia chorar.

Lágrimas brotaram nos cantos de seus olhos, mas ela sorriu.

— Como foi mesmo que seu pai morreu? — perguntou Averill.

— Suicídio — replicou Samantha. — Dois anos depois da minha mãe. Acho que a essa altura ele disse... chega.

Ela pensou no que tinha dito a Hagen pouco antes, que ele estava morrendo desde que sua esposa tinha falecido, que seu corpo ainda não estava lado a lado com a sensação. Quando ela era mais jovem, tinha sentido raiva do pai, achando que ela não havia sido motivo bastante para prendê-lo à vida. Mas agora sentia como se ele soubesse muito bem que estava num pedaço de tecido desfiando, que o mundo estava se desfazendo aos poucos, e ele simplesmente não estava disposto a ver isso até o final.

Não era o caso dela, pensou. Ela queria, sim, ver o mundo acabar.

Averill interrompeu o disco que estava tocando, uma canção neofolk chamada "Spite, Thirst, Money", com o NICU. Ela ergueu com cuidado a agulha, tirou o disco, guardou-o na capa, e pôs em seu lugar um do Metallica.

Samantha imaginou se, depois do lançamento da Arca, eles iriam ficar o tempo todo olhando para o passado — para a Terra, para a vida que tinham construído ali. Se a Arca em si seria a cápsula do tempo de que precisavam, com habitantes vivendo dentro das próprias memórias, enquanto navegavam rumo a um planeta distante, e depois morrendo com elas.

»

FALTAM DOIS DIAS

— Tantos espécimes — lamentou-se Dan. — E ninguém jamais vai vê-los novamente.

Estavam sentados em banquinhos, no laboratório. O equipamento de que iriam precisar na Arca já havia sido embalado e levado para a espaçonave, que já estava num porta-aviões gigantesco do outro lado da baía — um antigo artigo militar, só Deus sabe de que país, não que isso tivesse qualquer importância no momento. A bagagem de Samantha já estava pronta, arrumada aos pés da cama. Dan trouxera o toca-discos para o laboratório porque agora tinha o hábito de ouvir música o tempo inteiro, como se não quisesse dar ouvidos ao próprio sofrimento.

A realidade estava se impondo, pensou Samantha. Tinha ouvido Averill chorando no chuveiro naquela manhã. Josh estava o tempo todo se interrompendo no meio da uma frase, no meio de um passo, no meio de pensamentos. Agora que ela não tinha mais nenhum trabalho urgente para executar, Samantha ia ver Hagen todos os dias, e o encontrava firme como sempre, cuidando de suas plantas.

Ela o ajudava, e ele lhe falava a respeito delas. Falava sobre a *Rhizanthella gardneri*, que crescia no subterrâneo do oeste australiano. Sobre a *Caleana major*, que parecia um pássaro branco em pleno voo, com as pétalas esfarrapadas nas bordas, como uma pena. A *Anguloa uniflora*, que se curvava toda sobre a coluna central, como duas mãos em concha protegendo a chama de um fósforo. Não havia limite para a variedade daquelas flores, e ele as enumerava com frequência cada vez maior, todos os dias, mostrando fotos quando não tinha nenhuma amostra viva para exibir. Samantha não sabia por quê, de todas as últimas palavras que ele podia ter escolhido, escolheu aquelas, e escolheu dizê-las para ela. Mas escutou.

— Vamos fazer mais um, cada um de nós — propôs Samantha.

— O quê? — questionou Averill. — Por quê? Não dá mais para despachar nenhum espécime.

— E daí? — disse Samantha, dando de ombros.

— Tudo bem — consentiu Josh. — Os computadores ainda estão conectados.

Cada um deles apanhou um carrinho com amostras vivas, guardadas em recipientes de vidro, boiando no fluido nutriente. Samantha espiou cada um deles, procurando as flores. Não havia mais nenhuma necessidade de fingir que não tinha preferência por elas, e nenhuma importância.

Notou um reflexo azul e enfiou os dedos por entre os recipientes para alcançar exatamente aquele. Sorriu quando viu as pequenas flores — miúdas, na verdade, menores que suas unhas, e com o azul-claro do céu. Ou então, pensou ela, considerando o que Hagen lhe dissera, só uma tonalidade específica de roxo.

Levou o recipiente para a mesa de trabalho, ligou a luminária, mexeu no mouse para ativar o monitor. A planta era simples: com textura de cera, folhas grossas na base, com uma coluna central um tanto frágil, como uma trepadeira. As flores se ramificavam no topo, em buquês azuis e brancos. Cada uma tinha três pétalas que se arredondavam em forma de gota, e três sépalas, com manchas brancas e azuis. Na parte de baixo, estava um pequeno labelo com bordas peludas, também azuis, embora mais escuro do que as pétalas e sépalas que o emolduravam. No centro de cada flor via-se a poeira amarela do pólen.

Parecia uma orquídea, mas ela teria que verificar no microscópio. Samantha abriu o recipiente e usou um par de tesouras longas para cortar o caule de uma das flores. Ia ser um trabalho delicado — as sementes da orquídea já eram minúsculas, e estas eram as menores que ela já vira, se é que eram orquídeas mesmo. Pegou os delicados instrumentos metálicos sobre a mesa, que sempre lhe lembravam os de um dentista, principalmente aquele usado para raspagem dos dentes.

Os colegas já comentavam suas descobertas. Averill estava curvada sobre um botão de cerejeira, Dan contraindo os olhos para examinar uma trepadeira com folhas cheias de veios, e Josh cutucando alguma variação de uma protea ainda não catalogada. Samantha começou a preparar uma lâmina e depois arrastou para perto o grande microscópio e o plugou na tomada.

Ela já havia visto sementes o suficiente na estufa de Hagen para identificar a reveladora falta de endosperma de uma semente de orquídea, o tecido gomoso da maioria das sementes, o qual fornecia nutrientes após a fertilização. Era grande a probabilidade de estar ausente nas orquídeas, o que acarretaria em sementes que não dariam em nada, falhando em encontrar o fungo certo que a ajudaria em seu crescimento.

Samantha deu um gritinho.

— O que foi? — perguntou Dan, do outro lado da sala.

— É uma orquídea — afirmou ela.

— Que legal. De que tipo? — quis saber Josh.

— Não faço ideia — respondeu ela.

Moveu a cadeira até o computador e selecionou *Orchidaceae*, e em seguida começou a inserir todos os dados da planta: altura, número de pétalas, número de sépalas, aparência das folhas e da coluna central, cor. A tela lhe apresentou uma galeria de fotos, planos bem próximos das flores, com os respectivos tamanhos anotados embaixo.

— Hmm — murmurou ela.

— O que foi? — questionou Averill, sentada na mesa ao lado, olhando para Samantha de cenho franzido.

— Não tenho certeza, mas... parece que não bate com nenhuma daqui — esclareceu. — Alguém tem outra opinião?

Averill abandonou sua mesa e repetiu todos os passos percorridos por Samantha: olhar a amostra do tecido da planta ao microscópio, medi-la com a régua, tocando na tampa do recipiente com a ponta do lápis ao contar as pétalas e sépalas, anotar a simetria, o labelo, o pólen, a coluna, o país de origem (Brasil).

Ela também ficou fitando a tela do computador no final do processo, com o rosto contraído. A essa altura, Dan e Josh tinham deixado seus próprios espécimes e estavam olhando o recipiente, um de cada lado, a luz projetando sombras estranhas em seus rostos.

— É nova — confirmou Averill finalmente, falando em voz alta o que Samantha havia pensado mas não tivera coragem de dizer.

— Não pode ser nova — disse ela. — Quer dizer, é algo tão...

— Pense bem. Nós tínhamos descoberto, digamos, dez por cento de todas as espécies de plantas, no início desse projeto. E as orquídeas são um dos grupos mais diferenciados que existem, então... — Averill fez um gesto indicando o recipiente. — Essa aí é nova.

Samantha sentou-se num banquinho desocupado.

— É nova — ecoou.

Por alguma razão, ela se sentia mais pesada agora.

»

Naquela noite, enquanto os outros estavam jantando, Samanta recolheu o recipiente no laboratório e o colocou na bolsa térmica, do tipo que eles usavam para transportar comida quente. Calçou as botas, enfiou o casaco, as luvas, pôs o cachecol, o chapéu, os óculos. Agasalhou-se bem e apertou todas as correias e botões; e partiu para enfrentar a neve.

Estava escuro, e o trajeto dela era iluminado por postes de luz que projetavam círculos amarelos na neve compactada. O caminho que levava à estufa de Hagen já estava bem aplainado pelas suas frequentes visitas, mas mesmo assim ela tinha levado consigo as raquetes de caminhar na neve, caso precisasse delas na volta. O vento assobiava ao seu redor, mas, afora isso, tudo que ouvia era o raspar dos pés sobre o gelo do chão.

Ela abraçou o recipiente junto ao peito com força enquanto caminhava, respirando pesadamente, embora a caminhada nem fosse tão cansativa. Havia em sua garganta um nó que ela não sabia explicar. Empurrou a porta externa da estufa e pôs no chão o recipiente, com todo cuidado, antes de remover os agasalhos e deixá-los jogados numa pilha no canto da parede.

Hagen ouvira sua chegada, evidentemente, porque estava de pé à espera, no meio da estufa, quando ela levou o recipiente para dentro. Ele trajava um suéter cinza bem folgado, e seu cabelo pintalgado de branco estava mais revolto do que de costume, com mechas longas na parte de trás.

— Oi — cumprimentou ela. — Preciso que você me confirme uma coisa.

— Tudo bem — concordou ele, parecendo confuso.

Ela abriu o zíper da bolsa térmica e tirou de lá a planta dentro de sua proteção de vidro.

— Eu pensei que as identificações tinham cessado, já que não se pode levar mais nada para dentro da Arca — disse ele.

— Oficialmente, sim — confirmou. — Mas você sabe como nós horticultores somos... gostamos sempre de uma última surpresa.

— Me parece que vocês precisam de passatempos menos monótonos — ironizou ele.

— Muito engraçadinho. Dê uma olhada nisto aqui.

Hagen recebeu a planta das mãos dela e a levou para sua mesa de trabalho, que estava coberta de pedaços de plantas. Ele tinha adquirido o costume de cortá-las, preparar pequenos buquês e espalhá-los pela pequena cabine onde dormia. Ela os vira num dia em que entrou para usar o banheiro, e depois eles tomaram um copo de uísque na sala, enquanto conversavam sobre plantas, sempre plantas, nunca sobre as pessoas e as coisas que tinham perdido ou que em breve iriam perder.

Ela se obrigou a sentar-se junto à mesa enquanto ele examinava a planta à luz de sua lâmpada de trabalho, presa a uma prateleira por cima da mesa. Hagen se manteve em silêncio durante toda a análise e depois desapareceu em sua cabine, voltando minutos depois com um livro. Pesquisou nele durante algum tempo e depois sumiu novamente. Desta vez, demorou tanto que ela perdeu a paciência e foi espreitar pela abertura da pesada porta entre a cabine e a estufa. Ele estava sentado diante de um computador, pesquisando.

O nó na garganta aumentava como se ela tivesse engolido uma bola de sementes. Quanto mais ele demorava, mais certa ela ficava de que tinha descoberto algo novo, e mais tensa e mais estranha se sentia. Pensou no *Naomi*, todo carregado de latas de comida, de garrafas de água e de reservas de combustível para a viagem. E o mapa junto ao leme do barco, com uma marca bem no local, no meio do nada, que ela escolhera para lançar âncora e contemplar o apocalipse.

Hagen voltou, enfim, balançando os óculos no dedo em gancho. Estava sorridente, mas ele sempre sorria um pouco, formando pequenas rugas no rosto, nos cantos dos olhos. Ela tinha se acostumado àquele sorriso.

— Como vamos chamá-la? — perguntou ele. — A orquídea Samantha?

Ela fez uma careta.

— Então é verdade — disse ela. — É uma flor nova.

— É o que parece — confirmou ele.

— Tem certeza?

— Bem, eu nunca pude ter certeza absoluta sobre nada, em se tratando de ciência, mas... — Ele franziu a testa. — Por que você parece estar zangada? Acabou de descobrir uma nova espécie, nas últimas quarenta e oito horas da presença humana na Terra. Isto é...

— Incrível, eu sei.

Ela ergueu as mãos até o cabelo. Aquela bola de sementes em sua garganta inchou ainda mais, e Samantha sentiu-se como uma flor desabrochando...

E rompendo em lágrimas.

— Ah, querida.

O suéter de Hagen estava colado ao seu rosto, a cabeça dela encaixada embaixo de seu queixo, e ele a apertou com força.

— Restam tantas coisas para você ver. — A mão dele se moveu em círculo em seus ombros. — Sabe disso, não sabe?

Ficaram assim, bem próximos, cada um sentindo o cheiro da respiração do outro, os braços enlaçados com força. As lágrimas secaram no rosto dela, deixando a pele retesada.

Por cima do ombro dele, ela viu as orquídeas inclinadas na direção das janelas, em busca da luz.

»

Samantha manteve os olhos cerrados. Só por algum tempo, antes de estar desperta de verdade e ter que vestir os agasalhos para cruzar a neve de volta ao acampamento. Tinha adormecido no sofá de Hagen, de frente para o quarto dele.

Ela havia sonhado imagens desconexas, sem história alguma fazendo a ligação. Mas uma delas ainda permanecia vívida em sua memória, a sensação do concreto áspero de encontro aos seus joelhos, quando ela se ajoelhou no chão da garagem de seu pai, com uma velha caixa de papelão à frente.

Seu pai morrera algumas semanas antes. Ela acabara de terminar com o namorado com quem morava, Greg, e viera passar uns dias na casa deserta do pai, enquanto Greg preparava a mudança. O cereal no armário ainda não estava vencido, e ainda havia um copo no escorredor de louça.

Não havia necessidade de examinar os pertences dele ou de encaixotar qualquer coisa. Não ia ser preciso vender a casa, porque não haveria quem a comprasse. Não havia a quem doar os casacos velhos, nem propriedades valiosas a serem reivindicadas, nem ia ser preciso esvaziar nenhum espaço para afastar dali o fantasma da presença dele. O mundo estava acabando, e a casa ia ser consumida pelas chamas, como tudo o mais.

Ainda assim, ela se viu na garagem, ajoelhada diante da caixa onde estava escrito o nome "Naomi". Os fechos estavam abertos, como se ele próprio tivesse aberto a caixa recentemente. Logo em cima havia um pacote de cartas. A mãe dela sempre gostou de escrever cartas, embora Samantha vivesse a provocá-la, quando jovem, dizendo que ela era a única pessoa no mundo que ainda fazia isso. Ela imaginou que eram cartas da época de namoro dos pais, os anos dourados de seu romance, antes que tudo virasse uma amargura só e os dois acabassem se afastando.

Mas quando começou a ler, percebeu que eram mais recentes. De depois do divórcio. *Sammy largou a orquestra, acho que foi melhor assim... A roseira da frente de casa finalmente floresceu, lembra como a gente comentava que ela tinha morrido? Mamãe teve um problema de tosse neste inverno, estou com medo de que seja algo mais sério...*

Ela não sabia que os pais tinham permanecido assim, em contato. Que a mãe escrevia para o pai para lhe dar informações sobre a roseira, sobre a filha com quem ele falava de modo tão brusco, sobre seus sonhos, seus pais, seu trabalho. Tudo escrito naquela caligrafia de sua mãe, tão familiar, estreita, apertadinha, com trechos rasurados em todas as frases, onde ela tentava se exprimir melhor.

O peito de Samantha doeu.

Ele tinha preservado cada palavra.

Ela pegou um dos envelopes, no meio dos papéis, e olhou dentro. Viu uma flor, comprimida, achatada. Tinha sido branca, mas agora exibia a tonalidade de um velho pergaminho. Samantha a segurou na palma da mão.

O cimento era frio sob seus joelhos. O ar cheirava a mofo e lenha cortada. A flor era uma orquídea.

»

Ela abriu os olhos e fitou Hagen, dormindo de bruços, com um braço estendido por cima do travesseiro vazio do outro lado da cama. Pôs-se a imaginar se tinha aprendido tanto sobre a esposa na ausência dela quanto durante o tempo em que conviveram, tal como ocorrera com Samantha e seu pai. O coração dele ainda era um coração aberto, apesar de ter parecido fechado por tanto tempo. Aquelas cartas trouxeram-lhe todas aquelas coisas que ela não sabia.

O medo cresceu dentro dela como um veneno, e não era novidade alguma.

»

DECOLAGEM

No cais, na baía próxima ao acampamento dos passageiros da Arca, balançava-se nas águas um velho barco de pesca, o *Naomi*. A pintura branca estava toda descascada, revelando o metal por baixo, mas ele ainda parecia muito resistente, com uma longa proa e uma cabine grande o bastante para acomodar um colchão de casal, um aquecedor a gás, dois garrafões de água mineral e comida suficiente para alguns dias.

Samantha o avistou como uma manchinha branca a distância, quando o helicóptero se ergueu no ar, partindo do heliporto por trás do acampamento. Ela se inclinou para a frente, por cima do corpo volumoso de Dan, e conseguiu avistar a estufa de Hagen, refletindo a luz do sol. Na sua escrivaninha, ainda mergulhada no fluido nutriente desenvolvido pelos cientistas do Projeto Arca, estava a *Oncidium Samantha*. Hagen confirmara, antes que ela deixasse a estufa naquela noite, que a orquídea era de fato roxa, não azul.

Hagen lhe falara de tantas flores naqueles últimos dias que passaram juntos. Não conversaram sobre outra coisa. A *Vanilla planifolia*, que as pessoas conheciam simplesmente como baunilha. A *Bulbophyllum nocturnum*, que só florescia durante a noite. A *Platystele jungermannioides*, com flores de apenas dois milímetros de largura. Uma das duas maiores famílias de plantas florescentes que havia no mundo, ele lhe dissera, como se implorasse a atenção dela, como se aquilo fosse salvar a vida dela.

Vinte e cinco mil espécies de orquídeas, e aparecendo mais. O mundo nunca teria escassez delas. E o universo nunca teria escassez de descobertas.

Ela passara aquele último ano mergulhada nas coisas mais minúsculas da Terra, as raízes que se agarravam ao solo, os pelinhos finos que recobriam os caules, as veiazinhas coloridas no centro de uma pétala. Células vegetais impossíveis de enxergar sem um microscópio. Mas erguer-se para longe do chão dentro de um helicóptero era também uma maneira de simplificar as coisas. Flocos de neve desapareciam em massas brancas de terra congelada, salpicadas de luzes e construções abandonadas. Ondas furiosas que se dissolviam numa vasta extensão plana de oceano azul-marinho.

Em breve tudo aquilo seria feito em pedaços, libertado de sua órbita, ia se acender e incendiar-se. Em breve aquele céu azul e límpido seria coberto pela poeira e pelos detritos, e todas as coisas que tornavam o mundo tão belo — os peixes com suas escamas multicoloridas, as moscas com suas asas iridescentes, os esquilos saltitantes e os bramidos profundos das baleias, as novas folhas, ainda pálidas e recurvadas, o chão fértil de terra marrom —, tudo aquilo iria desaparecer.

Mas não agora. E Samantha sempre tinha amado o outono.

SOBRE A AUTORA

© Nelson Fitch

Veronica Roth é autora de obras de ficção científica e fantasia. Best-seller do *The New York Times*, sua série de estreia, *Divergente*, a consagrou no mundo literário e foi adaptada para o cinema em produções de sucesso. Escreveu ainda as séries *Crave a marca* e *Chosen Ones*, além da coletânea *The End and Other Beginnings*. Seus contos, inclusive, já figuraram em diversas antologias de destaque. Ela mora com o marido e o cachorro em Chicago, nos Estados Unidos.

VOCÊ CHEGOU AO SEU DESTINO

AMOR TOWLES

VOCÊ CHEGOU AO SEU DESTINO

Fazia anos que Sam não ia tão longe na via expressa. Durante alguns verões, quando ele era garoto — antes de sua família se mudar à direção oeste —, tinham percorrido quase toda aquela extensão em seu trajeto para a casa de praia que alugavam em Orient Point. Naquela época, não havia praticamente nada entre a Saída 40 e a Saída 60, nem mesmo um posto de gasolina. Cada uma das saídas da pista conduzia a uma pequena estrada arborizada que levava a uma pequena cidade arborizada que tinha seu cinema, sua farmácia, seu armazém. Quando Sam estava com vinte e dois anos, viajou de novo por ali para passar o fim de semana do Dia do Trabalho com seu colega de quarto da faculdade. Àquela altura, depois de passar por algumas saídas da pista, surgia um aglomerado de lojas gigantes como AutoZone, Home Depot e Toys "R" Us — aqueles monopólios arrasadores projetados para fazer as cidades pequenas parecerem menores ainda. Agora, vinte e três anos depois, Sam estava testemunhando uma nova fase na evolução da via expressa: as chamadas Milhas do Milênio. Graças a uma análise demográfica que procurava maximizar a proximidade de uma classe trabalhadora com bom nível cultural, um centro universitário e moradia a preço acessível, vários membros da "nova economia" tinham aberto instalações amplas e reluzentes ao longo daquele trecho da estrada.

Em um quilômetro e meio, pegue a Saída 46, depois mantenha-se à esquerda, disse a voz agradável do GPS.

No começo daquele mês, tendo dito a Annie que não queria ganhar nenhum presente de aniversário, Sam comprara para si mesmo um Model S. O carro acabou custando mais do que ele pretendia gastar, mas conforme a observação de seu colega de trabalho que lidava com bens de luxo: "Vale o quanto se paga." O Model S acelerava de zero a cem em dois segundos, viajava 480 quilômetros sem reabastecer, e o motor havia sido tão bem planejado que mal se ouvia o zumbido. Era também um veículo autônomo. Por meio de câmeras montadas nos quatro cantos do carro, ele podia trafegar nas rodovias em velocidade moderada, fazer curvas. O vendedor na concessionária tinha admitido que o sistema ainda não era cem por cento seguro; já tinha havido uma fatalidade, na verdade. Assim, a recomendação oficial era de usar o sistema autônomo mantendo as mãos no volante, um pé no freio e os olhos na estrada. Só por diversão, Sam tirou as mãos do volante e o pé do acelerador, e observou quando uma luz começou a piscar, o motor desacelerou, e o carro seguiu as próprias instruções, pegando a pista de saída. Mantendo-se à esquerda, o carro passou por cima da via expressa, e depois virou novamente à esquerda numa estrada de acesso, e à direita para entrar no estacionamento.

Você chegou ao seu destino.

Sam não ficou especialmente surpreso ao ver que a Vitek estava com o estacionamento lotado. Mas quando reassumiu o controle do carro e seguiu na direção da entrada do edifício, estranhou ao ver que havia apenas seis vagas reservadas para clientes, três das quais estavam desocupadas. Sam sabia que os serviços da Vitek eram caros; só não imaginava que fosse tanto assim. Quando Annie voltou de uma apresentação dizendo que o preço era quase despropositado, ele pôs de lado a questão do custo. Tendo agido assim, achou que, se começasse a chapinhar nos detalhes do assunto, estaria diminuindo a nobreza de seu gesto. Dessa forma, acabou sem saber quanto fora o valor final. O fato de que houvesse apenas três clientes naquele momento ajudando a bancar toda aquela estrutura provavelmente não era bom sinal. Em todo caso, a opinião geral era de que, com a Vitek, também vale o quanto se paga.

O relógio do painel indicava que ele tinha chegado alguns minutos mais cedo. Olhando pelo para-brisa, viu uma área ensolarada próxima da entrada principal, onde alguns jovens funcionários (ou sócios, ou acionistas) estavam bebendo café ao lado de uma fonte.

Sam balançou a cabeça.

Na última década, ele havia visitado centenas de empresas regionais de energia por todo o país. As reuniões administrativas geralmente eram realizadas em escritórios que poderiam ter sido o setor administrativo de uma escola pública nos anos 1960 — com carpetes sintéticos cinza, forro modular no teto, luzes fluorescentes. Aquele cenário antiquado sempre o reconfortava, porque não havia indício melhor de problemas futuros com o pagamento do que a visão de um setor administrativo novinho em folha. E mesmo sabendo que um modelo de negócios "disruptivo" tendia inevitavelmente a substituir outro, sempre haveria ali a boa e velha empresa de energia para acender as luzes.

No banco do carona, ouviu-se o *plim!* de uma mensagem de texto. Ao pegar o celular, Sam viu que era de Annie: *Divirta-se!*

Sam digitou: *Farei isso*

E, depois de um instante, acrescentou um ponto de exclamação, em reciprocidade.

»

ORIENTAÇÃO

Na mesa de recepção, Sam deu seu nome a uma jovem atraente que usava fones de ouvido sem fio. Ela prometeu que alguém viria ao seu encontro dentro de alguns instantes e o convidou a se sentar um pouco. Sam escolheu uma das cadeiras com design de Mies van der Rohe dispostas em torno de uma mesa central de mármore. De algum lugar do saguão ensolarado vinha o som de água corrente.

— Há uma cachoeira aqui? — perguntou ele.

A moça na recepção ergueu a cabeça.

— Perdão?

Ele fez um gesto amplo abarcando o saguão, com um sorriso.

— Estou ouvindo um barulho de água.

Ela sorriu de volta e apontou para o lado de fora.

— O dr. Gerhardt instalou um microfone ali na fonte, para que o som fosse canalizado para dentro. Não é relaxante?

Antes que Sam pudesse responder, outra mulher, também jovem e atraente — esta num conjunto de blazer e saia pretos, segurando um portfólio também preto —, emergiu de um elevador.

— Sr. Paxton? — indagou.

— Sim.

— Eu sou Sybilla. Trabalho com o sr. Owens. Poderia me acompanhar?

Sybilla conduziu Sam até o terceiro andar. Quando a porta do elevador se abriu, ele sentiu o cheiro característico de pipoca. Pensou se o dr. Gerhardt também mandava canalizar aquilo. Porém, quando cruzaram um espaço largo que servia como área de lazer, ele viu a máquina de pipoca, iluminada em cores carnavalescas, lá no canto.

— Acho que vai gostar muito de conversar com o sr. Owens — disse Sybilla com o que parecia ser um entusiasmo sincero. — Ele está na Vitek praticamente desde o começo. Ninguém conhece a empresa melhor do que ele.

A mulher conduziu Sam através de um espaço de trabalho coletivo sem divisórias, até uma pequena sala de reuniões com TV de tela plana instalada na parede. Ela lhe indicou uma cadeira, e ele se sentou. Era uma daquelas cadeiras ergonômicas de escritório, que giram e deslizam.

— Gostaria de um café? Uma água com gás?

— Estou bem, obrigado.

— O sr. Owens estará aqui em alguns minutos. Estou certa de que o senhor leu o nosso folheto e que sua esposa lhe explicou tudo sobre nosso trabalho, mas, enquanto está à espera, o sr. Owens achou que lhe interessaria ver um pequeno vídeo de apresentação da empresa.

Sem esperar pela resposta dele, Sybilla abriu o portfólio, que revelou ser um iPad, e tocou na tela. A TV da parede se acendeu, exibindo o logo da empresa, e, enquanto ela saía e fechava a porta silenciosamente, o vídeo começou.

"Bem-vindo à Vitek", disse uma voz ao mesmo tempo amistosa, cheia de confiança e de otimismo. O que se seguiu foi um típico vídeo informativo de dez minutos, com reproduções de fotografias do dr. Gerhardt e seus sócios ainda jovens, um infográfico animado de uma hélice dupla girando, clipes de atarefados técnicos de jaleco branco num laboratório, notícias dando conta de descobertas e testemunhos de "clientes reais" identificados com nome, idade e cidade de residência, na parte inferior da tela.

Sam na verdade não tinha se dado o trabalho de ler o folheto, mas o vídeo serviu para recapitular o que ele já ouvira de Annie. A Vitek era um laboratório de fertilidade do século XXI, combinando a decodificação do genoma humano e os mais recentes avanços da ciência comportamental para não apenas ajudar os casais a conceberem, mas também dar a eles alguma margem de influência sobre a inteligência e o temperamento da criança. Quando a tela voltou a ser ocupada pelo logo da empresa, alguém bateu e no mesmo instante abriu a porta. Entrou um homem de boa aparência, um pouco mais alto que Sam, e talvez um pouco mais jovem também.

— Sam! — disse ele, com a mão estendida. — HT Owens. Que bom conhecê-lo.

Sam ficou de pé, apertou-lhe a mão, achando que a voz soava familiar. Levou alguns segundos para perceber que soava familiar porque era a voz do narrador do vídeo a que ele tinha acabado de assistir.

HT sentou-se e imediatamente começou a balançar para a frente e para trás em sua cadeira, desfrutando ao máximo dos recursos de sua engenharia. Depois começou a tamborilar com os dedos no tampo da mesa. Sam desconfiou que se HT tivesse nascido uma geração depois, teria sido criado à base de Ritalina.

— Teve alguma dificuldade para chegar aqui?

— Nenhuma.

— Ótimo. — O homem apontou para o logo que continuava brilhando na tela. — Pôde assistir ao vídeo?

— Assisti, sim.

— Ótimo. Deixe-me começar dizendo como foi bacana a oportunidade de conhecer Annie. Você é um homem de sorte!

— Obrigado — replicou Sam, embora sempre tivesse achado que esses comentários sobre a sorte de um homem, referindo-se à sua esposa, implicavam em certa descortesia.

HT mudou de marcha.

— Não preciso lhe explicar por que motivo estamos aqui, Sam. Você *sabe* por que está aqui. E você tem trabalhado como analista de serviços públicos por quanto tempo mesmo? Vinte anos? Bem, acho que nesse caso podemos dispensar as pirotecnias da apresentação. Em vez disso, me permita fornecer uma visão geral do nosso trabalho, para podermos conversar sobre o que vai acontecer aqui hoje. Está bom para você?

— Me parece bom.

— Ótimo — disse HT pela terceira vez. — Bem, todos nós admitimos que o desenvolvimento de uma criança é uma questão de natureza e de cultura, e por centenas de anos os pais tentaram influir nesses dois aspectos, em benefício de sua prole. Do ponto de vista genético, temos escolhido cuidadosamente nossos parceiros e nossas parceiras tendo esses atributos bem claros em nossa mente. Já do ponto de vista da cultura, a partir do momento em que temos filhos, tentamos fornecer-lhes um ambiente sadio, uma educação sólida, e um sistema de valores. Por que fazemos isso? Para que nossos descendentes tenham condições de viver uma vida feliz e produtiva. Pois muito bem: criamos a Vitek porque reconhecemos o fato de que, devido aos avanços recentes em vários campos da ciência, os pais agora podem lutar por esse objetivo com um nível de intencionalidade sem precedentes.

— Graças à engenharia genética — complementou Sam.

HT ergueu as mãos em sinal de protesto.

— Nós de fato não vemos nosso trabalho aqui como engenharia genética, Sam. Não estamos criando seres em laboratório. Não vamos introduzir nenhum elemento novo em seu DNA, nem vamos extrair nenhum dos elementos que já existem nele. Em vez disso, depois de examinar os traços que seu filho deverá herdar naturalmente, com sua ajuda e de Annie vamos dar destaque a alguns desses traços e empurrar alguns deles para segundo plano. Preferimos pensar nisso como *arranjo genético*.

— Está bem — disse Sam.

— Mas isto é apenas *metade* do plano. Veja bem, o que nós criamos aqui, o que é tão extraordinário em nossa abordagem, é que conseguimos combinar os componentes genéticos com a modelagem de prognósticos baseada em grandes amostras de dados demográficos.

HT fez uma pausa.

— Você sabe o que é um escore de crédito?

Sam ficou um pouco surpreso com a pergunta.

— É um critério que os bancos usam — falou depois de um momento — para determinar se alguém deve receber crédito.

— Exatamente — disse HT. — Mas sabe como funciona?

Sam teve de admitir que não sabia, e o homem se dispôs a explicar.

— O escore de crédito foi inventado no final dos anos 1980 por um matemático e engenheiro que percebeu que, através da análise dos padrões históricos do pagamento de dívidas por parte dos consumidores, era possível criar algoritmos capazes de prever a confiabilidade de um indivíduo para o pagamento de hipotecas. Para simplificar as coisas, digamos que você examine o histórico de crédito de dez mil norte-americanos que, vinte anos atrás, todos com aproximadamente a mesma renda, despesas e faturas de cartões de crédito, fizeram hipotecas para um prazo de quinze anos. Analisando todo esse conjunto, o que você descobre é que praticamente todos os que pegaram emprestados duzentos mil dólares para comprar uma casa pagaram integralmente seus empréstimos, enquanto apenas metade dos que pegaram trezentos mil dólares para comprar uma casa maior conseguiram fazer o pagamento total da dívida. E sabe aqueles que pegaram quatrocentos mil dólares para pagar uma casa ainda maior? Quase todos fracassaram em quitar o valor. Falando em termos práticos, o que isso quer dizer é que, se eu hoje verifico que alguém tem perfil semelhante ao desse grupo (fazendo alguns ajustes em função da inflação, e tudo o mais), mesmo sem ter qualquer conversa eu sei que, se lhe emprestar duzentos mil dólares para comprar uma casa, ele vai me pagar; se emprestar trezentos mil, talvez ele pague, e se emprestar quatrocentos, ele não pagará. O *padrão* acaba se tornando um *prognóstico*.

HT ergueu as mãos espalmadas, como se dizendo: *Voilà!*

— Aqui nós fazemos a mesma coisa, Sam, mas em vez de examinar o histórico financeiro agregado para antecipar resultados financeiros individuais, estamos examinando históricos biográficos agregados para predizer resultados biográficos individuais. Extraindo dados de um amplo leque de fontes, criamos uma base de dados de três gerações de norte-americanos, o que inclui não apenas gênero, etnia, mas informações sobre o ambiente onde eles foram criados, tais como as identificações religiosas, educacionais, profissionais e políticas de seus pais. Em seguida, traçamos um gráfico de como a vida de cada um desses indivíduos se desenvolveu. Mapeando as informações sobre os fundamentos concretos dessa imensa população e relacionando-as com as experiências que vieram a ter, começamos a identificar padrões significativos que hoje nos ajudam a ver com clareza de que modo a natureza e a cultura se combinaram para determinar as vidas que tiveram.

A porta se abriu, e Sybilla entrou com uma pequena caneca de cerâmica e uma volumosa pasta verde, colocando os dois na mesa diante de HT.

— Já lhe ofereceram alguma coisa para beber? Gostaria de um *espresso*?

— Estou bem, obrigado.

Sybilla saiu.

— Onde eu estava mesmo?

— As vidas que tiveram...

— Certo! Então agora vamos voltar nossa atenção para você e Annie. O que nós fazemos aqui é lançar mão deste procedimento científico que eu descrevi e aplicá-lo a casos individuais, como o de vocês. Usamos nossa análise do seu genoma e do de Annie e fazemos um arranjo para refinar os traços com que seu filho deverá nascer. Usamos os perfis detalhados que vocês nos forneceram a respeito de si mesmos, para entender o tipo de ambiente em que a criança será criada. Depois, usando esses elementos como um filtro, podemos identificar em nossa base de dados particular um conjunto significativo de pessoas com um padrão genético semelhante que foram criadas em um ambiente semelhante e, baseados nas experiências reais que tiveram, podemos começar a prever, dentro de uma margem de erro aceitável, o perfil da vida que *seu* filho vai ter.

Após inclinar-se cada vez mais para a mesa à medida que fazia aquele discurso, HT recostou-se na cadeira novamente e sorriu.

— Uma loucura tudo isso, não é?

Sam percebeu que também estava se recostando em sua poltrona.

Vendo as coisas em retrospecto, ele não tivera uma ideia muito clara do que esperar daquela reunião. Quando Annie sugeriu pela primeira vez (numa conversa bastante emotiva) que talvez fosse o momento de tentarem uma fertilização in vitro, foi Sam quem sugeriu que procurassem a Vitek — ouvira falar as empresa por meio de um colega da área de ciências da vida, e, depois, por um cliente rico, que usara seus serviços e estava satisfeito. No entanto, Sam não tinha entrado em detalhes sobre a empresa com nenhum dos dois. Quando ele e Annie decidiram dar o próximo passo, Sam preencheu da maneira mais precisa possível os questionários que recebeu, e deixou uma amostra sua no laboratório que a Vitek tinha na cidade. Mas até aquela tarde tinha imaginado que ele e Annie seriam capazes de escolher o sexo do bebê, eliminar o risco de problemas de nascença, e talvez conseguir um leve incremento do Q.I. Uma pequena vantagem num mundo competitivo, por assim dizer. Não era muito diferente de mandar seu filho para uma escola particular ou conseguir para ele um estágio num lugar importante. Mas o que HT acabara de descrever parecia uma proposta mais complexa e mais valiosa...

— Sim, uma loucura — concordou Sam após um momento.

— Loucura *pura*! — disse HT com um sorriso. E depois mudou a marcha de novo. -- Sei que você andou viajando nessas últimas semanas. Assim, se por um lado pudemos reunir todo o material e informações a seu respeito, ainda não tivemos um momento para conversar sobre as opções. A boa notícia é que Annie já adiantou bastante esse lado. Ela passou muitas horas aqui, reunida comigo e com outros conselheiros, examinando nosso catálogo de perfis, e aos poucos foi fechando o leque de opções até chegar a três alternativas para serem submetidas a você.

Ele fez uma pausa para dar ênfase.

— Tenho que dar o devido crédito à sua esposa, Sam — prosseguiu. — A maior parte das pessoas que filtra nosso universo de escolhas até chegar a três opções para submeter ao marido ou à esposa cometem um engano que já é clássico: acabam apresentando três candidatos que, no esquema geral, são praticamente idênticos. De certo modo, essas pessoas já escolheram o filho que querem ter, só não chegaram a dizer isso ao cônjuge.

Ele piscou para Sam.

»

— Mas Annie... — HT pousou a mão sobre a pasta que estava ao lado de seu *espresso* ainda intacto. — Ela escolheu três perfis *muito* distintos. Quer dizer, estes três são muito distintos entre si e viveriam vidas completamente diferentes umas das outras, e mesmo assim seriam três crianças que vocês dois se orgulharão de ter criado. Bem, eu poderia repassar para você agora nossos relatórios biográficos, que são muito detalhados, para lhe dar uma impressão melhor desses três candidatos, mas já constatamos que é difícil para a maioria das pessoas traduzir todos os dados relevantes numa imagem mental. O que fizemos, então, foi pegar todas as informações dessas biografias e transformá-las em três filmes curtos que irão apresentar vocês a três crianças diferentes, das quais, com a nossa assistência, você e Annie poderiam ser os pais. Nós chamamos isso de *projeções*. Cada filme dura apenas alguns minutos, mas eles lhe darão muito o que pensar, para que você e Annie possam fazer a melhor escolha.

HT deu um tapa vigoroso na mesa.

— O que me diz, Sam? Está pronto?

— Estou pronto.

— Então vamos lá.

»

PROJEÇÃO UM

Agarrando a grossa pasta de documentos, HT ergueu-se de sua cadeira e conduziu Sam ao extenso corredor, acenando para colegas ao longo do trajeto. A certa altura, no meio do edifício, abriu uma porta e convidou Sam a entrar. Dentro, havia uma sala de projeção bem aparelhada, com dezesseis poltronas estofadas, dispostas em colunas e fileiras de quatro assentos.

HT observou que Sam arqueou a sobrancelha ao avaliar o número de cadeiras.

— Às vezes nossos clientes trazem parentes ou amigos para ver a projeção — explicou. — Mas, cá entre nós, não acho que seja uma boa ideia. Quer dizer, já é bastante complicado discutir com a família e os amigos o *nome* que vocês vão dar a um filho, certo? Não é bom entrar em nuances de personalidade e de potencial.

Um rapaz entrou na sala, trajando roupa de garçom de bufê, com calça preta e camisa branca. HT virou-se para Sam.

— Tem certeza de que não quer tomar nada? Um *capuccino*? Um pouco de água? Um gim-tônica?

Ao ouvir as palavras "gim-tônica", Sam pareceu exprimir certa surpresa, e HT deu um sorriso meio maroto.

— Essa é sua bebida favorita, não é? — À guisa de explicação, ele ergueu e exibiu a pasta verde, mas logo sua voz voltou ao tom mais sério. — Sei que ainda estamos longe da hora do happy hour, mas descobrimos que tomar um drinque pode ser algo que agrega valor à experiência. Relaxa um pouco, então você pode apenas se sentar e aproveitar todo o processo, o que é o mais importante. Porque é bom que você aproveite o processo.

— Um gim-tônica — disse Sam.

— Traga dois, James.

James voltou momentos depois com o gim-tônica em duas taças de cristal, não muito diferentes das que Annie e Sam tinham comprado quando se casaram. Sam se perguntou se isso também estaria no arquivo deles.

Pela terceira vez em uma hora, ofereceram-lhe um assento, e ele aceitou. Tal como na sala de reuniões, as poltronas da sala de projeção se inclinavam e se moviam, e mais uma vez HT explorou ao máximo essas possibilidades.

— Tim-tim! — disse HT.

— Tim-tim.

Os dois tocaram as taças, e o homem girou o corpo na direção da cabine de projeção.

— Ok, Harry. Manda bala.

Enquanto as luzes iam sendo baixadas lentamente, Sam tomou um gole da bebida e recostou-se na poltrona, sendo forçado a reconhecer que era surpreendentemente confortável. Como da vez anterior, o logo da Vitek ocupou toda a tela, mas agora começou a diminuir como se estivesse desaparecendo à distância, até sumir de novo. Depois de uma passagem de tempo de duração razoável — longa o bastante para deixar esquecer o logo, mas não tanto a ponto de causar impaciência —, uma palavra apareceu no centro da tela: *Daniel*.

Com um pequeno sobressalto, Sam virou-se para HT, que sorriu e fez um sinal afirmativo. Desde o início, Sam e Annie haviam decidido que teriam um menino, mas houvera certo debate com relação ao nome. Annie queria que o nome do filho fosse uma homenagem ao pai dela, Andy, e Sam queria dar a ele o nome de seu tio, Daniel; os dois homens tinham morrido recentemente. Sam ficou comovido com o fato de Annie ter batido o martelo no nome Daniel, sem ter lhe dito nada.

O plano inicial da projeção trazia um bebê novinho, envolto num lençol azul-claro. Embora a pessoa que segurasse o bebê estivesse fora do quadro, percebia-se pelas mãos que era um homem, presumivelmente o pai. O bebê não estava chorando. Não contraía o rosto nem se contorcia. Em vez disso, era como dizia a voz feminina que fazia a narração: *Desde o dia em que nasceu, Daniel tinha um sorriso no rosto.*

Enquanto a narradora descrevia a boa índole e as perspectivas promissoras do jovem Daniel, passavam imagens dele aos oito anos dando a mão a um coleguinha no parquinho, aos quinze anos ajudando a pôr a mesa do jantar, e aos vinte e dois cercado pelos colegas no auditório de uma universidade da Nova Inglaterra, jogando o capelo para o alto enquanto seus pais o contemplavam com orgulho.

Sam teve outro sobressalto quando percebeu que os pais, que estavam de costas para a câmera, pareciam uma versão mais idosa dele e de Annie. Claro que sim. Supostamente aquele era o filho *deles*. E as mãos no plano inicial não tinham sido simplesmente "as mãos do pai", tinham sido as mãos *dele*. Pensar nisso fez Sam se sentar mais empertigado na poltrona.

Agora, Daniel está ao volante de um carro já bem rodado, com uma bela jovem loura no banco do carona e uma pilha de caixas de papelão no banco de trás. Ao cruzarem uma ponte, os dois se inclinam para a frente e observam pelo para-brisa os arranha-céus do centro de uma metrópole. Param o carro diante de um prédio de seis andares, o tipo de edifício pequeno e sem elevadores onde jovens casais urbanos começam sua vida de adultos. Levando uma caixa nos braços, Daniel usa o ombro para segurar a porta aberta enquanto a garota entra. Em seguida, ele está parado diante de um moderno edifício de escritórios chamado Century Tower. Depois de verificar o endereço que traz anotado, Daniel olha mais uma vez a fachada reluzente do edifício e entra corajosamente pela porta giratória.

Apesar de saber muito bem que tudo no vídeo é encenado, Sam sentiu certo otimismo, talvez até orgulho, quando viu Daniel olhando pelo para-brisa ao lado da garota, segurando a porta aberta para ela e entrando no edifício novo e reluzente. Esses sentimentos harmonizavam com o zumbido aconchegante que o gim produzira em sua cabeça.

No andar superior, Daniel é conduzido pelo chefe até seu cubículo, onde é apresentado a um colega de trabalho — outro rapaz de vinte e poucos anos, que, dá para se perceber, será o primeiro amigo que Daniel fará naquela cidade. E quando Daniel senta-se à mesa para começar suas tarefas, a narradora confirma que ele está começando aquela vida nova *com a mesma boa índole e perspectivas promissoras que o caracterizaram desde que nasceu.*

Mas no momento em que a narradora completa a frase, surge uma tomada de nuvens carregadas passando por cima da Century Tower em movimento acelerado, e a música de fundo assume um tom ameaçador. A narradora relativiza sua observação anterior: *Nem todas as pessoas no círculo de Daniel eram tão despreocupadas.*

Uma rápida sucessão de cenas revela que alguns dos colegas de Daniel são, de fato, mais ambiciosos, mais focados, mais competitivos. A sequência culmina com um plano do "primeiro amigo" de Daniel parado junto à sua mesa e deixando ali uma pilha de arquivos a serem processados. A câmera fecha no relógio na parede, cujos ponteiros giram cada vez mais depressa, até desaparecerem num borrão indistinto e pararem de repente marcando seis horas. A câmera recua e revela Daniel na mesma mesa, só que agora aos trinta anos de idade. Outra pilha de arquivos para processar é depositada por um colega diferente, visivelmente mais jovem do que Daniel.

Sam não deixou de notar que à medida que essas cenas se desenrolavam, Daniel mantinha o mesmo sorriso de sempre. Mas o sorriso agora estava meio cansado, meio que pedindo desculpas, talvez até um tanto constrangido. Para Sam, era algo até doloroso de ver.

Naquela mesma noite, mais tarde, Daniel chega em casa, naquele mesmo prédio de seis andares. Sobe as escadas e entra no apartamento, que está atulhado de coisas: uma bicicleta, um berço, brinquedos. Largando a mochila no chão, ele entra na minúscula cozinha, onde sua esposa está com uma criança no braço e a outra sentada no joelho. De repente, uma música de boate, ensurdecedora, vem do andar de cima. Daniel olha para a esposa e vê uma lágrima de exaustão rolando em seu rosto.

Corta para a manhã seguinte na Century Tower, onde Daniel caminha ao longo do corredor de cubículos, entra na sala da esquina — agora ocupada por seu velho amigo — e diz apenas: "Me demito."

A música se avoluma num crescendo de violoncelos, ou de violas, Sam não tem muita certeza. Mas é certamente um naipe de cordas.

Daniel e sua esposa estão no mesmo velho carro, mas desta vez com as duas crianças no banco de trás, e a bagagem amarrada por fora, no teto. Viajando na direção oposta, eles cruzam a mesma ponte, que os leva a uma rodovia e depois a uma série de estradas num ambiente cada vez mais rural. Outra vez, Daniel e a esposa se inclinam para olhar pelo para-brisa, mas agora é para admirar a folhagem das árvores. Em uma pequena cidade — talvez num lugar como Vermont —, eles passam na frente de uma igrejinha branca, um corpo de bombeiros e a escola local, onde se vê um cartaz que anuncia ESTAMOS CONTRATANDO. Quando descem do carro diante de sua nova e modesta casinha, Daniel passa o braço em torno da cintura da esposa, enquanto seu filho de dois anos corre pela relva.

A tela escurece.

»

Quando as luzes se acenderam, HT já estava com o olhar sobre Sam.

— Formidável, não é?

Sam não soube o que dizer. Sua cabeça ainda girava um pouco. Talvez fosse o gim. Mas havia também algo profundamente inquietante em assistir a trinta anos de uma vida, da vida do próprio filho, condensados em poucos minutos.

— O que era aquilo? — perguntou ele, finalmente. — Um escritório de advocacia? Uma empresa de publicidade?

— Faz diferença?

— Não faz?

HT fez sua poltrona girar para olhar Sam mais diretamente ao dar suas explicações.

— Não é que nós tenhamos uma bola de cristal, Sam. Isso é apenas uma projeção, cuidadosamente construída e apoiada por estatísticas, mas ainda assim é uma projeção. Foi planejada para lhe dar uma imagem dos *contornos* da vida de Daniel, não seus aspectos específicos. Então, é advocacia, é publicidade? Não sabemos. Mas em função da herança genética e da possível educação que ele vai receber, temos bastante confiança de que, depois de cursar uma faculdade interdisciplinar, de tamanho médio, competitiva, *este* Daniel vai se tornar um jovem profissional num centro urbano avançado. Portanto… sim. Trabalhando na área do direito, de alguma consultoria ou em publicidade. Em Chicago, ou em Atlanta, ou em São Francisco. Essas são as variáveis básicas e, independentemente das escolhas pontuais feitas por Daniel, ele provavelmente acabará tendo uma experiência de vida parecida com essa. Mas não vamos ficar nos emaranhando nos detalhes. O que você achou, de forma mais *geral*?

— Achei muito satisfatório no começo — admitiu Sam, depois de um momento. — Gostei do quadro que vocês pintaram dele. Mas foi difícil observá-lo na casa dos trinta anos, com tão poucos resultados depois de tanto esforço. Quer dizer, profissionalmente.

— Com certeza — disse HT, assentindo e mudando sua expressão para uma de sóbrio reconhecimento. — É um clássico anticlímax de segundo ato.

HT continuou fazendo que sim com cabeça.

Sam franziu o cenho.

— Como assim?

— Você sabe. Um anticlímax de segundo ato: quando, depois de termos começado cheios de confiança uma trajetória específica, esbarramos em nossas próprias limitações.

— Isso é necessário?

HT deu de ombros, um gesto resignado de quem não criou as regras.

— Até certo ponto, é inevitável. Todos nascemos com alguns pontos fortes que, idealmente, são encorajados pelos nossos pais e reforçados positivamente através da educação e da interação com nossos iguais. Mas esses pontos fortes não são sempre úteis em todas as circunstâncias e em todas as fases de nossa vida. À medida que crescemos e encontramos novos contextos, nossas qualidades de longo prazo podem de repente embargar nosso progresso no mundo, e isso, por sua vez, cria uma dissonância em casa. Quando nos vemos numa situação assim, cedo ou tarde temos que enfrentar o fato de que a maneira como encarávamos a vida no passado já não é eficaz na situação atual. Assim como Daniel tem que reconhecer que seu temperamento de pessoa de boa índole, que lhe serviu tanto na juventude, talvez já não lhe sirva num momento em que ele é um profissional urbano num campo de trabalho competitivo.

A voz de HT engrenou mais uma vez o tom entusiasmado.

— Pois bem, há algumas personalidades que, diante de uma tal revelação, podem tentar se transformar em alguém que elas não são. O que eu mais gostei da escolha de Annie foi que, nesta versão de Daniel, ele assume integralmente quem é, desde o princípio. Em vez de mudar de comportamento, ele muda seu *contexto*. Ele pega a família e se muda para um mundo em que suas virtudes apontam de forma mais clara um caminho para a felicidade. Nós somos o que somos, certo? Não tem muito propósito querer fazer nossa personalidade remar contra a maré.

Fazer nossa personalidade remar contra a maré...

Ao ouvir essa frase incisiva, em vez de pensar nela com relação a Daniel, Sam se viu pensando na esposa. Annie tinha frequentado uma universidade interdisciplinar, competitiva, de tamanho médio — não muito diferente daquela que fora descrita na projeção —, onde se formara em literatura inglesa e defendera uma tese sobre a divina ambiguidade, ou algo equivalente, na poesia de Emily Dickinson. E embora ela tivesse dado continuidade aos estudos até se formar em direito e ocupar uma boa posição num escritório de elite, nos últimos tempos parecia extrair mais prazer na prestação de serviços voluntários do que em sua atividade na vida corporativa. Ao ter escolhido aquela projeção, estaria Annie exprimindo uma espécie de arrependimento da vida que eles haviam criado para si mesmos na cidade, em vez de ter ido para alguma cidadezinha mais bucólica?

HT estava com os olhos pregados em Sam, estudando sua expressão.

— E então, o que me diz? Está pronto para a projeção número dois? Ou quer fazer uma pausa?

— Não, estou bem — disse Sam. — Estou pronto.

— Ótimo.

»

PROJEÇÃO DOIS

Quando as luzes diminuíram, Sam bebeu o restante de sua dose de gim-tônica. Mais uma vez, o logo da Vitek apareceu, sumiu, e o nome *Daniel* surgiu na tela, antes do início do vídeo. Nesse vídeo, o narrador era um homem.

Desde o dia em que nasceu, Daniel era alguém que dançava conforme a própria música...

Depois de um plano de um bebê envolto em lençóis e com a testa franzida, seguiu-se uma série de clipes. Aos quatro anos, Daniel explica com grande convicção, como se tivesse dedicado muito tempo à análise daquele assunto, que ele na verdade não precisava tirar um cochilo exatamente naquela hora. Aos quinze, Daniel pergunta ao professor de literatura: "Será que o motivo para a gente estar lendo *Tom Sawyer* e *O Grande Gatsby* na escola não é porque *o senhor* teve que ler *Tom Sawyer* e *O Grande Gatsby* na escola?" Com a idade de vinte e dois anos, Daniel está no gabinete do diretor da faculdade, o qual quer saber por que ele perdeu a prova de ciência política.

"Porque estava escrevendo poemas", responde ele, com naturalidade.

"E isso não podia esperar?"

"Esperar o quê?"

Na tela, o diretor franze o cenho, mas na plateia Sam solta uma gargalhada.

Daniel está sentado agora no mesmo carro da projeção anterior, mas em vez de uma bela loura o que se vê no assento do carona é uma máquina de escrever Smith-Corona, bastante usada. Quando Daniel liga o motor e se afasta, pode-se ver lá atrás o grupo de colegas da festa de formatura arremessando os capelos para o ar. Daniel conduz o veículo pela mesma ponte, indo em direção à mesma cidade. Sobe no mesmo prédio de seis andares, sem elevador, levando a máquina de escrever embaixo do braço e uma mochila grande embaixo do outro, sem ter que segurar a porta aberta para ninguém. Mais uma vez, Daniel chega diante do Century Tower e confere o endereço que traz anotado num papel. Desta vez, no entanto, depois de examinar bem a fachada reluzente do edifício, ele diz: "Ah, foda-se." Jogando o pedaço de papel numa lata de lixo, ele segue pela rua afora com as mãos enfiadas nos bolsos.

De repente, ouvimos os inconfundíveis acordes iniciais de "Like a Rolling Stone", de Bob Dylan. Enquanto a música soa, há uma montagem mostrando a vida de Daniel na cidade: lavando pratos num restaurante chinês; bebendo num boteco entre amigos vestidos desleixadamente; escrevendo à máquina em sua quitinete, madrugada adentro; remetendo pelos serviços postais um manuscrito que depois de ser colocado sobre a escrivaninha de alguém recebe o carimbo com uma única palavra: RECUSADO.

Enquanto a canção-hino de Dylan continua a tocar, a série de imagens se repete: pia de pratos, bebida no boteco, máquina de escrever, recusas. Na terceira vez em que o ciclo de imagens se reinicia, a música diminui até desaparecer e podemos ouvir Daniel sendo repreendido pelo patrão na cozinha do restaurante. "Foda-se", diz ele, jogando o avental no chão. O boteco onde ele costumava se encontrar com os amigos está agora repleto de yuppies. Quando um deles avisa a Daniel que é proibido fumar, Daniel dá-lhe um soco no nariz. E quando, momentos depois, Daniel é atirado na rua pelo segurança, ele grita de volta: "Fodam-se todos!"

Sam não consegue evitar um instante de preocupação paterna ao notar que, desde que saiu da faculdade, Daniel pronunciou apenas três frases, e que o verbo de todas elas foi *foder-se*.

Corta para um atormentado Daniel sentado imóvel diante da máquina de escrever, com um cigarro pendendo dos lábios, uma garrafa de uísque ao alcance da mão e mais um manuscrito pronto em cima da mesa. Depois de uma espera incômoda, Daniel datilografa mais algumas palavras e puxa a folha de papel da máquina. Uma tomada em close mostra o título de seu novo livro: *América, vai se foder*. Mas desta vez, em cima da mesa anônima, o carimbo que é aplicado sobre o manuscrito é: COMPRAR.

Agora a sequência de imagens é acelerada. Máquinas de impressão rodam velozmente. Exemplares do livro são empilhados numa livraria com cartazes anunciando *O best-seller do momento*. Num hotel em Beverly Hills, Daniel aperta a mão do astro do cinema que acabou de adquirir os direitos de adaptação do livro. Na estreia do filme, ele sai da sala da projeção de braço dado com a atriz principal. Em Hollywood Hills, um agente lhe entrega o molho de chaves de uma impressionante mansão de estilo moderno, de meados do século XX. Quando Daniel entra, a câmera descreve uma panorâmica mostrando um outdoor que anuncia *América, vai se foder*. Por trás dele, as nuvens começam a passar aceleradamente. Anoitece e amanhece várias vezes, e em breve a imagem no outdoor se transforma, anunciando a continuação do primeiro filme: *Europa, vai se foder você também*.

A câmera agora passeia pelo Sunset Boulevard, onde Daniel está dirigindo um carro esporte, de madrugada, passando de forma errática de uma pista para outra. Numa estrada sinuosa que desce o desfiladeiro, ele acaba colidindo com sua própria caixa de correio e sai andando pela calçada, passando ao longo de uma fila de carros luxuosos estacionados, enquanto o sangue goteja de sua testa. Dentro da casa, está acontecendo uma festa caótica que dá a impressão de já estar rolando há vários dias. Daniel pega uma garrafa de uísque no bar, sobe para o quarto, senta-se na cama e toma um gole vigoroso.

De manhã. Uma tomada em close do rosto de Daniel, de ressaca, barba por fazer, sangue seco na testa. A câmera recua para revelar que ele está caído no chão. Quando abre os olhos injetados de sangue, ele vê um objeto escuro enfiado nas sombras embaixo da cama. Semicerra os olhos para enxergar melhor, a forma entra em foco. É a Smith-Corona. Um sorriso amigável se desenha no rosto dele.

A imagem escurece.

»

Desta vez, quando as luzes se acenderam, era Sam quem estava encarando HT.

— Você está brincando?

HT ficou desconcertado com o tom de voz.

— Brincando? Por quê?

Sam apontou a tela.

— Annie viu isto aí?

— É claro que ela viu. Ela *escolheu* isto. Causou uma impressão nela, de verdade.

— Causou uma impressão!

HT mudou de posição na poltrona.

— O que foi, Sam? O que está pensando?

— Há uma sugestão muito clara no fim desta projeção de que Daniel vive uma vida miserável.

— Está bem — respondeu HT, assentindo. — Mas eu colocaria as coisas de modo um pouco diferente. Você está totalmente certo ao achar que, dada a natureza do sucesso de Daniel, a vida dele parece ter ficado repleta de luxo vazio e relacionamentos falsos. Mas é o próprio vazio de tudo que lhe permite enxergar a situação como ela é.

— E imagina-se que eu devo ficar animado com isso.

— Certamente.

HT virou-se um pouco mais na poltrona e dirigiu-se à cabine de projeção.

— Ei, Harry! Ponha na tela esse último plano do filme.

O rosto do segundo Daniel reapareceu na tela, com sua expressão fatigada.

— Está vendo esse sorriso, Sam? Não é de dar inveja? Quer dizer: ele acabou de ter um vislumbre do que realmente importa na vida. Eu adoro o subtexto visual desse plano porque, para onde Daniel está olhando neste instante? Para sua máquina de escrever! Durante todos aqueles anos em que esteve se matando de trabalhar numa cozinha, vivendo num lugar sem elevador, escrevendo livros que ninguém queria ler, era uma época de pobreza e de rejeição, mas havia liberdade e autenticidade ao mesmo tempo.

HT balançou a cabeça, com ar satisfeito.

— Podemos presumir que a vida dele, desse momento em diante, vai dar uma guinada, numa direção formidável.

Sam ficou olhando a imagem de Daniel congelada na tela e seguindo o fio dos próprios pensamentos. Por que motivo Annie teria escolhido *aquela* projeção? Em certo sentido, ele não conseguia deixar de ver aquilo pelo lado pessoal. Sam também tinha estudado numa universidade interdisciplinar competitiva, onde, nos primeiros anos, estudou Shakespeare e rabiscou alguns poemas — tal como todos faziam. E, sim, ele acabou escolhendo economia como carreira e escreveu uma tese sobre John Maynard Keynes. Mas isso o transformava num sujeito vendido? Ele se consideraria mais *livre* e mais *autêntico* se estivesse lavando pratos e vivendo numa quitinete?

— Está pronto para a terceira projeção? — perguntou HT.

— Estou pronto para um segundo gim-tônica.

HT, que parecia sempre ansioso para agradar, hesitou.

— Tem certeza de que quer mais um?

— Certeza.

— Falei antes que um drinque pode agregar valor à experiência, Sam, mas nós descobrimos também que um segundo drinque pode ter um efeito negativo.

— Eu acho que posso encarar.

HT, todo conselheiro, assumiu uma expressão preocupada.

Sam, o cliente, ergueu a taça e balançou os cubos de gelo.

Desse modo, o uniformizado James foi convocado mais uma vez, e um segundo drinque foi trazido com presteza.

— Está pronto agora? — quis saber HT, com um pouquinho de frieza.

Sam ergueu o dedo mindinho no ar enquanto sorvia um terço da sua dose. Depois, pousando a taça, falou:

— Manda bala.

»

PROJEÇÃO TRÊS

Desde o dia em que Daniel nasceu, tudo foi fácil para ele...

Enquanto a narração — novamente feita por uma mulher — tecia elogios à "gentileza natural" de Daniel, surge uma montagem de cenas curtas demonstrando a facilidade com que ele fazia amigos, praticava esportes e avançava em sua carreira acadêmica.

O cético que havia em Sam sentiu vontade de revirar os olhos ao ver como o vídeo retratava a vida sem dificuldades de Daniel. Mas ele tinha conhecido esse tipo de pessoa na universidade, como seu colega de quarto no primeiro ano, John. Criado em Wilmington e educado em St. Paul's, John parecia ter uma solução para cada tarefa com que se defrontava. Sam se lembrava de maneira vívida a tarde em que John tentara pela primeira vez jogar lacrosse. Tendo observado de longe alguns amigos jogando no campo, John pegou um bastão e em questão de minutos estava recebendo bolas, lançando e defendendo com a fluência de um veterano — com a desenvoltura daqueles músicos capazes de largar um instrumento e pegar outro sem se preocupar em fazer uma pausa para instruções.

Sam não era nem um pouco como John. Mas nossos genes não exprimem apenas quem somos. Eles contêm todo tipo de talento de gerações anteriores, que talvez não cheguemos a desenvolver, mas podem ser repassados para nossos filhos. Então, quem poderia dizer que ele não teria um filho com a mesma destreza natural de seu antigo colega?

Enquanto Sam repassava na mente essa ideia tranquilizadora, o cenário mudou do campus universitário para a Century Tower, onde

Daniel, já com seus trinta anos, usando um terno feito sob medida, está caminhando pelo vasto escritório com um sorriso no rosto e algumas pastas de documentos sob o braço. Passando por um colega da mesma idade e vestido do mesmo modo, Daniel troca um cumprimento descontraído com ele. Então para num cubículo onde outro funcionário jovem está transferindo dados de um papel para uma planilha. Quando o rapaz ergue o rosto, Sam percebe com um arrepio de horror que é o mesmo ator que fez o papel de Daniel na primeira projeção. O novo Daniel deposita as pastas em cima da mesa do antigo Daniel enquanto resmunga alguma queixa sobre estar se matando de trabalhar.

»

Mais tarde naquela noite (enquanto o Daniel Um está presumivelmente fazendo serão), Daniel Três está num restaurante elegante jogando charme para a garçonete. Um instante depois que ela lhe entrega disfarçadamente o número de telefone, outra jovem atraente chega, dá um beijo em Daniel e senta-se à mesa. Quando ele pega a mão dela sobre a mesa, vê-se no dedo dela o anel de noivado dado por Daniel.

A cena muda de volta para o escritório, onde uma técnica jurídica surge da saleta da fotocopiadora ajeitando a saia, seguida por um Daniel sorridente que ajeita a gravata. Quando ele volta para sua espaçosa sala, encontra um superior à espera.

— Posso falar com você um momento, Danno?

Danno?, pensa Sam.

Danno é conduzido a uma sala de reuniões onde já estão dois outros diretores mais idosos, um homem do setor de Recursos Humanos e uma mulher do Jurídico. Eles o convidam a se sentar.

— Foi trazido ao nosso conhecimento — começou o homem de Recursos Humanos — que, durante este verão, você dormiu com uma de nossas estagiárias…

— Duas — corrige a mulher do Jurídico.

— Duas das estagiárias.

— Se bem me lembro — replica Daniel com uma piscadela —, nós até que não dormimos muito.

Corta para Daniel sendo conduzido para fora de sua sala por um segurança, carregando nos braços uma grande caixa de papelão. Quando ele vai passando diante dos cubículos, muitos dos analistas ficam de pé e aplaudem, inclusive Daniel Um.

A montagem seguinte é dolorosamente previsível para Sam: Daniel tendo o anel de noivado jogado no rosto antes de a ex-noiva bater a porta; Daniel preenchendo formulários em busca de emprego, sem êxito; Daniel terminando suas noites sozinho num apartamento que parece glamoroso, mas frio.

Um ano se passa, talvez dois. Castigado, humilhado, perto da derrota, Daniel está num pequeno edifício procurando um endereço no mural, até que encontra o nome da empresa McClintock & Co. Já em um andar superior, ele entra na sala de espera com móveis cambaios e uma mesa de recepção sem ninguém.

— Posso ajudá-lo? — pergunta a mulher afro-americana, de uns sessenta anos, que surge de uma sala.

— Pode, sim — confirma Daniel. — Eu gostaria de falar com o sr. McClintock.

— *Eu* sou o sr. McClintock — responde a mulher, com voz azeda.

Daniel pigarreia.

— Perdão, sra. McClintock. Eu tenho quase dez anos de experiência nesta área, e pensei se vocês não teriam uma vaga...

— A única vaga que nós temos — diz ela, apontando a mesa da recepção — é aquela cadeira vazia ali.

— Eu quero — afirma Daniel.

— Está bem, está bem! — exclamou Sam. — Já entendi! Chega!

Enquanto Harry congelava a imagem na tela e acendia as luzes, HT voltou-se para Sam, cheio de surpresa.

— Não quer ver o que acontece em seguida? É a melhor parte!

— Ah, eu posso imaginar muito bem — disse Sam. — Aos pés da sábia mestra que acabou de encontrar, Daniel aprende a se tornar um homem melhor.

— Exatamente — sentenciou HT. — Formidável, não?

— Mas por que ele tem que ser tão mau-caráter antes de se tornar uma boa pessoa?

— Isso é um segundo ato clássico, Sam. No começo...

— Vamos dar uma pausa agora mesmo, HT. Que história é essa de *segundo ato clássico*? Não estamos falando de um filme de Hollywood.

— Claro que não estamos falando de um filme de Hollywood, Sam. Estamos falando da vida do seu filho. Mas de onde você acha que vem essa estrutura narrativa em três atos? E por qual motivo ela tão consistentemente empolga as plateias? Porque é um arquétipo. Um padrão universal recorrente, geração após geração. Não é uma coincidência que, quando a Esfinge propõe seu enigma a Édipo, a resposta se refere às três fases da vida de um homem.

— Édipo! Bem, você deve saber que ele matou o pai e dormiu com a mãe.

— Tudo bem — disse HT, erguendo as mãos na defensiva. — Talvez não seja o melhor exemplo. É desnecessário dizer que nossas vidas são intrincadas, cheias de facetas. Mas elas também tendem a apresentar um arco mais amplo que nos leva de uma posição de autoconfiança na juventude através de um período de fracassos, conduzindo a uma terceira fase que, se tivermos sorte, trará o confronto com nossas próprias limitações e fará com que nos tornemos pessoas mais profundas, mais capacitadas a viver uma vida mais rica de significado.

— E pelo fato de as coisas sempre terem sido muito fáceis para Daniel ele necessariamente tem que se tornar um salafrário?

— Não tem que "se tornar", Sam. Ele *já era* um salafrário desde o começo. Mas quando finalmente é forçado a encarar o cinismo de sua própria personalidade, ele ainda tem anos pela frente, talvez meio século, para dar um uso mais significativo aos seus talentos. Que terceiro ato formidável! Está brincando? Eu bem gostaria de ser um salafrário durante trinta anos se tivesse a chance de ter um pouco mais de consciência durante os outros cinquenta.

Sam não tinha muita certeza de concordar com essa opinião. Por fim, ele apenas sacudiu com força a cabeça, exasperado.

— Eu acho toda essa sua premissa uma maluquice. Nem todas as vidas acontecem dessa forma. Não acho que eu precisasse passar meus últimos quinze anos bêbado ou dando trambiques para me preparar para um terceiro ato.

HT, que escutava com atenção, abriu a boca para fazer um comentário, mas, de maneira pouco típica para ele, preferiu guardar o conselho para si mesmo.

— O quê? — indagou Sam

— Nada.

— Ora, vamos! O que você ia dizer?

HT deu de ombros.

— Você está confundindo as coisas. Só isso.

— Por quê?

— Porque, durante os últimos quinze anos, você já está em seu terceiro ato.

— Como é?

— O que posso dizer? Nós temos seu mapa genético e o perfil de sua personalidade. Conhecemos o ambiente onde você foi criado, sua educação, seu histórico profissional, e mapeamos tudo isso em confronto com nossa base de dados de realizações humanas. Parece muito claro que seu segundo ato aconteceu durante a universidade.

— A universidade!

— Às vezes é isso que ocorre, Sam. Foi o que você declarou às pessoas daqui que o entrevistaram. Você teve uma infância idílica numa bela casa de subúrbio, passando os verões à beira-mar. Mas então seu pai largou o emprego corporativo que tinha na área de engenharia, comprou a mina de cobre, mudou-se com a família para Utah, e foi aí que os problemas começaram. Espere um pouco... como foi mesmo que você o descreveu? — HT abriu a pasta verde e folheou rapidamente até achar uma folha lá pelo meio. — *"Nenhuma promessa foi mantida. Nenhuma conta chegou a ser paga. Nenhum sonho se realizou."*

— Eu sei muito bem o que está aí.

Sentindo que a voz de Sam subira demais o tom, HT recomeçou numa atitude de maior compadecimento.

— Você passou por uma série extraordinária de experiências em seus anos de universidade, Sam. Enquanto os outros estavam focados em encher a cara e dormir com as garotas, você estava ajudando seu pai a renegociar com fornecedores, demitir empregados, argumentar com bancos e administrar uma falência. Fazendo isso, você tinha que se adaptar à ideia de que o homem que você idolatrou durante a vida inteira não era exatamente o que você imaginara. Na ressaca dessa experiência, você fez a promessa de que nunca colocaria a *sua* família na mesma situação. Você concluiu a universidade, progrediu numa área de trabalho muito competitiva, soube se manter distante das oportunidades de alto risco e assegurou-se de que, quando tivesse filhos, eles seriam criados num ambiente de estabilidade financeira. O fato de tudo isso representar seu terceiro ato não é nada do que se envergonhar, Sam. Você tem que se orgulhar muito do que é.

E Sam poderia mesmo vir a sentir esse orgulho, se HT não tivesse se referido ao fato de que ele *soube se manter distante das oportunidades de alto risco*. Ao contrário de muitos de seus colegas, Sam nunca havia tentado uma transferência para a área de compras — para uma firma de ações de patrimônio privado ou de fundos de cobertura —, onde analistas corriam risco de morte de acordo com suas recomendações, mas havia a oportunidade de acumular dinheiro *de verdade*. Ele não havia tentado nem sequer um movimento lateral, dentro da própria empresa, indo para um setor de crescimento rápido como tecnologia ou telecomunicações, por perceber a rapidez com que os panoramas competitivos se transformavam. As empresas de serviços públicos podem ter muita regulamentação e crescer devagar, como Sam gostava de dizer a seus clientes, mas, por outro lado, eram mais previsíveis e geravam bons dividendos.

Porém, se a menção de HT a essas oportunidades perdidas doía um pouco, não chegava a doer tanto quanto a consciência de que ele nunca fizera referência a nada disso nas entrevistas com o pessoal da Vitek. Se essas informações estavam em seu arquivo, deviam ter chegado ali por Annie, presumivelmente como exemplos fornecidos por ela para ilustrar a falta de ambição ou de garra do marido.

Sam balançou a cabeça.

— Alguma coisa do que você está dizendo pode ser verdade — admitiu ele por fim. — Mas eu acho que Annie e eu ainda temos outro ato adiante.

— Ah — replicou HT. — Eu não disse que era o terceiro ato de Annie. Nós estamos bastante seguros de que, pelo lado dela, ainda está no segundo.

»

NÓS ESTÁVAMOS JUSTAMENTE FALANDO SOBRE VOCÊ

Sam bateu a porta de seu novo carro. Ou pelo menos tentou batê-la com força. Mas a porta, tal como o motor, fora planejada para funcionar de maneira suave e silenciosa. Assim, quando ele a forçou com um movimento brusco, ela avançou, fez uma pausa e depois se fechou com um clique quase inaudível.

— Vai se foder — disse Sam para a porta.

Apertou a ignição, e o carro voltou à vida com um leve estremecimento. Como que sincronizado, o celular no bolso de Sam começou a vibrar acusando uma chamada — provavelmente de Annie ou do escritório. Sam o ignorou e ligou o GPS.

Aonde gostaria de ir?, perguntou a voz.

— Rua 85 Leste, número 210.

Siga a rota que está em destaque. Vire à direita na estrada de acesso local e depois continue por doze quilômetros até a entrada da via expressa.

Na saída da Vitek, Sam se deteve um pouco, apesar de não haver trânsito de chegada. O GPS acabara de calcular que ele estaria de volta a seu apartamento às 19h34, com tempo de sobra para o jantar. Mas Sam sentiu um desejo súbito de virar à esquerda e seguir pela estrada de acesso até Orient Point — para visitar aquela casinha à beira-mar, aquela que seus pais tinham alugado antes do pai largar o emprego e arrancar bruscamente a família do lar para levá-la ao oeste.

Alguém buzinou atrás do carro de Sam.

Sem acionar a seta, ele virou à direita e voltou direto para a cidade, no instante em que a chuva começou.

A estrada de acesso, que corria paralela à via expressa, era margeada por postes telefônicos que podiam ou não estar ainda conduzindo mensagens. Houve um tempo em que aquela estrada tinha sido provavelmente a artéria principal que ligava a cidade à extremidade da península, mas a via expressa a transformara numa rota secundária onde despontava aqui e ali um comércio secundário. Um bom exemplo era o hotel com estilo dos anos 1950 por onde ele passava agora, com uma área de estacionamento três vezes maior do que precisava nos dias de hoje.

Pouco mais à frente, Sam viu outro remanescente da época do apogeu da estrada de acesso: um bar que ostentava o nome de Copo Meio Cheio, complementado por um letreiro néon mostrando uma taça de martíni, por cima de uma velha cabine telefônica na beira da estrada. Quando passou pela fachada, Sam reparou que no fundo da taça de martíni havia uma azeitona em néon que não acendia mais.

Sam conduziu o carro ao acostamento e parou. Deixou passarem dois outros carros que vinham atrás, deu meia-volta e retornou pelo mesmo caminho.

O GPS emitiu um som musical para avisar que estava recalculando o trajeto para casa.

Vire à esquerda em Maple Street, depois avance por duzentos metros e vire à esquerda em Church Street.

Em vez disso, Sam virou à esquerda e entrou no estacionamento do Copo Meio Cheio. Era também três vezes maior do que seria necessário agora, e via-se ali apenas meia dúzia de caminhões e alguns velhos automóveis. Sam desceu do carro e caminhou depressa para a porta, pois a chuva começava a cair com mais força.

Lá dentro, o ambiente tinhas as paredes cheias de anúncios de cerveja iluminados e ecoava o estalo seco de bolas de bilhar em algum ponto fora do campo visual. Do lado direito de Sam, havia uma fila de mesas estilo cabine abrigando grupos de duas ou três pessoas, enquanto à esquerda havia um balcão em cujos banquinhos se acomodavam homens de macacão. Alguns se voltaram e olharam para a porta, como quem está acostumado a reconhecer todo mundo que entra ali. Quando avistaram Sam, voltaram-se de novo para suas cervejas.

Ele deixou que os olhos se acostumassem à luz mortiça do ambiente antes de ir até a extremidade do balcão em busca de um ponto tranquilo. Ao avançar, contudo, teve uma surpresa ao avistar HT sentado na quarta mesa, conversando com uma morena. Sam jamais imaginaria o Copo Meio Cheio como um típico lugar que HT frequentaria. Talvez ele tivesse imaginado que tomar um drinque após sair do trabalho *agregaria valor à experiência*. Sam deu um passo na direção dele com a intenção de fazer um breve comentário a esse respeito e só então reconheceu que a morena era Annie.

Sam se deteve, confuso. Ele e Annie tinham planejado conversar sobre as "opções" naquela noite, depois do jantar. Será que ela fora de carro até ali para colher em primeira mão as opiniões de HT sobre a reação de Sam? Mas no mesmo instante em que se perguntava isso, Sam percebeu que sobre a mesa, entre duas taças de vinho tinto, os dedos das mãos de Annie e HT estavam entrelaçados.

Erguendo os olhos, HT largou a mão de Annie.

— Sam! — exclamou ele, no tom jovial de sempre. — Mas que *timing* mais perfeito! Nós estávamos justamente falando sobre você.

Ele deslizou pelo banco e ficou de pé para apertar a mão de Sam.

O que facilitou muito para que Sam o acertasse com um soco na cara. Ele nunca tinha batido em outra pessoa, de modo que, com toda a clareza de quem experimenta algo pela primeira vez, sentiu o osso do nariz de HT se partindo e sua cabeça sendo jogada para trás enquanto o corpo desmoronava sobre o banco.

Houve uma batida na vidraça.

— Ei, camarada! Tudo bem aí dentro?

Sam olhou através do vidro da janela do carona e viu alguém se curvando para olhar dentro do carro. Era um homem de barba malfeita, com seus cinquenta anos, segurando um jornal por cima da cabeça para se proteger da chuva. Sam abaixou o vidro.

— Você está bem? — perguntou o homem.

— Estou — disse Sam. — Está tudo bem. Obrigado.

— Certo! — falou o homem, antes de prosseguir mancando na direção do bar.

Sam ficou sentado mais um minuto olhando os limpadores de para-brisa em seu trajeto constante de ida e volta, e sentiu o influxo de energia resultante do soco bem aplicado. Depois seguiu o mesmo trajeto que o estranho tomara.

O Copo Meio Cheio era quase como ele tinha acabado de imaginar. Embora houvesse uma mesa de bilhar no fundo, não havia bolas de sinuca; e embora houvesse um balcão à esquerda e mesas estilo cabine à direita, havia também, no espaço intermediário, algumas mesas para quatro pessoas; e embora houvesse, de fato, alguns homens de macacão sentados nos banquinhos ao longo do balcão, nenhum deles deu-se o trabalho de se virar à entrada de Sam.

Ele se sentou numa ponta do balcão, a alguns banquinhos de distância do homem que batera no vidro do carro. Uma canção da Motown estava tocando no jukebox no canto, uma dos Temptations ou dos Four Tops. Sam nunca conseguia distinguir quem era quem.

— Um gim-tônica — pediu ele ao barman enquanto pousava o celular sobre o balcão, virado para baixo. — Ou melhor, me traga um martíni.

— Tem alguma preferência por gim?

— O que você tiver de melhor.

Outra canção da Motown começou a soar, e Sam tamborilou com os dedos no balcão, satisfeito por ser capaz de antecipar, ou de lembrar, o ritmo contagiante da música. Mas quando o barman voltou com um martíni servido com gelo num copo de uísque, ele não pôde evitar a decepção.

— São dez dólares — informou o barman.

— Não pode ser puro?

— Não temos taça de servir martíni.

— E o letreiro?

— Que letreiro?

Sam pensou em explicar, mas um sujeito grandão com boné de beisebol que estava sentado perto virou-se para examiná-lo de cima a baixo.

— Deixa, está perfeito — admitiu Sam, enquanto o celular começava a vibrar de novo. — Na verdade, pode ir preparando outro.

COPO MEIO CHEIO

Sam estava bêbado. Podia afirmar que estava bêbado porque estava perdendo o fio dos pensamentos. Tinha perdido a noção do tempo. Tinha perdido a conta de quantos "martínis" tomara e de quantas vezes o celular havia vibrado em cima do balcão do bar. Também não se lembrava em que momento o homem de barba malfeita, cujo nome era Beezer, tinha vindo se sentar no banquinho ao lado, ou de como os dois tinham começado a conversar sobre o pai de Sam.

— Uma mina de cobre! — exclamou Beezer, com a voz engrolada. — Eu adoraria ter uma mina de cobre.

— Pode acreditar — disse Sam, com a voz no mesmo estado —, uma mina é a última coisa que você adoraria ter.

Beezer o olhou com incredulidade, e Sam começou a enumerar as razões, uma por uma.

— Indústria madura, de pouco crescimento... Produto não diferenciado... Dependência de mão de obra... Economicamente sensível...

Sam parou de falar, com o polegar e três dedos erguidos no ar, certo de que havia uma quinta razão.

Enquanto isso, Beezer assentia, com uma expressão de interesse total e apenas meia compreensão.

— Se o que você diz é verdade — começou ele —, então por que seu velho comprou uma?

— Era o sonho dele — disse Sam, pondo a palavra "sonho" em seu devido lugar com os dedinhos fazendo aspas. Tomou mais uma dose e olhou para o vizinho de balcão. — Quer saber mesmo *quanto* o negócio da mineração é uma má ideia?

— Claro.

— Numa tarde, quando eu estava perto de terminar o ensino médio, meu pai retirou todo o dinheiro que tinha no banco, dirigiu seis horas sem parar até Vegas, apostou o pacote todo no preto e deixou a bolinha rolar. Seis. Vezes. Seguidas.

— Tá brincando — respondeu Beezer. — Ouviu essa, Nick?

O barman, que estava enxugando um copo, disse:

— Estou escutando.

Sam inclinou-se mais para perto de Beezer.

— Sabe quais são as chances de dar preto na roleta seis vezes seguidas?

Beezer balançou a cabeça em negativa.

— Uma chance em sessenta e seis. E com esse raio de sorte caído do céu, meu pai conseguiu adiar o inevitável por mais quatorze meses.

Sam ergueu o martíni.

— Ao direito à falência! — brindou ele, e esvaziou o copo.

— Bem, então parece que acabou dando tudo certo — concluiu Beezer, mostrando com um gesto o terno de Sam e depois indicando a direção do estacionamento, presumivelmente numa referência ao carro.

— Se tudo acabou dando certo — disse Sam —, não se deve ao meu pai. Aquele carro lá fora, este terno...

Sam balançou a cabeça sem terminar a frase. Depois mudou a abordagem.

— Olha, eu tenho quarenta e cinco anos. Estou me preparando para ser pai pela primeira vez. E você sabe por quê? Porque esperei. Esperei até ter dinheiro no bolso, segurança no banco e um apartamento de três quartos no Upper East Side, sem hipoteca. É por causa disso.

— Vai ser pai! — exclamou Beezer, como se fosse a única coisa que ouvira.

— Estamos no meio do processo — corrigiu-se Sam, afastando a questão com um gesto. — É por isso que vim aqui.

O sorriso desapareceu do rosto de Beezer.

— É por isso que você está onde?

— *"Em um quilômetro e meio, pegue a Saída 46, depois mantenha-se à esquerda"* — disse Sam, imitando o GPS.

— Quer dizer, a Vitek?

— Justamente.

Beezer afastou os olhar de Sam para encarar Nick com um ar de cumplicidade. Pelo menos, uma espécie de cumplicidade etílica. Depois voltou-se de novo para Sam.

— É uma daquelas clínicas de fertilidade, não é?

— Não é "uma das" — rebateu Sam. — É *a* clínica de fertilidade.

— Bem, e como funciona lá dentro? Você paga e depois pode escolher se é menino ou menina, se tem olho azul ou olho castanho?

Sam deu uma risada.

— Menino, menina, cor de olho, isso é coisa para os amadores. Na Vitek, você pode escolher os *contornos* do seu filho.

— Os contornos?

— O tipo de temperamento que ele vai ter. Que tipo de carreira. Que tipo de vida.

— Da melhor qualidade — ironizou Nick.

Sam ergueu o olhar para o barman. Quis perguntar que tipo de gracejo era aquele, mas Beezer falou primeiro.

— É exatamente como eu lhe falei, Nick.

Sam olhou para Beezer.

— O que você falou?

Beezer inclinou-se para perto dele.

— Sabe quando foi que a Vitek começou a funcionar?

— Um ano atrás, mais ou menos?

— Isso mesmo. Mas sabe o que funcionava nesse prédio, durante dez anos, antes dela?

— Não.

— A Raytheon. — Esperou um pouco enquanto Sam digeria a informação, então continuou: — A Raytheon Company, de Waltham, Massachusetts. Uma das maiores corporações do mundo na área da defesa. Durante dez anos ocuparam esse prédio, com gente entrando e saindo a toda e qualquer hora do dia e da noite. Então, chegou uma manhã, em setembro passado, quando de repente todos os carros sumiram, o prédio ficou todo apagado, as placas foram retiradas. Duas semanas depois, o estacionamento está cheio, as luzes estão acesas de novo, e a placa diz VITEK, INCORPORATED.

Beezer lançou a Sam um sinal de entendimento mútuo com a cabeça.

Sam lançou a Beezer um gesto com a cabeça denotando total confusão.

— Duas semanas depois! — exclamou Beezer. — Isso não lhe causa nenhuma surpresa? Que uma corporação evacue totalmente um prédio da noite para o dia e uma corporação completamente diferente ocupe o mesmo lugar, em duas semanas? Só existe uma maneira disso acontecer. E é esta: se nunca tiver havido mudança de ocupante. E se a Vitek Incorporated na verdade não for Vitek Incorporated coisa nenhuma? Ela é apenas uma *divisão* da Raytheon.

Beezer inclinou-se mais perto ainda.

— E quando você pensa a respeito, essa situação bate com a outra.

— Com que outra?

— Genética é o futuro da defesa.

Sam já estava aceitando a ideia de que Beezer era meio maluco, mas sentiu um calafrio percorrer suas costas mesmo assim.

— Não é à toa que eles chamam isso de controle da natalidade — prosseguiu Beezer. E depois de tomar mais um gole, falou: — Tenho tudo por escrito.

— O que você tem é tempo demais sem nada para fazer — disse Nick.

Beezer ignorou o comentário de Nick e olhou para Sam de esguelha.

— Vou lhe perguntar uma coisa. Para fazer essa jogada aí a respeito de fertilidade, eles lhe deram uma revista de mulher pelada e lhe mandaram para um quartinho para pegar uma amostra?

— Por aí — admitiu Sam.

— Mas chamaram isso de *amostra*, certo?

— Acho que sim.

Beezer assentiu, com aquele sorriso de eu-sabia-o-tempo-todo.

— A escolha das palavras não é coincidência. Eles chamam de *amostra* para você pensar que é uma pequena parte representativa de algo. Mas o que você está dando a eles não é uma pequena representação de coisa nenhuma. É *a própria coisa*. Na verdade, é o pacote completo.

»

Sam encarou Beezer, impressionado com a grandeza de seu estado maníaco. Então se voltou para Nick.

— Que tal outra rodada para mim e meu vizinho aqui?

Nick o encarou.

— Não acham que já beberam demais?

— Só mais uma — insistiu Sam, tentando sorrir no estilo de Daniel Um.

Ou talvez de Daniel Três.

De qualquer modo, ele sorriu.

— Vou lhe dizer uma coisa — disse Nick. — Vou lhe trazer um copo d'água. Beba isso primeiro, e depois a gente conversa sobre outra rodada.

— Você quem sabe, chefe.

Nick foi buscar o copo d'água, e o celular de Sam começou a vibrar em cima do balcão.

— Ei, parceiro — chamou Beezer. — É seu celular de novo. Já tocou umas dez vezes. Melhor você atender.

Sam olhou ao redor.

— Você ouviu alguma coisa tocando? — Depois, pegando o celular em cima do balcão, ele o segurou com dois dedos e o mergulhou no copo d'água à sua frente. — Porque eu não estou ouvindo a menor...

Mas antes que Sam pudesse terminar, o sujeito grandalhão à sua direita pôs a mão em seu ombro, o virou e o levou a nocaute com um soco.

»

TROCADOS

Deitado, Sam abriu os olhos para uma luz ofuscante voltada de cima para baixo sobre seu rosto.

Ah, meu Deus, pensou ele, *estou numa mesa de operação!*

Mas então o rosto mal barbeado de Beezer entrou em seu campo de visão.

— Ei, Nick. O cara voltou.

Agora foi o barman que surgiu à sua vista.

— Aleluia — disse ele.

Sam começou a se mexer, mas Nick pôs a mão com força em seu ombro.

— Por que não fica quietinho mais um minuto, amigo? Você caiu e bateu com a cabeça.

Apesar da sugestão de Nick, Sam moveu as pernas para o lado e sentou-se sobre o balcão. Enquanto tentava juntar as peças na memória, ele percebeu que o jukebox não estava mais tocando, que havia sangue em sua camisa, e que a maior parte dos bancos estavam vazios — inclusive o do sujeito grandão com boné de beisebol.

— O cara me deu um soco! — exclamou Sam, apontando um dedo acusador para o banquinho agora desocupado.

— Quem? — perguntou Nick. — Tony?

— O grandalhão que estava sentado ali. Eu botei meu celular dentro do copo d'água, e ele me virou e socou minha cara.

— Você botou seu telefone dentro da dose de vodca dele. Então...

Nick deu de ombros, num gesto de absolvição universal.

Com a ajuda de Beezer, Sam desceu do balcão para o piso do bar. No espelho por trás de Nick, ele viu que a região em volta de seu olho esquerdo começava a inchar.

— Um belo de um olho roxo, você ganhou — reconheceu Nick.

— Nunca tive um olho roxo na vida.

— Bem, agora vai ter — disse Beezer, com um sorriso. — Este lugar não se chama Copo Meio Cheio à toa!

Quando Sam se instalou de novo no banquinho onde estava antes, Nick pôs em cima do balcão um saco plástico cheio de pedras de gelo e um martíni ao lado.

— Tome — indicou ele. — Este é por conta da casa.

— Acabei não tomando minha água.

— Isso aí fez o mesmo efeito.

Sam encostou o saco de gelo no rosto e observou enquanto Nick voltava a cuidar dos seus afazeres.

— Você não gosta de mim, não é?

— Eu não conheço você.

— A ciência diz que nós precisamos de apenas dois minutos para estabelecer impressões duradouras nas pessoas — afirmou Sam.

— É mesmo?

— É verdade — disse Beezer. — Li numa revista.

— Escute, Nick... Posso chamar você de Nick?

— Pode me chamar do jeito que quiser.

— Sei que não nos conhecemos. E sinto muito se incomodei você de algum modo. Mas ainda não sei o que foi.

Nick voltou a olhar Sam de cima a baixo, como se estivesse fazendo uma reavaliação. Depois de assentir duas vezes, mais para si mesmo, ele pousou as mãos espalmadas em cima do balcão.

— Minha esposa e eu estamos casados há trinta e quatro anos — começou ele. — Crescemos nesta cidadezinha aqui ao lado, e ela engravidou quando a gente tinha vinte e um. Naquele tempo, eu trabalhava como caminhoneiro, um trabalho sindicalizado, ganhando dez dólares por hora, e Betty trabalhava no hospital. Economizamos um pouco de grana e compramos uma casinha com um quintalzinho atrás, pensando que talvez, Deus ajudando, a gente pudesse ter um segundo filho. Mas que segundo filho? Ela teve trigêmeos. Dois garotos gêmeos idênticos e uma garota. Eu nem sabia que esse tipo de coisa podia acontecer. Fiquei com quatro crianças com menos de três anos. Tive que largar o caminhão. Betty teve que largar a enfermagem. Mas a gente deu um jeito. Arranjei um trabalho numa construtora, e nos fins de semana eu pintava casas. As crianças cresceram comendo porcaria e estudando em escola pública, os três dormindo num quarto, e Sally, no outro. Mas no meio disso tudo, ela, a menorzinha da ninhada, era a mais esperta. Mais esperta do que os irmãos. Mais esperta do que nós dois. Então, a gente decidiu que ela iria para uma escola particular. Apertamos o cinto com mais força. E deu certo, porque no fim do ensino médio ela era a primeira da classe e falava três línguas diferentes. E ela foi aceita na porra da Yale! Sim, a gente conseguiu alguma ajuda financeira, mas é ajuda financeira para classe média, ou seja, nunca dá para o que é preciso. Então a gente tem que se sentar com os meninos e explicar que todo mundo precisa fazer algum sacrifício. Os gêmeos iam ter que procurar alguma escola estadual ou então trabalhar por um ou dois anos antes de poder cursar a universidade. E eles fizeram isso mais ou menos sem nenhuma queixa. Então, no meio do primeiro ano da faculdade, minha Sally vem passar o Natal em casa e não consegue levantar da cama. Ela fica no quarto a manhã inteira com as cortinas fechadas e dizendo que não quer sair. Ela com certeza não quer voltar para Yale. Então, a gente arranja uma psicóloga para ela, o que é mais um aperto no cinto. Dois meses se passam, e a psicóloga de Sally diz que o que ela precisa é se sentar com a gente e conversar. Não somente eu e Betty, sabe, mas nós seis. Ed conseguiu uma licença especial da sua unidade em Camp Pendleton, Jimmy pegou um ônibus para casa, vindo lá de SUNY Oswego, e Billy veio de Fort Lauderdale onde trabalhava de garçom de dia e frequentava a escola de culinária à noite. Mas vieram todos. E nós nos sentamos todos juntos no consultório da psicóloga, um local que nem era muito grande. Foi meio esquisito. Ninguém dizia uma palavra. Passaram-se dez minutos, depois quinze. Mas aí, de repente, alguém diz alguma coisa e os quatro começaram a falar. Falaram da infância de cada um. Falaram o que achavam da gente e o que achavam uns dos outros. Falaram o que pensavam sobre si mesmos. E sabe de uma coisa? Foi o dia mais interessante da minha vida.

Nick recolheu a taça vazia de Sam.

— Então, sim, no final das contas, seu pai é o tipo de sujeito que eu vou com a cara — concluiu.

Sam entendeu que este último comentário tinha a intenção de ser um tapa na cara, e foi assim que o recebeu. Levantou-se bruscamente, quase derrubando o banquinho. Puxou duas notas novinhas de cem dólares da carteira e acintosamente jogou-as em cima do balcão. Então caminhou para fora do Copo Meio Cheio e para o temporal.

Enquanto dava uma corridinha ao longo do estacionamento aberto, Sam lamentou ter jogado o dinheiro no balcão. Nick provavelmente encarara aquilo como uma prova das suas piores suspeitas a respeito de sujeitos com ternos caros e carros vistosos. Mas Sam não jogara o dinheiro no balcão para exibir riqueza. Fizera isso para mostrar que era o tipo de homem que não precisa dirigir seis horas até Las Vegas e ganhar dinheiro caído do céu para continuar a financiar uma fantasia maluca que está nas últimas.

Sam entrou no carro e puxou a porta com força, mas ela voltou a se fechar suavemente enquanto a chuva caía sobre os bancos forrados de couro. Quando apertou o botão da ignição, ele viu o relógio do painel e percebeu que estava duas horas atrasado.

— Merda.

Tirando o celular do bolso, apertou o botão lateral, mas não teve resposta. Precisou de alguns instantes para entender que o aparelho não estava funcionando porque ele o tinha mergulhado na dose de vodca de Tony.

— Merda — disse novamente.

Ele balançou a cabeça diante do fiasco do qual era o único responsável, em seguida secou a chuva do rosto, o que lhe despertou uma pontada de dor. Puxando o retrovisor e ligando a lâmpada interna, ele percebeu que o olho roxo estava evoluindo encantadoramente. Mais um item para a lista de coisas que teria que explicar quando chegasse em casa. Mas no exato momento em que tinha esse pensamento, no canto do retrovisor ele percebeu a silhueta retangular e orgulhosa da cabine telefônica, à beira da estrada.

Seu otimismo renasceu diante dessa visão, e ele apalpou os bolsos para ver se tinha algum trocados em moedas, mas é claro que não tinha. Quem é que carrega moedas no bolso hoje em dia? Olhou na bandejinha ao lado do banco do motorista, mas o carro era muito novo, ainda não tinha acumulado esse tipo de detrito automotivo.

Vendo-se numa sinuca, Sam olhou pelo para-brisa.

Ele com certeza não ia entrar de novo no Copo Meio Cheio.

Mas ainda havia outros veículos estacionados no pátio...

Depois de um momento, Sam saiu do carro e foi até uma picape estacionada, que parecia ser ainda mais antiga do que o bar. Sem nenhum motivo aparente, estava trancada. Sam passou para o carro seguinte, um Chrysler sedã pedindo por uma nova pintura. A maçaneta cedeu, o que era promissor. Olhando para o bar por cima do ombro, Sam rapidamente abriu a porta, deslizou para o assento do motorista e fechou a porta outra vez, de modo que a luz interna se acendesse apenas por alguns segundos. Como estava muito escuro, ele pôs a mão no bolso do paletó pensando em usar a lanterna do celular. Desta vez, lembrou que o aparelho estava quebrado antes mesmo de tirá-lo do bolso.

Na bandejinha ao lado do assento, havia dois copos de café vazios. Colocando-os no banco, Sam enfiou os dedos dentro do porta-copos e sentiu duas moedas de dez centavos bem no fundo. Estavam tão grudadas que ele teve que usar as unhas para desprendê-las. Sam não tinha ideia de quanto custaria um telefonema daqueles, mas certamente era mais do que vinte centavos. Sabendo que a qualquer momento o dono do carro poderia surgir, ele remexeu todo o porta-luvas, mas sem resultado. Então, de repente, veio-lhe à lembrança um vislumbre de sua infância — a visão fugaz de quando revistava o carro do pai à procura de trocados para ir ao cinema. E com isso ele virou o corpo em noventa graus e enfiou os dedos entre o encosto e o assento do banco do motorista. Em questão de segundos, sentiu o formato inconfundível de duas moedas de vinte e cinco centavos. Sua memória muscular assumiu o comando, e Sam conseguiu pinçar com a ponta dos dedos ambas as moedas, tirando-as da fresta onde haviam se alojado.

Com o dinheiro necessário já em mãos, Sam abriu a porta do sedã com a intenção de sair dali o mais depressa possível. Mas quando ia saindo do banco notou duas fotografias pregadas ao painel por trás do volante. Ambas as fotos mostravam três rapazes e uma moça. Na primeira, desbotada pelo tempo, eram apenas garotos, todos na faixa dos oito ou nove anos, diante de uma casinha meio antiquada. Traziam mochilas enormes às costas, como se estivessem indo ao primeiro dia de aula. Na segunda foto, estavam no mesmo local, todos ocupando as mesmas posições, mas agora todos com mais de vinte anos. Sam pensou que a foto provavelmente tinha sido tirada na época em que a garota, Sally, começara a apresentar problemas. Como Nick dissera, era a menorzinha do grupo, sendo uns dez centímetros mais baixa que os irmãos. Com uma enorme sensação de vergonha, Sam lembrou-se de que nem havia se dado o trabalho de perguntar a Nick se a filha tinha ficado bem, depois de tudo.

Saindo do carro do barman, Sam deu uma última olhada por sobre o ombro e depois correu até a cabine telefônica na extremidade da quadra. Quando abriu a porta, teve um pequeno susto ao ver a luz se acender, mas ficou aliviado.

— Deus abençoe a companhia telefônica — disse.

Segurando a porta aberta com um pé, para que a luz não se apagasse, Sam enfiou na ranhura todas as moedas de Nick e discou o número do celular de Annie.

Mas assim que ouviu o sinal de chamada, percebeu que tinha cometido um grande erro. Deveria ter ligado para o número do telefone fixo, porque Annie não costumava levar o celular quando se movia pelo apartamento. Quando chegava em casa, ela invariavelmente o colocava sobre a prateleira perto da porta, junto com as chaves e a carteira. Mesmo que ela ouvisse o celular tocando, jamais atravessaria o apartamento a tempo de atender.

E, de fato, depois de cinco toques, ele ouviu a mensagem da caixa postal.

Sam não lembrava quanto tempo costumava durar uma chamada de telefone público, mas quando ouviu o sinal para deixar a mensagem não perdeu tempo. Disse a Annie que sentia muito. Disse que sentia muito estar atrasado, sentia ter perdido a hora do jantar, e que não tinha podido ligar para ela. Havia outras coisas que ele lamentava, mas temia também que seu tempo de ligação estivesse acabando, e fez uma pausa, esperando ouvir a voz gravada interrompê-lo, exigindo mais vinte e cinco centavos para falar mais dois minutos.

Mas seu tempo não tinha acabado ainda, e ele se viu ali parado, segurando o fone junto ao ouvido sem dizer nada — como alguém esperando que a pessoa do outro lado da linha lhe respondesse.

— Annie, eu sinto muito — falou ele por fim, e então a linha emudeceu.

Sam saiu da cabine para o meio da chuva e se viu olhando de novo para a placa de néon. Talvez seus olhos estivessem lhe pregando uma peça, ou talvez alguma parte da tubulação de néon estivesse refletindo a luz de um carro que se aproximava na estrada, mas ele teve quase certeza de que, por um segundo, a azeitona no fundo da taça acendeu num piscar.

Depois de olhar por mais um momento, Sam correu de volta para seu carro. Deixando que a porta se fechasse sozinha, apertou e ignição e dirigiu até a junção com a via expressa.

Aonde gostaria de ir?, perguntou o GPS.

Mas Sam desligou o sistema. Não precisava dele para lhe ensinar o caminho até o lugar para onde ia.

»

UMA MESA PARA QUATRO

Às 10h45, Nick e Beezer estavam sentados sozinhos no bar vazio, numa das mesas da parte central, diante de uma caneca de café e um copo de cerveja. Estava quase na hora de fechar, e Nick ainda tinha alguma limpeza para fazer, de modo que já deveria ter mandado Beezer embora, mas lá fora continuava chovendo e Beezer não tinha carro, então Nick resolveu servir para ele uma cerveja por conta da casa enquanto tomava seu café. Fazia isso às vezes; deixava que Beezer ficasse zanzando por ali depois da hora de fechar, desde que ele não falasse pelos cotovelos.

Enquanto bebiam, quietos, reflexivos, a porta do Copo Meio Cheio se abriu e quem entrou por ela foi o sr. Contorno, ensopado até os ossos. Parado no umbral, ele correu os olhos por todo o recinto. Depois enfiou a mão dentro do paletó e avançou rumo à mesa em que eles estavam. Por um instante, Nick receou que o maluco tivesse ido buscar uma pistola. Beezer devia ter pensado o mesmo, porque seu rosto ficou lívido. Mas quando Contorno chegou junto da mesa, ele desabou numa cadeira vizinha à de Nick e, sem dizer uma palavra, tirou a mão do bolso e pousou algo sobre a mesa, com toda força. Quando afastou a mão, estava ali, no meio da mesa, iluminado pela lâmpada do teto, um pequeno recipiente de plástico, no fundo do qual se agitava uma substância esbranquiçada e pastosa.

— Cacete! — praguejou Beezer, empurrando bruscamente a cadeira para trás, como se aquilo fosse alguma espécie de explosivo.

— Agora danou-se tudo — disse Nick.

Contorno não parecia arrogante. Não tinha uma atitude de quem é esperto ou de quem venceu alguma coisa. Parecia alguém à beira de uma decisão crucial.

Sem que Nick ou Beezer tivessem perguntado, ele explicou que voltara para a Vitek, onde esmurrou a porta por vinte minutos até que o segurança o deixou entrar. Precisou de mais quinze minutos para localizar no telefone um sujeito chamado HT, para autorizar que ele recolhesse de volta seu material.

Quando terminou de falar, nem Nick nem Beezer disseram nada. Os três ficaram sentados em silêncio, sem olhar uns para os outros, mas fitando a mesa — fitando aquele pequeno recipiente de plástico dentro do qual estava algo que era e não era o futuro deles. Que era e não era o nosso.

SOBRE O AUTOR

© David Jacobs

Amor Towles nasceu em Boston, Estados Unidos, graduou-se pela Universidade Yale e recebeu o título de mestre em Língua Inglesa pela Universidade de Stanford. Após trabalhar por mais de vinte anos no mercado financeiro, passou a se dedicar em tempo integral à escrita. É autor de livros de sucesso, como *Regras de cortesia* e *Um cavalheiro em Moscou*, e seus contos foram publicados em veículos de destaque, como *Paris Review*. Towles mora em Manhattan com a esposa e os dois filhos.

A ÚLTIMA CONVERSA

PAUL TREMBLAY

001

Seu quarto está escuro. Você não consegue ver nada. Você está deitado numa cama. Um lençol cobre o seu corpo. Você mexe os dedos das mãos e dos pés, e o ruído rascante da pele de encontro aos lençóis o sobressalta. No menor movimento há dor. Seus músculos e suas juntas gemem em resposta.

Você está acordado e não acordado há dias, semanas talvez, ou até mais do que isso. Você não sabe onde está então — nem antes de *então*. Aqui está você agora. Um tempo significativo já transcorreu, mas a partir de que começo não lhe é conhecido. Você tenta lembrar a origem desse período em que ficou acordado e não acordado, e conclui que, no momento, é desconhecido.

Você fica à escuta. Pisca. Pode discernir algumas formas no meio da escuridão, mas não tem muita certeza. Sua respiração acelera, seu batimento cardíaco também. Você está voltando a si. Está ficando confiante nisso; o tempo não é mais seu inimigo, e quanto mais se demora acordado, mais consegue ser a si mesmo. A ideia te anima e aterroriza.

Você devaneia um pouco e imagina uma sala brilhantemente iluminada com teto branco, chão de madeira, paredes de cor amarelo-floral; você não consegue lembrar que flor em específico. Você descarta essas imagens aleatórias e em vez disso insiste sobre sua inexplicável sonolência. Há, contudo, uma sensação de tempo transcorrido, o que implica percepção suficiente de sua consciência para ter noção de si mesma durante esse transcurso. Você era você, e você é você agora.

Você tenta se sentar, contraindo os músculos da barriga e apoiando-se na cama, o peso recaindo nas mãos e nos cotovelos. Descargas agudas de dor lhe rasgam pela coluna abaixo e se irradiam aos membros, que estremecem. Você grita. A dor é paralisante, devastadora, projetando talhos de luz branca no seu campo visual e ganhando raízes no seu cérebro. A dor é uma onda gigantesca que ameaça arrastá-lo. Você sabe o que são ondas, mas não consegue lembrar se já teve uma experiência com elas.

Você está com medo de virar a cabeça ou de fazer qualquer movimento. Está com medo da escuridão, daquela ausência absoluta. Está com medo de regredir, de minguar ao nada, ao lugar de antes, seja qual for. Está com medo de ficar preso num círculo vicioso: desaparecer apenas para acordar depois no meio de uma agonia cega, e depois voltar à inconsciência, e acordar depois para a agonia, e de novo, e de novo.

Há um bipe de um mecanismo, e começa a se ouvir o zumbido de alguma máquina. Um calor se espalha pelas costas de sua mão esquerda e ao longo do seu braço. Sua consciência regride àquele ponto de singularidade que você temia.

Enquanto você desliza para cada vez mais longe, uma voz que não é a sua ecoa através do seu universo em formação.

Essa voz diz: “Você logo vai se sentir melhor. Vai sentir menos dor. Eu vou cuidar de você. Vamos começar amanhã. Descanse um pouco.”

005

— Bom dia, ______.

— Bom dia, dra. Kuhn. Está comigo no quarto hoje?

— Não, não estou.

— Ah. Que pena.

— Sinto muito. O isolamento é uma precaução necessária, devido ao comprometimento do seu sistema imunológico, mas não vai ser algo permanente.

— Estou vendo. Quer dizer, estou entendendo.

— Sim, é claro, ______. Numa escala de um a dez, com um sendo nenhuma dor e dez sendo a pior dor imaginável, como está se sentindo esta manhã?

— Um.

— Tem certeza? Está livre das dores?

— Sim.

— Obrigado, ______. Por favor, flexione os braços, as pernas, os ombros. Muito bem. Por favor, faça um giro com sua pelve. Obrigado. Sentiu alguma dor? Se sentir, por favor use a mesma escala numérica que sugeri.

— Ainda no um. Se estiver me enxergando, veja que estou testando os músculos do meu rosto com um grande sorriso.

— Que bom que você não está mais sentindo dor.

— Na primeira vez que acordei, aquela dor... Bem, é difícil descrever uma dor, não é? Dor é uma experiência tão subjetiva, mas essa dor fez com que eu me sentisse sozinho ou mesmo como se não fosse eu.

— Lamento que tenha se sentido assim.

— Aquilo deve ser o ponto dez da sua escala, eu acho. Era horrível.

— Você está melhorando maravilhosamente. Está enunciando as palavras bem melhor do que antes.

— Acho que esqueci o que quer dizer "enunciando".

— Você está pronunciando as palavras corretamente, formando as consoantes duras, as consoantes oclusivas. Seu padrão de fala está mais claro e mais coloquial.

— Obrigado.

— De nada.

— Posso fazer uma pergunta?

— Pode.

— Eu estou cego ou é o quarto que é escuro?

— Lembra-se de ter me perguntado isso ontem, e também no dia anterior?

— Lembro.

— No momento atual, a resposta é: os dois.

— Os dois?

— O quarto está escuro. E seus olhos ainda precisam responder plenamente ao tratamento.

— Vou voltar a enxergar, mais adiante?

— Sim.

— Eu lembro que enxergava normalmente.

— O que mais você lembra?

— Lembro do mar. Lembro de um aposento amarelo.

— O que mais, ______? Isso é tudo? Ontem você conseguiu lembrar muito mais coisas.

— Eu gostaria que me perguntassem o que eu lembro a respeito de eventos específicos, ou imagens, em vez de "o que mais você lembra". É difícil responder perguntas não específicas.

— Entendo sua frustração, mas estas nossas conversas fazem parte de sua terapia de modo geral, e vão lhe ajudar.

— Estou vendo. Quer dizer, estou entendendo.

— O que mais você lembra, ______?

— Lembro que as moedas de um *penny* têm um cheiro bem peculiar, mas não lembro como é o cheiro. Lembro da chuva. Lembro de morar numa casinha pequena, marrom, com uma árvore na frente.

— Assim que você recobrar a visão vou lhe mostrar uma imagem dessa casinha marrom.

— A árvore vai aparecer na imagem? Não lembro que tipo de árvore era. Conheço muitos tipos como bétula e abeto, mas não todos os tipos.

— Era uma macieira silvestre. Lembra algo mais?

— Acho que lembro de você. De antes. Sim, lembro de você do tempo de antes. Não é isso, dra. Kuhn?

007

— Pode tocar um pouco mais de música para mim, dra. Kuhn? E depois, acho que eu queria escutar de novo os "sons do mar".

— Sim, vou colocar um pouco de música, mas depois serão os "sons da floresta". Antes disso, vamos brincar um pouco de associação de palavras. Quando eu disser uma palavra, quero que me diga a primeira palavra, ou palavras, que lhe vêm à mente. Entendeu?

— Sim, acho que entendi.

— Pássaro.

— É um animal de sangue quente, que põe ovos, e que…

— Não, ______. Não quero que você informe fatos ou que defina a palavra. Sua capacidade de recuperar informações é notável, quero que me diga a primeira palavra que lhe ocorre ou as imagens que lhe vêm à mente. Entende como é?

— Que me vêm à mente?

— Sim. Vamos tentar outra vez. Se não lhe ocorrer nenhuma imagem, não diga nada.

— Vou tentar.

— Água.

— Molhado.

— Casa.

— Macieira silvestre.

— Pássaro.

— Eu já respondi essa...

— Quero que tente de novo.

— Animal... que põe ovos. Está correto?

009

Seus olhos coçam, e pelo que lhe disseram isso significa que eles estão sarando, e em breve você enxergará.

Nos últimos três dias, você levantou da cama e caminhou ao longo do perímetro do quarto. Você colocou alternadamente a mão direita ou a mão esquerda acompanhando a parede, de acordo com a direção em que caminhava.

Disseram-lhe que fazer esses exercícios no escuro não é o ideal, mas é necessário para evitar a atrofia e para fortalecer seus músculos. Você passou muito tempo adormecido, e é natural que experimente alguma dificuldade física depois de despertar.

Hoje há uma esteira no canto do seu quarto. Você interrompe a dra. Kuhn quando ela está dando as explicações, definições e características desse modelo específico que foi instalado para dizer a ela que a primeira esteira foi inventada por um homem que viveu na Inglaterra do século XIX. O objetivo era punir prisioneiros, desgastando-os. Você cita um guarda da prisão chamado James Hardie, que escreveu certa vez a respeito da esteira: "É a sua continuidade monótona, e não a sua severidade, que constitui o seu terror."

Você interpreta de início o silêncio da dra. Kuhn como uma reação de surpresa diante do fato de você ser capaz de recordar essa informação. Preocupa-se, pois a informação talvez seja obscura demais ou algo que não devia ser do seu conhecimento. O que esse conhecimento diz sobre você, sobre seus interesses prévios?

Você pergunta se ela ainda está lá. Rapidamente complementa a pergunta com uma explicação: "lá" quer dizer o outro aposento, distante do seu, mas ainda observando-o e capaz de se comunicar com você quando ela deseja. Antes que ela responda, você tenta fazer uma piada e pergunta se por acaso é um prisioneiro sendo forçado a caminhar na esteira. Para mostrar à dra. Kuhn que você está fazendo uma piada, você ri.

Ela não ri. Diz:

— Você não é um prisioneiro.

Você põe as pernas para fora da cama, e seus pés descalços tocam o chão, que é mais frio do que o ar. Você está nervoso e pensa em dizer a ela que está sentindo uma dor nível três ou talvez quatro na escala de dez, para que não tenha que se exercitar na esteira, uma máquina que você sabe ter sido inventada para prisioneiros.

Conforme as instruções, você dá quatro passos para a esquerda, três para a direita. Suas mãos se estendem para segurar as barras de apoio, que ficam à altura do seu peito. O revestimento se amolda ao formato dos seus dedos. Você cerra as mãos com força, mas não se acha muito forte e não se lembra de já ter se sentido forte. Você pisa na borda da esteira e move os pés adiante até que ela lhe diz para parar.

Ela informa que vai haver uma contagem de cinco bipes eletrônicos e que o último deles vai ser o mais alto e o mais longo. A esteira sob seus pés vai começar então o seu ciclo. A velocidade do ciclo será ativada por voz, no posto em que ela se encontra, e vai reagir de acordo com o ritmo dos seus passos.

Ela diz:

— Eu não espero que você faça as coisas com perfeição, principalmente devido aos problemas da sua condição física e do ambiente. Não vou mentir: é possível que você se machuque, talvez seja até inevitável. Lamento, mas dado o número de dias em que você está acordado, os benefícios de um exercício manual, cardiovascular, superam em muito o que a estimulação muscular com leves choques elétricos é capaz de conseguir.

"Você está se saindo muitíssimo bem, mas, por questões que não dependem de você, seu cronograma está atrasado."

Começa a contagem dos cinco bipes. São mais altos do que você imaginava. Você sente um tremor no corpo devido ao ar frio. Os últimos bipes soam, ecoando no aposento e na sua cabeça. Você involuntariamente solta uma risadinha de agitação e terror. Sua barriga sente pontadas. Suas pernas têm espasmos.

Você desliza para trás e arqueja ao ter uma sensação parecida com a de quando deslizou de volta para a inconsciência no seu primeiro dia, o primeiro dia em que se lembra de ter despertado neste quarto.

»

— Caminhe.

Você levanta o pé direito, ele é tão pesado, tão inseguro, e você se inclina para a frente, desajeitado. Seu segundo e seu terceiro passos são amplos demais, e você erra a esteira rolante; um calcanhar bate no que deve ser o anteparo do motor da esteira. Você corrige em demasia o movimento, cambaleia e cai com força sobre o joelho, batendo com o queixo no outro. Você larga as barras de apoio e acaba sendo empurrado para trás e rolando no chão.

O zumbido da máquina cessa. Você respira depressa, com força. Consegue se pôr de pé e segura com ambas as mãos o queixo machucado, diz "desculpe", e começa a chorar.

Ela não pergunta se você se machucou. Ela diz seu nome, repete várias vezes. Não se nota nada em sua voz, nenhuma mudança de entonação, nenhuma variação indicando que ela está preocupada. Seu nome repetido assim é apenas um comando para exigir atenção e foco. Ela repete seu nome até você conseguir diminuir sua respiração e parar de chorar.

Ela lhe diz que você está bem, mesmo que você não se sinta nada bem. Ela lhe diz para respirar bem fundo por três vezes e depois voltar à esteira.

Alguma coisa dentro de você grita-lhe para que não confie na dra. Kuhn e para que pergunte a ela por que você deve ir para a esteira, e por que ainda está sem ver nada, e por que está aqui.

Você não pergunta. Você não questiona. Você faz o que lhe mandaram fazer. Suas mãos tremem quando você agarra as barras de apoio. Você ouve o aviso de que vai ouvir cinco bipes eletrônicos e que o último deles vai ser o mais alto e o mais longo.

— Caminhe.

Você cai mais duas vezes. Na segunda vez, seu rosto bate com força na barra de apoio, fazendo estrelas brancas brilharem na escuridão.

— Caminhe.

Você consegue manter o equilíbrio e encontra um passo com ritmo confortável. Você caminha e caminha e começa a gostar do ritmo mecânico do seu corpo e deixa sua mente vaguear e devanear sobre casas marrons e macieiras silvestres.

Ela o alerta de que você chegou ao limite fixado em trinta minutos, e a esteira vai cessando aos poucos. A faixa sob seus pés não está mais em movimento, mas você sente um movimento fantasma sob seus pés. Um fantasma é algo que você imagina, uma coisa que não está ali. Você se pergunta se o tempo é um fantasma, porque tem a sensação de que caminhou mais do que trinta minutos. Você se pergunta se ela está mentindo.

010

— Você nasceu em Rhode Island.

— Rhode Island é o Estado Oceânico. É o menor de todos os estados, em termos de área. Estamos em Rhode Island agora?

— Não. Você não dormia bem quando era bebê.

— Não entendo o que quer dizer.

— Seu padrão de sono, ou seja, quando e quanto tempo leva para adormecer, a duração do sono, a que horas acorda etc., não era consistente.

— Sinto muito se era tão difícil.

— Não precisa pedir desculpas, certamente não a mim. Você era apenas um bebê e não estava tomando decisões conscientes, deliberadas.

— Por que está me dizendo isso?

— Estou compartilhando um episódio pessoal de sua infância, porque é uma parte daquilo que você é, ______. De acordo com os seus pais, eles muitas vezes pegavam o carro e ficavam circulando pela vizinhança até você adormecer.

— Acho que eu gostava de passear de carro.

— Seus pais também tentaram segurar você nos braços enquanto se encostavam a uma máquina de lavar roupa, ou de secar, e chegavam mesmo a imitar o ruído do motor de um automóvel para que você ficasse sossegado.

— Eu não me lembro disso. Não me lembro dos meus pais. Não me lembro de Rhode Island.

— Você vai se lembrar. Eu o ajudo.

— Posso perguntar onde estamos?

— Estamos bem longe de Rhode Island.

011

"Caminhe" agora é "trote".

Você caiu apenas uma vez. Você subiu de novo na esteira sem que ninguém precisasse mandar.

012

— O que mais você lembra, ______?

— Lembro seu primeiro nome, Anne.

— O que mais você lembra?

— Lembro que meus pais faziam um barulho de motor com a boca, quando eu era bem pequeno.

— O que mais você lembra?

— Lembro de música.

— Lembra alguma canção em especial?

— Lembro a primeira canção que você tocou para mim. Quando foi, oito dias atrás?

— Sim.

— Eu gostei muito daquela canção. Eu fico tocando-a na minha cabeça quando vou dormir e quando acordo ela ainda está lá.

— Você sempre gostou daquela canção...

— Sempre? Não é um tempo muito longo?

— É, sim. E ao dizer "sempre" quero dizer que, desde o momento em que você ouviu a canção pela primeira vez, você gostou dela. É uma canção importante para nós dois.

— Por que é importante para nós dois?

— Era a canção que estava tocando... Bem, ela marca um momento especial de nossa vida em conjunto. É tudo que posso lhe dizer agora.

— Você não está fisicamente apta a dizer mais? Ou é porque prefere não dizer?

— *Touché*. Minha resposta é: um pouco dos dois.

— Acho que não estou entendendo.

— Há outras canções que você lembre, alguma canção que não toquei para você ouvir?

— Acho que sim. Tenho uma melodia bem simples na minha cabeça.

— Pode mostrar para mim?

— Eu não tenho com o que tocá-la.

— Tente cantarolar...

— Ficou bom? Deu para reconhecer?

— Você fez muito bem. Reconheci a música. Eu gosto muito dessa canção, mas ela sempre me deixa triste.

— É por isso que me lembro dela?

014

Não há nenhuma cerimônia, nenhum anúncio, nem mesmo um aviso da parte da dra. Kuhn, ou Anne, como você deve chamá-la agora, com relação à sua visão. Neste dia você simplesmente acorda e está vendo de novo.

O quarto está escuro, mas muito menos do que antes. A topografia montanhosa de suas pernas e de seu torso por baixo do lençol e do cobertor é uma vista reconfortante. Você diz a si mesmo: "Era assim que eu costumava ver o tempo todo", e acredita. Você ergue as mãos e observa enquanto as movimenta, abrindo e cerrando os punhos.

Você se senta. Sua camisa de mangas curtas, bem justa ao corpo, não é branca. Talvez seja verde. Você lembra da cor verde, não? As paredes do seu quarto são lisas e você acha que são brancas, mas não dá para dizer, porque ainda está escuro. A esteira no canto do quarto é menor do que você a imaginava. Você olha de novo as paredes, e depois o teto, e a porta que dá para o banheiro, e vê a silhueta da porta mais afastada, que ainda não se abriu nenhuma vez enquanto você está desperto.

— Vejo que você já pode ver, ______.

Anne dá uma risada. Ela está se divertindo com seu jogo de palavras ou está alegre porque você recobrou a visão? Talvez as duas coisas. Em conversas recentes ela encorajou você a não pensar sempre em termos binários. Preto ou branco, isto ou aquilo, certo ou errado, foram os exemplos que ela deu para explicar pensamento binário.

— Sim, agora eu posso. Como você sabe? Consegue ver através dos meus olhos?

— Não. Eu sei observando o seu comportamento e como você agora está correndo esses seus olhos tão grandes e tão bonitos por todo o quarto.

— Meus olhos são bonitos?

— São, sim.

Uma grade de painéis retangulares começa a se iluminar no teto. A luz aumenta de intensidade, dissolvendo as sombras do aposento.

Anne lhe diz que levará alguns minutos até seus olhos se adaptarem à luz. Você os aperta e aguarda com paciência que suas pupilas se reduzam, agindo para controlar a quantidade de luz a que suas retinas são expostas.

Um painel desliza e se abre na parede à sua esquerda, expondo um bloco de vidro escuro. Dentro desse bloco, vê-se uma imagem reduzida e invertida de você sentado na cama.

— Por favor, preste atenção na tela.

A tela é preenchida pela imagem de um campo vasto e vazio, coberto de grama verde e marrom. Os compridos talos da grama se agitam e ondulam sob o vento. Você ouve o silvo macio e o roçar da relva, e essa combinação de imagens e sons o leva inexplicavelmente às lágrimas. Sobre o campo, vê-se um céu azul igualmente amplo, com alguns tufos de nuvens brancas. Uma das nuvens avança devagar no alto da tela.

Você recorda a cor e reconhece que sua camiseta é de uma tonalidade diferente do verde. Você diz:

— Eu me lembro desse lugar. Eu já estive aí.

O que pode não ser verdade, mas dá a impressão de ser, e tudo bem, porque você está se expandindo para além do pensamento binário, para além do mero verdadeiro e não verdadeiro.

018

Anne faz você mostrar serviço (expressão dela).

Você completa uma escala de flexões, começando com quinze, depois descansando dez segundos, depois fazendo quatorze, e continuando assim até o último, que o deixa com os braços trêmulos.

Depois, "caminhe" torna-se "trote" que se torna "corra".

Você não cai.

020

— Anne, eu gostaria de ver de novo aquele campo aberto ou assistir a outro daqueles filmes sobre o fundo do mar, por favor. Ou outro concerto de orquestra.

— Primeiro, vamos jogar o nosso joguinho de associação de palavras. Quando eu disser um palavra, quero que você me diga a primeira palavra ou palavras que…

— Sim, sim, eu já entendi.

— Está de mau humor?

— Acho que estou, sim.

— Alguma razão especial?

— Eu queria ver os filmes que pedi, e…

— Sim, ______, continue.

— Quero sair deste quarto.

— Prometo que você vai sair do quarto, mas nenhum de nós ainda está pronto para isso. Seu sistema imunológico ainda não chegou ao ponto desejado.

— Se eu não posso sair, você vai ter que me contar mais a meu respeito, e a respeito de nós dois, e dizer onde eu estou, e por que estou aqui.

— Em breve começarei a fazer isso.

— Vai mesmo?

— Vou.

— E por que não agora? Quero que faça agora.

— Nós vamos jogar o joguinho de associação de palavras. Quando eu disser uma palavra, quero que me diga a primeira palavra ou grupo de palavras em que você pensar. Isso é importante, ______.

— Por que é importante?

— Esses jogos ajudam você a recuperar sua memória e sua fluência verbal. Seu cérebro não é muito diferente dos seus músculos na medida em que precisam de exercício e de um reforço depois de você passar tanto tempo adormecido. Assim como a esteira é mais eficaz para os seus músculos do que os estímulos elétricos cardiovasculares, existe um limite para o incremento de memória e de cognição que eu sou capaz de obter sem a sua... a sua participação ativa.

Você começa a se sentir irritado e decide não dar a ela a satisfação de lhe pedir que explique como se dá esse "incremento de memória", mesmo imaginando que ela responderia sua pergunta de maneira direta.

Anne continua:

— Por exemplo, lembra da nossa discussão sobre a capacidade de usar metáforas na fala?

Claro que você lembra, e lembra que tentou descrever as luzes do teto como tendo uma aparência semelhante à de um tabuleiro de damas. Você sabe o que é um tabuleiro de damas, mas não tem recordação de já ter jogado.

— Está irritado comigo, _______?

— Eu gostaria que você parasse de me perguntar o que eu lembro de três dias atrás.

Há um período de silêncio breve mas inquietante, e você acaba dizendo:

— Anne, ainda está aí?

— Pássaro.

— Eu não estou a fim de fazer isso. Eu não quero ficar...

— Pássaro — repete Anne, quando você não responde. — Pássaro.

Você diz:

— Voo.

— Nuvem.

— Eu.

— Eu? Por que você respondeu dizendo "eu"?

— Não sei. Foi o que me veio à cabeça. Você está desobedecendo às regras do próprio jogo. Está me pedindo para explicar.

— Muito bem. Céu.

— Azul.

— Família.

— Desapareceu.

— Nós.

— Nós?

— Sim, nós.

— Bem, *você* diz que nós somos parceiros.

022

— Por favor, chegue perto da tela.

A tela é azul. Não é o mesmo azul do céu; é um azul diferente.

— Quando um ponto vermelho aparecer na tela, toque nele tão depressa quanto puder, com qualquer um dos seus dedos indicadores.

"Muito bem, ______. O que você está vendo agora é um labirinto. Por favor, arraste esse ícone que está piscando no canto inferior esquerdo ao longo do trajeto correto no labirinto, até ele sair pela abertura no lado superior direito. Cada mapa que você completar vai ser substituído por um mais difícil.

"Muito bem. Sim, estou muito satisfeita com a quantidade de labirintos que você resolveu. Você vai ganhar uma pausa entre os desafios. Tenho um prêmio para você. Embaixo da sua cama há um conjunto de visores de realidade virtual. Vá até a cama, vire-se de frente para o quarto e coloque os óculos.

"O que você está vendo é o bairro onde nós morávamos.

"Sim — risos — é um belo dia em nosso bairro.

"Por favor, caminhe devagar, erguendo as mãos para a frente.

"Caso se sinta perdido e isso o incomodar, lembre-se de que pode retirar os óculos a qualquer momento.

"Aquela ali... a marrom, com a macieira silvestre à frente... é aquela.

"Sim, era uma casa antiga.

"Sim, nós fomos felizes vivendo aí."

023

— Tem mais alguém aí, fora você, Anne?

— Você não para de perguntar isso. Minha resposta não vai mudar.

Você continua a perguntar, porque não gosta da resposta dela. Você continua a perguntar porque talvez não esteja perguntando da maneira certa. Seu medo é esse: que não esteja fazendo as perguntas corretamente e que tenha que continuar nesse quarto até acertar.

Você diz:

— Como eu posso saber se não apareceram outras pessoas desde a última vez que lhe perguntei?

— Se tivesse mais alguém aqui, além de mim, eu lhe diria. Eu não acho que vá aparecer mais alguém aqui na Instituição.

— Por que não?

— Como já falamos antes, aconteceu uma pandemia global e nós estamos isolados. Você confia em mim, ______?

— Na maior parte do tempo, sim. Em alguns momentos, não. Estou sendo honesto com você.

— Eu sei e fico agradecida.

— Às vezes eu acho que estou ouvindo outras pessoas do lado de fora do meu quarto. Isso não me dá uma sensação de *isolamento*.

— Não há mais ninguém. Você está me ouvindo, ou então está ouvindo o ar no sistema de ventilação, ou algum outro ruído mecânico, ou então está ouvindo sons de dentro do seu próprio quarto e interpretando-os erradamente.

— Pode ser.

— Somos somente eu e você. Eu juro. Em breve você vai ver por si mesmo.

— Em breve. Você só sabe dizer "em breve". Acho que eu e você damos sentidos diferentes a essas palavras.

024

— Sua mãe ficou em casa com você até você entrar no jardim de infância.

— Este aí na tela sou eu, com ela?

— Sim.

— Eu me lembro dela.

— Do que se lembra?

— Eu... eu me lembro dela. Lembro do jeito que ela ria, e como ela gostava de me deixar encabulado na frente dos meus amigos me chamando de "chuchuzinho" ou "lindinho". Está correto? Você não me disse que ela fazia isso?

— Quando você começou a frequentar a escola, ela retomou a carreira de advogada no ramo imobiliário. Ela trabalhava durante longas horas.

— Todas as horas não são do mesmo tamanho, sessenta minutos? Ah, espere, você está usando linguagem figurada. Está querendo dizer que ela trabalhava muitas horas, mais do que seria normal, ou do que seria de se esperar.

— Seu pai trabalhava na Companhia de Gás Wakefield, principalmente como técnico de campo, responsável pelo fornecimento e manutenção nas residências.

— Me diga: eu pareço mais com minha mãe ou com meu pai?

— Acho que você é uma mistura dos dois.

Você acha que ela quer que pergunte de novo sobre a sua aparência. É uma pergunta humilhante. Por mais que ela fale em lhe ajudar a recuperar a memória e a identidade, a saber quem você é, a não ser por uma coleção de fotos de sua infância, ela ainda não lhe permitiu saber sua aparência. Não há espelho no seu quarto. Não há espelho no banheiro. Você tem apenas a tela da TV e aqueles breves segundos antes dela se apagar. Você se vê ali, perdido naquele poço de vidro negro, mas você é apenas uma forma, uma silhueta, um rosto borrado, e no instante seguinte a tela desaparece por trás do painel na parede.

— Eu gostaria que você me falasse sobre os passeios à praia com seus pais.

— Por quê? Já fiz isso ontem, duas vezes, e também no dia anterior.

— É porque a repetição ajuda você a lembrar, a lembrar cada vez mais.

Você diz:

— Quase todo domingo nós íamos de carro da nossa velha casa em Pawtucket, para o balneário de Narragansett.

Você faz uma pausa, e sua frustração e desconfiança se dissolvem quando você começa a mergulhar no prazer inegável de estar lembrando. É um prazer porque você agora tem imagens que pode associar a essas lembranças. O modo desconjuntado como as imagens aparecem em sua cabeça lhe parece natural, autêntico. Embora você não saiba se essas imagens são memórias verdadeiras ou se são elaborações, ou um pouco de cada coisa, não importa. São suas. Pertencem a você, e se ramificam numa rede infinita de novas memórias. Essas memórias são uma prova de que você existe, e algum dia, *em breve*, você não vai precisar nem depender de Anne para definir quem você é.

Você diz:

— Nós acordávamos cedo para podermos chegar na praia antes das oito da manhã, encontrar um bom local para estacionar e não ter que comprar passes para a praia. Ir cedo assim era sem dúvida uma tática para economizar dinheiro, mas meus pais faziam tudo parecer um jogo, como se estivéssemos fazendo tudo aquilo pelo prazer de enganar o sistema. Minha mãe sempre falava em enganar o sistema, e eu imaginava que o sistema era formado por pessoas usando ternos pretos e óculos escuros, e que eles ficavam nos vigiando e produziam tíquetes que custavam um dinheirão, de modo que nossos pais tinham que trabalhar um tempo enorme e não podiam ficar muito em casa com os filhos.

"Na noite anterior a gente ia cedo para a cama, já vestindo a roupa de banho, mesmo sabendo que na praia havia cabines para se trocar. As cabines eram escuras, como os *bunkers* naqueles filmes de guerra que você me mostrou, e o chão era coberto por uma mistura nojenta de água e areia.

"No trajeto para a praia, mamãe geralmente dormia, usando uma toalha de praia como lençol. Papai ligava o rádio e cantava junto, acompanhando aquelas músicas antigas, que ele chamava de 'as antigonas' e inventava letras que faziam a gente dar risada."

»

— Eu adorava aquele passeio de carro até a praia. Era a minha parte favorita. Atravessar a cidade e depois chegar naquela praia enorme, ampla, sempre me dava a impressão de ter sido transportado magicamente para outro lugar.

"Quando saíamos do carro, eu e papai apostávamos se as ondas estariam grandes ou não. Mamãe era a juíza do tamanho das ondas. Quem perdesse a aposta sobre as ondas tinha que ser o primeiro a mergulhar na água, que sempre estava fria. Aquele tipo de frio que faz você involuntariamente ficar sem ar quando vem à tona. Papai às vezes trapaceava quando perdia e me agarrava nos braços e me forçava a mergulhar na água junto com ele.

"Depois do lanche, que era cedo, mamãe e eu dávamos uma longa caminhada, e se a maré estivesse baixa íamos até os bancos de areia, que ficavam a trinta metros ou mais da praia. Quando caminhávamos de volta para nossas toalhas, mamãe me desafiava a uma corrida, deixando que eu partisse primeiro para só partir um pouco depois. Ela sempre me ultrapassava, e me deixava ver que ela era mais rápida, mas depois diminuía, fingindo estar cansada, e me deixava ganhar."

026

Há uma mesa de madeira comprida junto à parede, por trás da tela. Suas quatro pernas não são uniformes. Você supõe que as pernas foram reutilizadas e vieram de outras mesas. O tampo da mesa é uma porta que provavelmente foi feita de fibra de vidro. Foi pintada de branco, que não era sua cor original, a julgar pelos riscos vermelhos e pelos cortes profundos que se pode observar.

— Preparei algumas atividades para que você comece a recuperar sua destreza manual. Estou confiante que isso vai acontecer logo, devido aos anos que você dedicou a uma carreira na qual trabalhava com as mãos.

Você ergue as mãos e as inspeciona visualmente. Não pode deixar de se sentir distanciado delas, como se tivesse havido algum engano e elas não lhe pertencessem. Não lhe parece possível que suas mãos tenham executado a criação e a manutenção de todas essas coisas que Anne lhe diz.

— Você vai gostar da sensação tátil de estar manipulando objetos físicos. Vai ser algo muito mais gratificante do que os movimentos de tocar com o dedo na tela e as atividade de realidade virtual da semana passada.

Você quer perguntar como foi que ela conseguiu trazer esta mesa para dentro do quarto enquanto você estava adormecido. Mais uma vez você imagina e se preocupa em saber até que ponto o seu sono é controlado por ela. Será que você dormiu durante dias, em vez de horas? Será que ela construiu a mesa dentro do quarto, em vez de trazê-la? Ela parece pesada e difícil de transportar. Você decide permanecer acordado, a noite inteira se for necessário. Todas as noites você toma essa decisão e acaba fracassando.

Na porta-tampo da mesa há quatro bandejas rasas de plástico. A primeira bandeja está cheia de blocos de madeira com o formato de pequenos troncos, com ranhuras nas extremidades, e alguns deles têm ranhuras na parte do meio. Visível na tela há um diagrama, com imagens e números apenas, detalhando os passos necessários para construir uma cabana com esses troncos.

— Isto aqui não são brinquedos de criança?

— As atividades vão ficando progressivamente mais difíceis.

A segunda bandeja está cheia de quadrados de papel colorido. A terceira tem uma grande variedade de peças de metal: parafusos, porcas, rodas, suportes, engrenagens, correias de borracha e rebites. A quarta é a maior de todas, e está transbordando de instrumentos e de peças de madeira com formatos esquisitos.

— Com a terceira bandeja, você vai usar uma chave de fenda. Com a quarta, vai usar furadeira, martelo e serrote. As ferramentas estão guardadas embaixo da mesa. Tem alguma pergunta, antes de começar com a bandeja número um?

Há alguma coisa com aquela coleção artificial de peças que o incomoda. Algo que de certo modo alude a um problema ou uma questão mais ampla com respeito à sua situação, algo que permanece fora do seu alcance.

— Alguém fabricou esta mesa.

— Sim. Qualquer coisa foi feita por alguém, ______.

— Não foi isso que eu quis dizer.

— Pode começar com a bandeja um.

— Foi você quem fez esta mesa?

— Não.

— Fui eu que a fiz, antes... antes de acordar aqui?

— Não foi você quem fez a mesa. Mas, se quiser, com um pouco de prática você pode fazer uma até melhor do que esta.

Você esfrega o rosto com as mãos. Por alguma razão essa resposta, mais do que qualquer outra de tantas perguntas e respostas e não respostas, o deixa imerso em frustração.

— Ei, como você sabe que eu não vou me machucar usando essas ferramentas?

— Você precisa ter cuidado. Acredito que vai se sair bem.

— Não, quer dizer, como você sabe que eu não vou me machucar propositalmente?

— Você não vai se machucar, porque você não é um prisioneiro. Não posso dar mais ênfase a isto do que já estou dando.

Você se agacha junto à mesa e pega a chave de fenda e o serrote. Você endireita o corpo e ergue as ferramentas, agitando-as no ar. Sente-se poderoso e fraco ao mesmo tempo.

— Eu me sinto como um prisioneiro, sim. Não tenho a impressão de que nós estamos nisso juntos, seja lá o que for "isso".

— Nós éramos parceiros antes da Instituição e somos parceiros agora, ______. Por favor, eu entendo a sua frustração. Entendo mesmo. Sei que é impossível entender por completo, mas tudo que estou fazendo é para ajudá-lo a readquirir sua condição plena, mas isso precisa ser feito passo a passo, pouco a pouco, não pode ser tudo de uma vez.

— Eu exijo que você me mostre e me diga mais coisas a meu respeito, ao seu respeito, a respeito de nós dois, de tudo, ou então vou fazer alguma coisa drástica.

Você se inclina sobre a mesa com o antebraço esquerdo virado para cima, exposto. Coloca o serrote de encontro ao pulso. Os dentes do serrote são pontiagudos. Você não sabe se será capaz de deslizar os dentes do serrote sobre sua carne, mas está com vontade de fazê-lo.

— Por favor, ______, isso não é necessário. Vou começar a mostrar mais vídeos, prometo. Estava planejando mostrar mais coisas sobre mim e sobre nós, de qualquer maneira, porque... você vai ter que acreditar em mim... você está progredindo muito bem, e estamos perto do dia em que você vai poder cruzar essa porta.

— E para onde eu vou, depois de cruzar a porta?

Você põe um pouco mais de pressão sobre o serrote, antes de afastá-lo. A fileira de pequenas marcas está perfeitamente nítida sobre a pele.

— Você e eu iremos para a nossa casa.

— A casa velha, marrom?

— Sim.

Você tem vontade de perguntar se pode ir para a casa marrom agora, mas não pergunta. Você sabe que Anne diria "ainda não". Então você iria colocar de novo o serrote de encontro ao pulso e antes que pudesse continuar a fazer ameaças e propostas, Anne diria: "Se você se ferir, não vai para a casa marrom. Se você se cortar com esse serrote, vai desmaiar pela perda de sangue. Talvez acorde amarrado à cama outra vez. Talvez nunca mais acorde."

028

Você assistiu e depois reassistiu (a pedido seu) a esses vídeos durante dois dias consecutivos. São vídeos domésticos mostrando Anne. Os mais antigos têm má qualidade; suas imagens são borradas, e as cores são ao mesmo tempo desbotadas e muito carregadas. À medida que a Anne dos vídeos vai aparecendo mais velha, a qualidade das imagens melhora.

Anne, com dezoito meses, sentada na grama, faz carinho em um beagle marrom e branco, que está cochilando. Fora da imagem, seu tio Dennis tenta fazê-la dizer: "Bosta!" Ela diz: "Bota."

Anne, quatro anos, braços envolvendo o pescoço de seu irmão mais velho, Matt. Ele está jogando videogame e não cede às exigência dela de "brinca comigo!"

Anne, seis anos, pulando e pulando por trás de um bolo de aniversário. O cabelo está liso e curto, e em seu sorriso falta um dentinho. Todos na sala cantam juntos.

Anne, nove anos, pedala a bicicleta na direção de uma pequena rampa (uma tábua apoiada num caixote de leite) que seu irmão e os amigos instalaram na rua, em frente da sua casa. Fora da imagem, ouvem-se as vozes dos seus pais, discutindo se devem ou não impedi-la de tentar. Anne sobe rampa acima, pedalando desajeitadamente. A bicicleta aterrissa com a roda dianteira e bambeia, quase derrapa junto ao meio-fio, mas Anne se ajeita e se afasta deslizando em triunfo, com o punho erguido no ar.

Anne, doze anos, está sentada junto ao irmão, numa mesa de piquenique. É uma festa que comemora ao mesmo tempo os dezoito anos de Matt e sua formatura no ensino médio. Anne está tão magra e tão esguia, comparada ao irmão já adulto. Ela não ri das piadas dele enquanto ele lê os cartões de parabéns. Está carrancuda, e o queixo se apoia nos punhos cerrados.

Anne, quatorze anos, marca uma cesta de três pontos e ganha o jogo para o seu time de basquete na AAU. Suas companheiras de time pulam e se amontoam em cima dela.

Anne, quinze anos, sorri com bom humor enquanto seus amigos rabiscam seus nomes no gesso que envolve o joelho recém-operado.

Anne, dezesseis anos, está com suas companheiras da equipe da Brain Bee, num campeonato internacional interescolas, em Montreal. Ainda novata, ela já é a líder da disputa de histologia na competição. Está curvada sobre o microscópio, tentando identificar com rapidez o maior número possível de tecidos nervosos e do cérebro e determinar suas funções, numa corrida contra o relógio. Ela usa adesivos negros nas maçãs do rosto, para reduzir a luminosidade, e convenceu suas colegas de equipe a fazer o mesmo. Ela e as amigas se cumprimentam erguendo as mãos em um *high-five* quando sua vitória é anunciada.

Anne (a Anne de agora) murmura alguma coisa no comunicador, algo que você não ouve nem compreende direito, e então acelera a velocidade ao longo dos vídeos restantes, alguns que você já memorizou: baile de formatura, entrega dos certificados, mudança para o alojamento na universidade, Anne com colegas aprontando-se para sair, um vídeo no interior de um laboratório mostrando Anne e sua amiga Isabelle, ambas vestindo jalecos brancos, dançando uma coreografia e fazendo dublagem de "I Am A Scientist" dos Dandy Warhols, depois a formatura universitária, a mudança para seu primeiro apartamento, Anne falando numa cerimônia em memória de sua avó materna, Anne subindo ao palco para receber seu título de ph.D., uma série de feriados familiares em que os parentes se multiplicam e envelhecem a olhos vistos.

Anne diz:

— Ah, foda-se isso tudo.

Você não entende bem o que está acontecendo. Não sabe por que ela soa tão incomodada. Você pergunta:

— Tem alguma coisa errada, Anne? Você está bem?

— Eu não consigo... não consigo ver isso tudo de novo. Porra, já vi tantas vezes... Sinto muito. Vamos, bem, vamos pular direto para o último. Vamos assistir a este último por mais alguns minutos.

— Fiz alguma coisa errada? Fiz alguma coisa que a incomodou?

— Não. Você tem sido quase perfeito, ______.

— Quase perfeito.

— Quer dizer que tem sido tão perfeito quanto é possível.

Você realmente não se sente nada perfeito. Seus músculos doem, suas mãos estão cobertas de bolhas e machucadas das horas que passou desajeitadamente furando buracos e martelando pregos. Você sente uma congestão quase de sinusite, e sua garganta arde desde que você acordou nesta manhã, um sinal de que seu sistema imunológico está sob ataque. Você não quer que ela fique sabendo disso.

Anne diz:

— Só estou tão cansada.

— Talvez a gente devesse parar. Vamos fazer uma pausa.

Ela não responde à sua sugestão. Começa a rodar o último vídeo caseiro.

É aquele em que você segue Anne, com a câmera do celular, pelo interior da casa marrom, a casa cor de chocolate que vocês compraram juntos. De vez em quando você vira a câmera de modo que seu rosto preenche todo o campo visual. Neste vídeo você é mais jovem do que agora, é claro, mas não dá para saber quantos anos de diferença. Você pensa: Esse rosto aí é o meu rosto. Mesmo você já tendo assistido a esse vídeo em especial dezenas de vezes, não pode deixar de se sentir decepcionado por esse reaparecimento de você mesmo, e, ao mesmo tempo, você se apaixona um pouquinho por aquilo que você era, e deseja poder estar de volta àqueles instantes perdidos no tempo.

No passeio guiado ao longo de toda a casa, você faz expressões faciais bobas, exageradas, enquanto está manejando a câmera com uma cara de "eu estou tão impressionado". Anne é a guia, e se refere a si mesma como "a arquivista da casa marrom". Em cada novo aposento onde vocês entram ela recita uma historieta inventada, narrando um acontecimento cômico, romântico ou trágico de eras remotas. Em resposta, você pronuncia frases de solidariedade ou de comiseração como "Mas que coisa fascinante" e "Sim, eles não deviam ter tentado fazer isso na banheira" e "Talvez fosse bom a gente lavar o piso mais algumas vezes" e "Mas de um modo geral eles viveram felizes para sempre".

Sua voz não soa como a sua voz. Quer dizer, sua voz no vídeo, a que está saindo através dos alto-falantes, não é a mesma voz que você ouve quando fala. Você tem consciência de que todas as pessoas vivenciam uma forma de dissociação auditiva quando ouvem a própria voz, a sensação de *Será que minha voz soa mesmo assim?* Você compreende que a tonalidade e a altura da voz que você ouve quando fala estão determinados pela condução do ar para os sons que viajam diretamente da sua cóclea através dos tecidos de sua própria cabeça. Mas a voz gravada tem que ser tão diferente a ponto de ser irreconhecível? Não deveria haver uma cadência, um ritmo subjacente, que identificasse o falante como sendo mesmo você?

O passeio no vídeo se encerra no quarto do andar de cima, o quarto que você recorda de maneira tão vívida. As paredes são pintadas num amarelo brilhante. Anne anda pelo quarto e abre uma das janelas. Ela fala: "Em geral eu não gosto de amarelo, mas esta cor aqui eu adoro." Você diz que detesta. Ela revira os olhos para a câmera (para você), dá a língua e provoca: "Aqui vai ser meu escritório, em todo caso, então não importa o que você acha." Ela se deita no chão, estende os braços e as pernas e diz: "Meu, só meu!" Você entra no quarto e faz a câmera flutuar sobre o rosto de Anne. Ela olha diretamente para a câmera e lança um sorriso afetado, como se soubesse de algo que você não sabe. (É esta Anne, com este olhar, que você imagina atualmente, quando ela lhe dirige a palavra.) Você lembra a Anne que ela ainda não contou a história associada a este quarto. O sorriso desaparece, ela abre a boca e seus olhos se afastam da câmera momentaneamente. Ela diz: "Este quarto já foi um quarto triste, pintado numa cor bem triste." Você pergunta: "Cor de pulga?" Ela responde: "Era um triste quarto de criança, para uma mulher triste que tinha uma criança muito triste. Então alguém teve a ideia de pintar o quarto de amarelo para que eu não tivesse um escritório triste." Nenhum de vocês dois diz nada durante alguns segundos, enquanto Anne olha direto para a câmera. Você pergunta: "Como se sabe que uma criança está triste?" Ela diz: "Quando ela está chorando, *dã*." Vocês dois riem, e você dá um zoom no rosto de Anne até que ela solta um grito exagerado e dá um tapa no celular, tirando-o de sua mão.

Anne repete o vídeo do tour pela casa marrom. Ela recita tudo que se diz no vídeo enquanto ele vai passando. Na terceira vez em que vocês assistem ao vídeo, você se junta a Anne, ficam os dois recitando os diálogos.

030

Você está com uma congestão severa. Respirar fundo implica uma fisgada de dor bem aguda, bem no meio do seu peito. Você não consegue esconder isso de Anne. Você relata para ela os sintomas, que estão ficando piores.

Anne não parece surpresa ou, em vista da alegada pandemia, preocupada. Você não se sente seguro para fazer suposições, para atribuir um motivo qualquer ao que ela diz ou ao modo como o diz.

Você já não corre nem trota na esteira rolante. Você caminha, mas apenas por cinco minutos, porque isso o deixa tonto. Quando para, você diz a Anne que sua cabeça parece estar cheia de terra. Você espera que ela fique impressionada com essa metáfora. Ela apenas pede que você explique o que quis dizer.

Você tem um pouco de febre. Anne não explica quando graus acima de 37,5 constituem "um pouco de febre". Você se sente ao mesmo tempo muito quente e com muito frio. Você sua e tem calafrios, e seus músculos doem do jeito que doíam quando você acordou pela primeira vez neste quarto.

O vídeo de hoje é um vídeo de instruções: como construir uma cerca.

031

— Vou entrar no seu quarto agora, ______. Minha aparência talvez lhe produza um pouco de choque. Eu vou parecer... bem, vou parecer um pouco mais velha do que você lembra.

Você se apega à imagem de Anne, a imagem fornecida pelos vídeos, e o som de sua voz, e as coisas que ela lhe disse e que continua a dizer. Você caminha arrastando os pés e se afasta da cama, fica parado no meio do quarto, e tosse escondendo o rosto com o braço. Você olha para a porta. Você passou incontáveis horas elaborando fantasias sobre o momento em que ela iria se abrir. Seus encontros imaginários face a face e seus planos de fuga se tornaram mais dramáticos, mais complexos, e cada vez mais bizarros. Na noite passada, antes de adormecer, você imaginou que essa porta, ao se abrir, revelava o vazio, o nada, e embora a descoberta de um vazio eterno para além da porta seja uma possibilidade meio remota, talvez você tenha encontrado uma resposta metaforicamente verdadeira.

— Está se preparando para minha visita?

Ela dá uma risada.

Você confirma, mas se sente pior do que no dia anterior. Há mais terra na sua cabeça, uma terra que parece escorrer para dentro do seu corpo, tornando seus músculos pesados e fracos.

Em vez de uma alegria incontida ou de medo ante a perspectiva da porta finalmente se abrir, você se preocupa com a imagem física de Anne em sua mente, e se prepara para substituí-la pela imagem correta que está para se revelar.

Há um cicio pneumático de escapamento de ar, e a porta desliza, desaparecendo no lado esquerdo da parede. Anne diz:

— Aqui estou eu.

Ela caminha do corredor que está na penumbra e entra no seu quarto; seu passo é firme e confiante. Seu cabelo grisalho é longo, abaixo dos ombros. A tonalidade grisalha lhe produz um choque. Há rugas nos cantos da boca e dos olhos. Suas feições não têm mais as linhas definidas e a pele retesada de que você tem lembrança. Ela usa as mesmas roupas que usava no vídeo do passeio pela casa marrom: jeans e um suéter fino, preto, com capuz. Você cobre a boca com a mão e começa a chorar.

— Olá, ______.

Ela acena. Seu sorriso é o mesmo dos vídeos, o mesmo das suas lembranças.

— Olá, Anne.

Você acena de volta, e depois não sabe mais o que fazer com as mãos. Ela é mais baixa do que você imaginava, mas ao mesmo tempo a presença dela enche todo o quarto.

— Você parece… bem.

— Uau, acho que senti uma longa pausa aí.

— Sinto muito.

— Não precisa. É brincadeira.

Você ri, mas a risada se transforma num acesso de tosse, que desperta o fogo doloroso que jaz na sua garganta.

— Essa tosse não está soando bem.

— Eu tenho… eu tenho a mesma idade que você?

Mais uma vez você é tomado pela percepção aguda de que ainda não viu um reflexo completo e nítido do próprio rosto. No entanto, já conseguiu ter uns vislumbres passageiros na tela para saber que seu cabelo não é grisalho. A pele do seu corpo também não está enrugada.

— Não é mais. É algo um pouco complicado. Vamos, venha comigo.

Ela lhe estende a mão, com a palma para cima.

— Para onde?

— Temos algumas tarefas para fazer na casa.

— Eu estou tão doente que você provavelmente devia se manter…

Anne pega sua mão.

»

Os corredores curvos são brancos e largos, e estão desertos. Os painéis do teto são semelhantes aos que havia em seu quarto, mas a iluminação foi atenuada e não brilha tão fortemente como lá. A princípio não se vê nenhuma janela, somente as paredes lisas e os contornos das portas pneumáticas, adjacentes a pequenas telas quadradas de segurança. O piso ladrilhado está coberto de poeira, e mostra pegadas que variam de tamanho e forma.

Você pergunta:

— Todas essas pegadas são suas?

E não resiste a tentar encaixar seus pés em algumas delas.

— Eu e você somos as únicas pessoas aqui.

Você nota que ela não respondeu sua pergunta diretamente, e de repente sente muito medo. Diminui o passo e está a ponto de perguntar se ela pode levá-lo de volta para o quarto. Você não se sente bem estando do lado de fora, nesse espaço tão amplo, labiríntico, sem vida.

Anne puxa você com gentileza e diz:

— Se tivéssemos mais tempo eu levaria você até o local onde você trabalhava, na parte de Física. O sistema de energia solar e os campos com turbinas eólicas são uma verdadeira maravilha, vale a pena ver. São estruturas autossuficientes, para todos os efeitos, graças à sua inteligência... e à do departamento de manutenção, é claro. Somente uma das turbinas entrou em pane, e precisei trocar apenas dois painéis de energia solar.

— Onde estamos agora?

— Ainda estamos no interior do que a maioria de nós chama apenas de a Instituição. Estamos em um dos anéis externos da área médica. Não tem muita coisa que lhe interesse ver aqui, na verdade. A maior parte dos laboratórios de biociências estão situados nos anéis internos. Estamos indo na direção de uma das saídas, e depois vamos para casa.

— Para casa?

— Sim, para casa.

Enquanto você caminha, percebe que gradualmente as paredes lisas do corredor vão dando lugar a janelões que vão do piso ao teto. O vidro fumê está coberto por uma crosta de poeira.

— Que sala foi essa, onde acabamos de passar?

— Outro laboratório genético.

— O que você fazia nesses laboratórios?

— Sinto muito, mas você não tem autorização para receber esta resposta. — Ela dá uma gargalhada, e você não sabe ao certo por quê. — E eu não trabalhava nestes laboratórios dos anéis externos.

— Quem trabalhava?

— Outros cientistas.

— Onde estão os outros cientistas?

— Foram embora.

— Por quê?

— Porque quase todo mundo estava adoecendo.

— A pandemia?

— Sim.

— As pessoas estavam adoecendo do mesmo jeito que eu?

— Acho que sim. Lamento.

— O que vai acontecer comigo?

— Ou você vai melhorar, ou não vai. Mais uma vez, sinto muito. Enquanto isso, vamos desfrutar de um dia especial juntos. — Anne aperta sua mão com força e conduz você para fora do anel externo de edifícios.

— Está pronto para ir lá fora? Esta é a minha parte favorita.

Antes que você possa perguntar "*parte favorita do quê?*", Anne pressiona com as duas mãos a barra que corre horizontalmente ao longo da porta, e a saída de emergência se escancara. Você é banhado pelo clarão da energia solar em fusão e cerra os olhos, cobre o rosto com as mãos trêmulas. Você sente o vento ecoando nos seus ouvidos. O cheiro do ar, a sensação do vento em sua pele, em sua boca, dentro dos seus pulmões, tudo isso está além de sua capacidade de descrever, e por você tudo bem, porque mesmo que fosse capaz você não iria estragar este momento catando palavras inadequadas.

Anne conduz você devagar para fora da sombra do prédio, para o calor do sol. Ela diz:

— Não estamos no Estado Oceânico, mas estamos a menos de dois quilômetros do mar. Sente o cheiro de sal? Está muito forte hoje. Não se lembra do cheiro da maresia?

Apesar de sua terrível congestão nasal, você sente o cheiro, sim. Ou pelo menos imagina estar sentindo. Você não tem nenhuma memória olfativa associada à água e às ondas, para poder fazer uma comparação. Para sua vergonha (sim, vergonha, pois como isto não seria uma deficiência sua?) você esqueceu todo o conjunto de experiências sensoriais de estar perto do mar. Esquecer é perder alguma coisa que um dia foi sua, que um dia fez parte de você. Mas como é que alguém pode perder uma coisa tão vasta como o mar lá num recanto empoeirado da memória? E se, em vez disso, esquecer significasse abrir uma porta para um vazio? E se a memória não pudesse ser resgatada porque não está lá, porque nunca esteve?

»

Há um número incalculável de edifícios dentro do Complexo. Os edifícios externos são arcos curvos de aço e vidro. Você imagina se eles terão sido projetados para se parecerem com ondas do mar. Você não pergunta.

Anne lhe diz que o edifício oval do outro lado da Instituição era chamado de Dormitório. Você diz que se lembra dele, mas na verdade não lembra.

Você não liga para o Dormitório ou para aquele conjunto de prédios que forma o Complexo. Você prefere olhar para as folhas das árvores, seus galhos que são como mãos gigantescas erguendo-se, tentando agarrar os prédios. Você prefere olhar para os tufos brancos das nuvens flutuando no céu azul. Quando é possível fazer isso sem tropeçar, você prefere seguir caminhando com os olhos fechados e o rosto virado direto para o sol.

As estradas que cortam o campus estão tomadas pelo matagal, e a grama brota pelas rachaduras do pavimento desbotado pelo sol. Você até que não caminhou muito, mas já está sem fôlego. Anne lhe entrega uma garrafa com água e o encoraja, diz que estão quase chegando em casa.

Vocês sobem uma elevação, e do outro lado, à distância, até onde sua vista alcança, estão o que você imagina serem as ruínas de monolitos de pesquisa médica, mas logo adiante, mais perto, a uns cem passos, destacando-se no meio de um estacionamento vazio, está a casinha marrom de dois andares. Sua casa.

— Temos que começar a construir a cerca hoje.

»

No meio daquele mar de cimento áspero, a casa brota num trecho retangular de grama. O relvado apresenta algumas manchas escuras, mas de modo geral está bem conservado. A macieira selvagem no pátio da frente não é tão grande quanto você se lembrava. Anne lamenta que ela talvez esteja recebendo muito sol para poder se desenvolver em todo seu potencial.

— Esta é a nossa casa? Nós morávamos aqui?

— Sim. Bem, não é a nossa casa original, é uma réplica. Não é perfeita, mas, você sabe... — Ela faz uma pausa e acaricia seu braço. — Nada é.

Anne explica que ela primeiro desprendeu e removeu o pavimento, criando assim a "pegada" da casa. Levou anos, mas então conseguiu improvisar um alicerce com tijolos, postes, blocos de cimento.

— Ela provavelmente não passaria por uma inspeção imobiliária, mas o fato é que se sustenta de pé.

— Você fez tudo isso?

— Tive bastante tempo, e muita ajuda das pessoas.

— Onde estão as pessoas que ajudaram?

— Foram embora, todas.

— Também adoeceram?

— Sim. Mas talvez você seja um dos que acabem melhorando.

De início o sol produzia uma sensação agradável, mas agora o excesso de luz e o calor estão lhe causando dor de cabeça.

— Foi por isso que tive que ficar no quarto durante todo esse tempo?

— Sim e não. Você ficou lá principalmente para poder recuperar a memória de quem é.

— Eu esqueci quase tudo porque fiquei muito tempo adormecido.

— Isso mesmo.

Você se lembra de tanta coisa agora, mesmo com a cabeça latejando e a visão embaçada.

— Eu passei todo esse tempo dormindo porque adoeci, e todo mundo adoeceu, e você estava tentando me ajudar? Como é que você também não ficou doente?

Anne junta as mãos como quem implora.

— Podemos falar sobre isso amanhã de manhã. Agora você pode me ajudar a construir a cerca? É difícil de acreditar, mas a cerca é de fato a última coisa que precisamos construir, para que nossa casa fique completa.

Você tosse e seu corpo se curva, e a visão fica momentaneamente borrada no campo periférico. Você respira fundo várias vezes antes de falar novamente. Você diz:

— A réplica da nossa casa, você quer dizer.

Você começa a cruzar o relvado. A casa parece com a imagem que você traz na mente. Você sente o impulso pungente da recordação, da ansiedade, de algo semelhante, se não à felicidade, a um contentamento.

— Dá no mesmo.

— Será? — Seu olhar se afasta da casa e examina as ruínas em volta dela e os imensos exoesqueletos meio derruídos do Complexo. — O resto do mundo está assim?

Anne encolhe os ombros e responde:

— O bastante. Tenho certeza de que existem outros sobreviventes, gente de sorte, mas ninguém que venha tocar nossa campainha.

— Tudo isso aconteceu enquanto eu dormia? Por que você nunca me acordou?

O sorriso no rosto de Anne vacila.

— Vamos — diz ela. — O material para fazer a cerca está no quintal.

»

As ferramentas e a madeira estão empilhadas no limite do relvado. Anne diz que uma parte desse material veio do departamento de manutenção, mas que ao longo dos anos ela conseguiu revistar com sucesso muitas casas abandonadas e encontrou uma loja de material de construção que não foi totalmente saqueada, a uma distância de duas horas de carro.

— Hoje vamos começar apenas a cerca da parte traseira, _______. Melhor não nos esforçarmos muito. Sei que você não está se sentindo bem.

Você ajuda Anne a medir a distância entre os postes da cerca, marca o local de cada um com uma estaca, cava seis buracos, firma cada poste em seu buraco com a ajuda de concreto de secagem rápida. Então vocês fazem uma pausa. Sentam à sombra, tomam uma limonada, comem um pouco das rações. A limonada arde em sua garganta, mas você não se queixa. Anne fala. Você fica em silêncio. Você se concentra em economizar as energias e não perder os sentidos.

Você e Anne passam o resto da tarde instalando os parapeitos e depois prendendo as estacas. Apesar dos elogios e do encorajamento constante de Anne, você fica meio envergonhado porque não consegue ajudar tanto quanto gostaria. Os pregos se entortam, os parafusos entram atravessados. Anne tem que consertar os seus erros e refaz várias coisas que você deveria ter concluído sozinho. Suas mãos estão vagarosas, desajeitadas. Suas mãos não lembram a quem já pertenceram.

»

A maior parte do jantar de comemoração (milho, batatas assadas, verduras) vem da horta de Anne, que ela mantém em outro ponto do campus.

— Imaginei que depois de todo aquele esforço você não se importaria em comer tanta fécula. Mas tenho poucas opções para dar sabor a essa pasta de proteínas. Tentei criar galinhas e patos, mas não consegui mantê-los com saúde.

A cozinha está exatamente como você recordava, o que é um consolo, porque nos vídeos você via apenas uma cozinha vazia, a cozinha antes do linóleo ter sido substituído pelo assoalho laminado, e antes da colocação desta pequena mesa para o café da manhã, e você não se lembra de ter atualizado a memória quanto aos armários e às outras instalações, mas de algum modo você se lembra deles exatamente como são e da maneira como estão agora, e talvez se lembre até de Anne sentada como está sentada agora e com a aparência que tem agora, mas você sabe que isso não é possível, não é mesmo? Talvez as suas lembranças estejam se reproduzindo; tal como os painéis de energia solar e as turbinas eólicas, suas lembranças estão se tornando autossuficientes.

— Não está com fome?

Não. Sua língua está inchada, e tanto mastigar quanto engolir são dois esforços cada vez mais difíceis de executar.

— Estou bem — responde você.

— Você não parece bem.

O olhar de Anne vai lá dentro de você. Você conhece esses sinais e agora, talvez pela primeira vez, esteja entendendo. Ela diz:

— Venha. Vamos lá para cima.

— Mais uma vez, quem somos nós?

Anne inclina a cabeça e franze o cenho, observando você, fazendo cálculos silenciosos.

— O que somos *nós*, Anne. O que somos nós dois juntos? — insiste você.

Ela puxa o cabelo para trás e o amarra num rápido rabo de cavalo.

— Não estou entendendo a pergunta.

Você tosse e contrai o rosto ao sentir os estilhaços dolorosos se espalhando na sua garganta, na sua cabeça.

— Como você descreveria eu e você? Somos colegas de trabalho? Somos amigos? Somos um casal? Somos amantes? O que nós somos?

Anne cobre a boca com a mão e solta uma risada. Ri até seu rosto ficar vermelho e ela perder o fôlego. Apesar de se sentir horrivelmente mal, você ri também.

Ela para de rir. Resta em seu rosto apenas a sombra de um sorriso. Seus olhos estão baixados, encarando a mesa, não você.

— Houve tempos em que fomos todas essas coisas. No momento, somos parceiros.

»

O sol ainda não se pôs de todo lá fora, mas o interior da casa está envolto em penumbra. Anne conduz você pelo braço, subindo as escadas para o andar de cima e, se sua lembrança da disposição interna dos aposentos está correta, vocês estão indo agora para o escritório dela, o aposento com paredes amarelas.

Ela diz:

— Há algum tempo eu decidi transformar isto aqui no quarto principal. Sei que é um quarto menor, mas eu gosto do modo como o sol se reflete nas paredes amarelas, pela manhã.

Com a ajuda de Anne, você veste um pijama limpo. Ele é feito de um tecido mais macio do que o pulôver e a calça de amarrar com cordão que você estava usando. Você se deita devagar na larga cama de casal; a armação de madeira range sob o seu peso e seus movimentos. Você deita sobre seu lado direito, virado para a janela. Quando sua cabeça mergulha no travesseiro, Anne puxa o cobertor até seu pescoço. Você arde em febre. Seus dentes chocalham, e logo o pijama está ensopado de suor.

Anne vai até uma escrivaninha do outro lado do quarto, junto à porta. Acende uma vela. A parede que está no seu campo de visão brilha com uma estranha luz alaranjada, bruxuleante.

— Você precisa de descanso. Amanhã será um grande dia. Um grande dia para nós dois.

Ela também se deita, mas fica por cima do cobertor, não por dentro dele como você. Ela passa o braço por cima do seu ombro e promete que vai ficar ali até você adormecer. Você fecha os olhos, mas continua percebendo a luz alaranjada na parede.

»

Você acorda no escuro, senta-se na beira da cama, os pés sobre o chão de tábuas, e você está chorando.

Anne não está mais na cama ao seu lado. Seus músculos doem e suas articulações parecem estar cheias de vidro moído. Você não quer se mexer muito, mas fica de pé, e é como se sua mente estivesse com um ligeiro atraso em relação ao seu corpo. Você arrasta os pés e tateia à procura da maçaneta, que está gelada de encontro à sua mão coberta de suor. Você abre a porta e está amedrontado, não sabe exatamente com o quê, mas é um medo que praticamente lhe bloqueia a mente. Você avança pelo corredor na direção do banheiro como se estivesse andando numa esteira rolante. Você mexe nas torneiras da pia, mas não sai água. Você estremece, solta um gemido, e suas mãos tremem, e é então que você avista o espelho na parede. Está escuro ali, mas você se vê na lâmina de vidro. Você vê quem é. Você tateia em busca do interruptor na parede ao lado, aperta, mas a luz não se acende. Você para de respirar e de se mexer e o reflexo no vidro faz o mesmo. Vocês dois piscam. Vocês dois erguem a mão até o rosto. Você não é quem lembrava ser. Você não é a pessoa nos vídeos e nas fotos que Anne lhe mostrou. Você é uma pessoa completamente diferente e sente vontade de gritar, mas tudo que consegue emitir é um gemido baixo, lancinante.

Você pisca e não lembra como chegou ali, mas está de volta ao quarto amarelo. Está parado diante da janela. Você abre as cortinas e ergue desajeitadamente a veneziana. Lá fora, a lua está com um pedaço faltando, mas mesmo assim parece grande e brilhante. Você se senta na cama e olha para ela. Depois você está novamente de pé olhando por cima da elevação na direção do Dormitório, e ele não fica tão longe quanto você pensou, e à luz da lua você enxerga bem, consegue avistar tudo. Você olha a entrada principal toda em mármore, com uma fonte agora sem água, e vê quando Anne surge pela porta de vidro do Dormitório. Ela está andando de costas e puxando uma maca. Há alguém estirado na maca, coberto com um lençol. Ela gira o corpo, dá uma volta, e os braços dela impedem que você veja o rosto da pessoa. E depois você já não os avista muito bem porque eles são minúsculos abaixo daquela lua enorme, e porque você está mais longe do que imaginava.

»

Você está acordado no escuro, senta-se na beira da cama, os pés sobre o piso de tábuas, e você está chorando. Você ouve os passos de Anne subindo a escada, cruzando o corredor e entrando no quarto. A vela já ardeu por inteiro e não há muito luar entrando pela janela por trás de você.

Você pergunta a ela, repetidamente: Quem sou eu? Quem? E pergunta a ela, repetidamente: Quem estava naquela maca?

Anne está parada no meio do quarto, com os braços cruzados. Ela pergunta:

— Tem algo errado?

Você conta a ela o que viu, mas percebe que não o está fazendo muito bem e suas palavras soam muito distantes, algo muito distante de você.

Anne diz "Shhh" e "Não" e "Foi só um sonho" e "É porque você está febril" e "Você está delirando" e "Alucinação" e "É por isso que pareceu tão real" e "Não há nenhum espelho no banheiro, amanhã você vai ver". Ela não responde sua pergunta sobre quem estava na maca. Ela conduz você de volta à cama e puxa as cobertas sobre você.

Você pede que ela fique, mas ela não atende. Ela sai, fecha a porta e a tranca por fora.

032

Anne diz seu nome e sacode delicadamente seu ombro.

O quarto está cheio de luz, e as paredes amarelas estão zangadas. Há um estalejar ressoando no seu peito quando você aspira o ar, e quando o expira produz um som sibilante.

— Bom dia. Sei que você não está muito bem, mas temos que fazer algo lá embaixo, na mesa da cozinha, e depois você pode descansar de novo. Venha. Estamos quase terminando.

Anne ajuda você a se sentar, passa seu braço direito por cima dos ombros dela, e ajuda você a ficar de pé. O sol da manhã intensifica a cor amarela, as paredes rebrilham, a luz se transforma numa neblina que desorienta, que intoxica. Você não quer sair desse quarto. É um quarto onde você poderia ficar para sempre.

Vocês avançam cambaleando até o corredor e depois descem a escada, um degrau de cada vez. Você pensa em pedir para dar uma olhada no banheiro, e ver se de fato existe um espelho ou um espaço vazio na parede onde deveria haver um; mas já é tarde. Você não vai subir de novo essa escada.

Anne o coloca numa cadeira junto à mesa da cozinha. Sua cabeça balança, pende sobre o peito, e talvez você durma um pouco ou perca os sentidos, mas você desperta quando sente uma picada nas costas da mão esquerda.

Ela diz:

— Você está desidratado, e eu estou repondo seus fluidos por via intravenosa. Isso vai ser mais revigorante do que um copo d'água.

Um frio se espalha pelas costas da sua mão e ao longo do antebraço. Depois de alguns momentos, você consegue erguer a cabeça e olhar em volta. Há uma banqueta de metal perto de você, uma bolsa de plástico cheia de um fluido claro pendendo de um gancho numa haste comprida, e um tubo que conecta a bolsa com as costas de sua mão. Em cima da mesa da cozinha há uma caderneta de anotações, preta, com uma caneta enfiada na lateral.

— ______? Está me ouvindo? Está se sentindo melhor?

Você diz:

— Estou aqui.

Aqui significa na casa marrom, na réplica; isso você consegue lembrar. Falar é doloroso, e a sua voz não é a sua. Você não gosta de ouvir o que ela se tornou.

Anne empurra a caderneta para o lado desocupado da mesa e diz:

— Precisamos ter uma conversa, ______. É a conversa mais importante que já tivemos ou que iremos ter em qualquer tempo. Por favor, tenha em mente tudo que você recorda e tudo que você aprendeu sobre você mesmo, sobre quem você era e quem você é. Você se saiu tão bem num espaço de tempo tão curto! Estou orgulhosa de tudo que você conseguiu, mas você deve se manter focado durante esta conversa, e não deve se distrair. Você tem que continuar sendo *você* dentro dos parâmetros do que está sendo discutido. Não deve me fazer mais perguntas sobre a noite de ontem ou sobre esses últimos trinta dias. Por favor, ______. Preciso que faça isso para mim.

— Porque somos parceiros?

— Sim. Porque nós nos tornamos o tipo mais sagrado de parceiros. Vou deixar você aqui enquanto troco de roupa, mas vou demorar só uns minutos. Não levante daí, não se mexa. Essa parte é importante também, porque você aqui, sentado nesta mesa, é como eu encontrei você. É assim que eu *encontro* você. É assim que começa.

Ela sai. Você tosse, e o som é terrível, e você sente que seu peito está fendido. Você contempla a agulha enfiada em sua mão e o tubo plástico ligado a ela. Você imagina a si mesmo, aquele você que foi entrevisto no espelho na noite passada, aquele *você* que esteve sempre à espera aqui, nesta cozinha, esperando que Anne desça a escada. Você tenta imaginar o que ela vai lhe dizer, e o que você vai responder a ela.

Anne volta. Ela usa uma camisa de flanela e jeans. Põe a caderneta no chão, fora de sua vista. Ela fecha os olhos, respira bem fundo, uma vez, duas, e depois começa.

Ela diz:

— O que você está fazendo aqui embaixo? Devia ter ficado na cama.

A atitude dela mudou. A familiaridade em relação a você é diferente. Você pode ver isso em sua postura, seus olhos arregalados, suas mãos nervosas.

Você não tem certeza de quem é, de quem se supõe que seja. Não sabe ao certo o que deve dizer. Você arrisca.

— Estava muito claro lá. Eu queria um copo d'água e...

— Pela sua voz, você está bem mal, ______.

— Eu me sinto assim mesmo.

— Você devia deixar que eu o levasse de volta para a Instituição. Lá eu posso cuidar melhor de você.

— Não, não quero voltar. Nem pense nisso. — Você se lembra de acordar naquele quarto e como era a sensação, e você não quer se sentir daquele jeito, nunca mais. — Você não vai me trancar num daqueles quartos e me deixar…

— Pare com isso. Não vou abandonar você. Você não vai ficar bom nunca se continuar aqui.

— Eu também não vou ficar bom se voltar para lá.

— Temos que fazer uma tentativa. Temos que tentar algo! Algo diferente disso, eu sentada aqui vendo você morrer.

Você espera um pouco, sem saber ao certo o que dizer, o que ela quer que você diga. Tenta imaginar que seu rosto não é o que você viu no espelho, é aquele dos vídeos, das suas lembranças.

— Está bem, eu não quero, mas tudo bem. Se quer mesmo que eu vá, eu vou.

Anne balança a cabeça, quebrando um pouco aquela atitude de intensa emoção. Ela lhe dá um sorriso meio reprimido, protege a boca com a mão e sussurra:

— Você está indo muito bem. Esta é a única vez que vou lhe corrigir, prometo. Você tem que dizer: "Por que motivo eu voltaria para aquele lugar? E por que você quer ir? Você estava convencida de que o vírus veio do Dormitório." Diga isso e então seguiremos daí em diante, sem que eu corrija você de novo. Tudo bem? Por favor.

Você tosse. Você assente com a cabeça. Ela repete o que você precisa falar, e você fala, palavra por palavra.

Anne diz:

— Eu nunca disse que estava convencida disso.

— Anne, você disse…

— O que eu disse foi sobre o grupo dos em branco que nós cultivamos com os novos modificadores para reprogramar o DNA, que esses pacientes foram os primeiros a adoecer. Mas correlação não implica em causalidade. Pelo que sabemos, pode ter sido algum maldito vírus zoonótico, saltando de algum dos animais do laboratório. Na verdade, não sabemos ainda de onde pode ter vindo...

A voz dela vai diminuindo no final, deixando clara a pouca certeza que tem quanto às próprias palavras.

Você está cansado demais e mal consegue manter a cabeça erguida. Não tem uma ideia clara do que ela está dizendo, mas as palavras vêm aos seus lábios, como se essa conversa fizesse parte de você, e estivesse oculta lá dentro, bem longe. Você diz:

— Você foi a única que não adoeceu?

— Não. Brianna e Alejandro ficaram bem. Mas...

— Mas...?

— Agora não sei mais. Não sei como eles podem estar neste momento. Foram embora do Complexo há quatro dias, juntamente com todo mundo.

— Será que você, sei lá, se inoculou, se vacinou de alguma forma?

— Meu Deus, não. Se eu pudesse fazer isso, não acha que eu teria salvado você também? Como pode fazer essa pergunta?

Ela baixa os olhos para o colo, em vez de olhar para você, e depois cobre o rosto com as mãos. Quando volta a erguer os olhos, sua expressão é vazia e indecifrável. Mas é indecifrável de um modo que você sabe ter um significado qualquer.

Você não diz nada.

Ela responde sua acusação silenciosa com:

— Mesmo assim, quero tentar ajudar você. Vamos voltar. Vamos fazer uma tentativa.

— Não me faça voltar para lá.

Mesmo depois de tudo, você prefere ficar ali no interior da promessa e da mentira da casinha cor de chocolate.

— Não quero ficar vendo você morrer aos poucos.

— Não me obrigue a voltar.

Você é o você de agora, dizendo isso. Não liga mais se está representando corretamente o *você* de ainda há pouco.

Anne pragueja e dá um murro na mesa da cozinha. Ela fecha os olhos, depois estende o braço devagar sobre a mesa e segura a sua mão. A pele dela está gelada.

— E se isso não... Se você não melhorar... posso trazê-lo de volta?

— O que quer dizer?

— Eu sei que é difícil, é uma merda, uma coisa impossível de pedir a alguém, mas depois de você... Depois!

— Depois que eu morrer?

— Sim, depois. Somente se você me disser "sim" agora eu vou poder voltar para o Complexo. Ainda temos centenas de em branco viáveis, e... Você sabe o que sou capaz de fazer. Posso trazer você de volta.

— Com tudo que está acontecendo, você está mesmo me pedindo isso?

— Estou. Eu... eu não quero ficar sem você. Por favor.

— Quero que você diga.

— ______, por favor.

— Você vai ter que dizer.

— Me deixe trazer você de volta. Eu não quero ficar sozinha, não quero ficar sem você. Eu...

— Você vai ter que dizer com todas as palavras, Anne.

— Me deixe clonar você. Por favor, deixe. Quero que você me autorize a trazer você de volta.

Você está chorando. A Anne sentada à sua frente é uma imagem borrada, e começa a parecer com a jovem Anne de que você se lembra.

— Eu não quero voltar. Não seria eu quem você estaria trazendo de volta.

— Mas escute, pense em todo o...

— Anne...

— Todo o sucesso que tivemos em incrementar a memória celular dos pacientes, fornecendo informações, imagens, exercícios, terapias...

— Anne! Não seria eu.

Você olha para suas mãos e imagina de quem serão elas.

— Eu faço com que eles sejam você. Eles serão você.

Você repete baixinho:

— Não serei eu.

O que você tenta dizer, mas nestes momentos finais não consegue reunir a coragem necessária, é: *Em nenhum momento era eu.*

— Se você disser que não, eu não o clonarei. Eu prometo. E eu sei que é uma loucura, é uma merda, uma coisa louca, mas eu estou lhe pedindo. Por favor. Você deixa?

— Não. Sinto muito, Anne. Não. Não pode. Não serei eu.

Anne enxuga os olhos, suspira, inclina-se até o piso da cozinha, então recolhe a caderneta. Irritada, rabisca algumas palavras e joga a caneta em cima da mesa.

Ela agradece, mas é uma palavra meramente formal, e ela a diz por entre os dentes e sem olhar para você.

Você pergunta:

— Quantos de nós já houve?

Você respira de maneira errática, e sua voz é um pouco menos do que um som rascante, áspero.

— Muitos. Demais.

— Nós ajudamos a construir nossa casa.

Você está desesperado para sentir algum tipo de identificação com os outros *vocês* que passaram todos esses anos ao lado de Anne. Você está desesperado para sentir alguma coisa que seja sua, alguma coisa que não seja apenas o vazio.

— Você ajudou.

— Todos nós tivemos esta conversa.

— Sim.

— Quantos de nós disseram "sim"?

— Nenhum de vocês. Porra, nenhum de vocês.

Anne salta da cadeira num rompante, anda rápido até o balcão da cozinha, grunhindo e xingando, numa evidente frustração. Finalmente ela para de caminhar de um lado para outro e rapidamente substitui a bolsa de fluido que está pendurada, mesmo ela estando apenas três-quartos vazia. Agora, sua mão e seu braço sentem um agradável calor. Ela fecha os olhos e suspira. Ela diz:

— Não restam muitos de você para dizer "sim".

Ela acaricia sua cabeça. Suas pálpebras começam a ficar pesadas, e você tenta dizer alguma coisa mas não consegue. Você sente como se estivesse se dissolvendo; sua consciência começa a se retrair, a recuar rumo a uma singularidade.

Anne sussurra:

— Eu não menti para você, ______.

001

Seu quarto está escuro. Você não consegue ver nada. Você está deitado numa cama. Um lençol cobre o seu corpo. Você mexe os dedos das mãos e dos pés, e o ruído rascante da pele de encontro aos lençóis o sobressalta. No menor movimento há dor. Seus músculos e suas juntas gemem em resposta.

Você está acordado e não acordado há dias, semanas talvez, ou até mais do que isso. Você não sabe onde está então — nem antes de *então*. Aqui está você agora. Um tempo significativo já transcorreu, mas a partir de que começo não lhe é conhecido. Você tenta lembrar a origem desse período em que ficou acordado e não acordado, e conclui que, no momento, é desconhecido.

SOBRE O AUTOR

© Allan Amato

Paul Tremblay é um prestigiado autor de suspense, terror, fantasia sombria e ficção científica, com sólida formação acadêmica em matemática. Jurado do Shirley Jackson Awards, foi vencedor de prêmios de renome, como o Bram Stoker Award por *O chalé no fim do mundo* e *Na escuridão da mente*. Também é autor de *Disappearance at Devil's Rock*, *Survivor Song*, entre outros, e seus contos e ensaios foram publicados pelo *Los Angeles Times*, *The New York Times*, no site da *Entertainment Weekly* e em numerosas antologias. Tremblay mora com a família nos arredores de Boston, Estados Unidos.

RANDOMIZANDO

ANDY WEIR

Edwin Rutledge olhou da janela para toda a extensão da Strip de Las Vegas, que se alongava a perder de vista. Seu escritório, no topo do edifício do Babylon Hotel and Casino, era a própria definição de opulência. Sofás forrados de couro italiano rodeavam uma refinada mesa de vidro. Seus visitantes não tinham ideia de que estavam acomodados em assentos mais valiosos do que um automóvel comum. Mas numa cidade onde vigora o exibicionismo extremado, a discrição era uma qualidade mais valiosa para Rutledge do que um letreiro de néon dizendo EU SOU IMPORTANTE.

Ainda assim, era necessária alguma demonstração de status. Estantes de livro feitas de mogno e pequenos armários de raridades pousados em finos tapetes da Pérsia. Sua antiga escrivaninha de nogueira tinha ao fundo uma visão da cidade que era de tirar o fôlego.

— Senhor — disse a voz da secretária pelo comunicador. — O funcionário da TI está aqui.

Ele ajustou as abotoaduras de diamante e apertou o botão do aparelho.

— Mande entrar.

As portas duplas se abriram, e um homem em atitude pouco à vontade entrou, arrastando os pés. Parecia mais um cliente do cassino do que um funcionário. Jeans mal ajustados, uma camiseta com uma referência a *Star Wars* (ou talvez *Star Trek* — Rutledge nunca conseguia distinguir), tênis e nenhuma tentativa de organizar a cabeleira revolta.

Rutledge fez um gesto indicando a cadeira de couro diante de sua mesa.

— Sente-se, por favor.

O homem assentiu, desajeitado, e sentou-se. Tinha toda a aparência de uma criança que foi chamada à sala do diretor.

— Então, sr. Chen…

— Nick — interrompeu ele.

— Perdão?

— Me chame de Nick.

— Ah — disse Rutledge. — Sr. Chen, pode me dizer, por favor, por que motivo meu salão de *keno* está off-line?

— Muito bem, o que aconteceu foi…

— O salão de *keno* dá ao Babylon um lucro de duzentos mil dólares por dia — interrompeu Rutledge.

— Sim, mas…

— E o senhor o desligou. Portanto, o senhor, *pessoalmente*, está nos acarretando um prejuízo de duzentos mil dólares hoje.

Chen fez uma carranca.

— Não, eu fiz vocês economizarem milhões.

Rutledge arqueou uma sobrancelha. O homem prosseguiu:

— Já ouviu falar em computação quântica?

— O noticiário fala nisso de vez em quando.

— Nestes últimos anos, foram feitos *grandes* progressos. Foi resolvida a questão da redução de ruídos. A proteção de coerência está quase perfeita, e uma manutenção de estado a longo prazo pode manter um qbit seguro durante meses. Mas hoje é um dia especial. Hoje, a QuanaTech está lançando no mercado seu novo Modelo 707. É uma revolução na área de jogos. Um sistema de 1.024-qbits, com uma capacidade de memória a longo prazo de 512-qbit. E olhe, estamos falando de qbits lógicos, não apenas físicos…

— Vou ter que interrompê-lo — interveio Rutledge. — Nada do que está falando faz o menor sentido para mim, e nada disso tem a ver com o jogo *keno*.

Chen cerrou os punhos.

— Sim. Tem tudo a ver. E eu venho tentando avisar isso às pessoas há muitos meses. Mas esses seus gerentes estúpidos me ignoram. Eu tive que acessar com minhas senhas pessoais para poder desligar tudo.

— Ligue tudo de novo.

— Olhe, eu estou tentando *proteger* vocês. Se quiser que ligue o sistema *keno* de novo, não há problema. Posso me logar daqui mesmo, do seu computador, e lhe colocar na página central do controle. Posso até lhe mostrar em que botão se clica. Mas *o senhor* vai clicar. Eu não. Eu não vou ser responsável por isso.

Rutledge ergueu a mão.

— Está bem, sr. Chen. Obviamente trata-se de algo que lhe interessa apaixonadamente. Fique calmo e explique o que está havendo.

Chen encheu os pulmões, com frustração, e soltou o ar novamente.

— Ok, está bem — disse ele, e voltou a se recostar no assento. — Computação quântica é uma coisa totalmente diferente da computação comum — começou. — Ela se baseia em algumas estranhas propriedades da física quântica, como a superposição e o entrelaçamento, para resolver problemas matemáticos. Em geral, é mais lenta em questões de matemática do que a computação comum. Mas para determinado tipo de problema ela é exponencialmente mais veloz.

Rutledge assentiu. Era melhor deixar o homem dizer o que estava pensando, mesmo que parecesse irrelevante.

— O que o senhor sabe sobre a geração aleatória de números? — perguntou Chen.

— Nada.

— Está falando sério?

— Meu trabalho consiste em ser dono e administrador deste cassino. Não sou arrogante a ponto de achar que entendo cada detalhe de todas as operações. Eu contrato especialistas como o senhor para cuidar de cada área específica. Espero que saiba como fazer isso.

— Ok, está correto. Pois é o seguinte: não existe isso que nós chamamos de gerador de números aleatórios. Os computadores criam números *pseudoaleatórios*.

— Qual é a diferença?

— Números pseudoaleatórios são produzidos de acordo com uma complicada fórmula matemática. Você pluga um número qualquer, chamado de semente ou de ponto de partida para a fórmula matemática. E você obtém a partir daí uma sequência de números aparentemente randômicos. A fórmula inclui exponenciação, restos e todo tipo de recursos para tornar impossível uma engenharia reversa.

Rutledge limpou uma mancha minúscula em seu anel de formatura.

— Tudo bem, isso faz sentido. Se você fornece ao gerador a mesma semente, ele dará a mesma sequência de números novamente?

Chen apontou para ele com o indicador.

— Isso mesmo! E é esse o problema.

— Esse sistema está em prática há décadas sem nenhum problema.

— O problema são os computadores quânticos. Lembra quando eu disse que a fórmula não pode ser revertida, sabendo o resultado? Bem, não é propriamente verdade. Ela não é reversível com as CPUs convencionais; seria preciso todos os computadores da Terra trabalhando durante séculos para checar cada valor da semente. Mas os computadores quânticos usam uma abordagem diferente. Eles meio que… — Chen agitou as mãos em movimentos circulares — …tentam ao mesmo tempo todos os valores possíveis e então colapsam na solução. É complicado. Para encurtar a história: eles são *muito bons* para encontrar a solução desse tipo de problema.

— Hmmm, estou entendendo — disse Rutledge. — Se alguém conseguisse fazer isso, seria capaz de prever os números criados pela máquina do *keno*?

— Sim — respondeu Chen. — Com o QuanaTech 707 estando agora disponível no mercado, fui obrigado a desligar o salão de *keno*. Neste instante em que estamos conversando já deve haver golpistas trabalhando em fórmulas para descobrir a semente de números aleatórios. É só uma questão de tempo.

Rutledge ficou de pé e caminhou até o bar situado atrás da escrivaninha.

— É um problema interessante. Algo inteiramente novo na indústria do jogo. Posso lhe oferecer uma bebida?

— Ah, não, obrigado.

— Hmmm.

Ele não tinha confiança em pessoas que não bebiam. Ou não sabiam como aproveitar a vida ou se julgavam superiores aos demais. Em qualquer um dos casos, eram pessoas difíceis para se trabalhar em conjunto. Ele serviu-se de gelo, rum, suco de lima, e um pouco de calda, numa coqueteleira.

— Você tem alguma solução?

— Sim, senhor. Mas é cara.

Ele serviu a bebida numa taça e tomou um pequeno gole. Nada como um bom daiquiri. Um *verdadeiro* daiquiri, misturado com gelo e feito na hora, não transformado numa beberagem qualquer como uma Slurpee vendida na 7-Eleven.

— Qual é o seu plano?

Um brilho reluziu nos olhos de Chen.

— Quantum se combate com quantum. Eu preciso de um desses QuanaTechs. Sou capaz de escrever um software para que ele gere números aleatórios. Números *genuinamente* aleatórios. A física quântica é o grande gerador de números aleatórios do universo. Seriam números completamente invulneráveis a uma reversão de padrões, porque não há padrão.

— Quanto custa um desses computadores?

Chen murchou um pouquinho.

— Trezentos mil dólares, mais algumas despesas de montagem e instalação. Sei que é muita coisa, mas...

— Isso é tudo? — quis saber Rutledge. — Ok, vamos fazer assim.

— Uau! — exclamou Chen. — Quer dizer... eu não esperava que o senhor concordasse tão depressa.

Rutledge deu de ombros.

— Eu seria um idiota se ignorasse um alerta do meu próprio departamento de Tecnologia da Informação.

— Cara, isso vai ser o máximo. — Chen sorriu. — Quer dizer... não quero parecer pouco profissional, mas uau! Vou poder brincar com meu próprio computador quântico. Puxa, parece um sonho que virou realidade.

— Que bom que você está feliz. Quanto tempo vai levar até o salão de *keno* poder voltar a funcionar?

Chen ergueu os olhos para o alto, perdido em cálculos.

— Eu conversei com o pessoal da QuanaTech. Eles mandam uma pessoa para ajudar na instalação. Se fizermos a encomenda hoje, e pedirmos urgência, o computador pode ser entregue aqui e estar funcionando em dois dias. Um gerador de números aleatórios com lógica quântica é incrivelmente simples de fazer; posso produzir isso dentro de uma hora. Depois vem a conexão com o hardware do salão de *keno*... Acho que em três dias, ao todo, dá para entrar em funcionamento.

— Faça isso, então. Vou autorizar imediatamente que utilize quatrocentos mil dólares para o computador e as despesas extras. A ordem já vai estar no departamento financeiro quando você estiver de volta à sua mesa.

Chen saiu do escritório com um sorriso.

»

Nunca antes em sua vida Chen havia experimentado uma tal conexão.

A torre cilíndrica e esguia do QuanaTech 707 cintilava à luz azulada da sala. À frente dela, um simples monitor e um teclado preto aguardavam seus toques.

Prashant Singh, o representante da QuanaTech, terminou de checar o cabeamento.

— Ok, acho que estamos prontos para ligá-lo — disse Prashant. E olhou para o teto. — Meio esquisita esta sala. Essas luzes azuis sempre estiveram aí?

Chen não tirava os olhos do computador.

— Eu as instalei ontem. Máquinas de primeira requerem iluminação de primeira.

— Seus funcionários não parecem muito satisfeitos — falou Prashant. — Ganhei alguns olhares bem venenosos.

Chen fez um gesto descartando o comentário dele.

— Tive que mexer nos gabinetes do servidor e levá-los para a saleta do café, para dar lugar a esta beleza aqui. Com o tempo eles irão se acostumar.

— Muito bem…

Prashant apertou o botão POWER. Em três segundos, a tela mostrou um cursor piscando. Nenhum sininho. Nenhum áudio melódico. Apenas um teclado e um console. Exatamente como computadores deveriam ser.

— Beleza. Agora quero produzir um número aleatório.

Prashant abriu o manual do usuário, folheou algumas páginas e o estendeu para Chen.

— Aqui você tem vários programas pré-instalados para testar uma porção de coisas. Está tudo listado aí.

Chen recebeu o livro e estreitou os olhos para ler o texto. A luz azul era linda, mas não era a melhor opção para leitura. Tudo bem. Não era para ter praticidade. Era para ser de primeira.

Ele pôs o manual de lado, estalou as juntas dos dedos e sentou-se diante do teclado.

— Muito bem. Lá vamos nós!

```
>EXECUTE RNG_TEST
>RANDOM BIT RESULT: 1
>END
>|
```

— Ah, meu Deus! Estou arrepiado — disse Chen, exultante. — Está tudo pronto? Podemos começar?

— Quase — disse Prashant. — Ainda preciso instalar a unidade de memória a longo prazo.

— Está certo. Esse troço é uma loucura. Mantém registro do estado por meses seguidos? Caras, vocês são demais.

— Bem, não sou eu — disse Prashant. — Os gênios estão todos lá no escritório. Eu sou apenas um representante de vendas. A verdade é que eu mal entendo a física que ocorre no interior disso aí. Mas eu sei que nenhuma outra empresa pode oferecer uma proteção de coerência dos qbits num índice de cinco noves.

Ele abriu uma caixa de plástico no piso. Dentro, havia uma caixa de metal bem isolada, com alguns cabos se projetando dela.

— Ouviu falar do Cove Casino? — perguntou Chen. — Do outro lado da avenida?

— Não. O que aconteceu?

— Perderam dois milhões de dólares no salão de *keno* hoje de manhã, antes de desligá-lo. Os golpistas usaram a tática das pequenas apostas, centenas delas. Não havia como distingui-los dos jogadores honestos, então o Cove foi obrigado a pagar todas. Está nos noticiários.

Prashant franziu o cenho.

— Nós não concordamos com o uso de nossos produtos em atividades ilegais.

— Sim, eu sei — disse Chen. — A questão é: eu tinha razão. O patrão está me amando, porque eu previ que isso iria acontecer.

— Fico feliz de ouvir isso — afirmou Prashant.

— Aposto que no fim do ano vou ganhar um belo de um bônus de Natal.

— Bom, muito bom.

— Se algum golpista aparecer tentando reverter o *meu* sistema, vai ter uma péssima surpresa. Aqui é randômico *mesmo*, filhos da puta.

— Tudo bem, mas lembre-se de que a segurança do sistema depende da segurança do computador em si — disse Prashant. — Se o sistema for hackeado, alguém pode substituir o software com um algoritmo pseudoaleatório, com uma semente escolhida por eles. E assim saberão antecipadamente todos os números.

— Ah, estou cuidando disso — disse Chen. — Esta belezinha aqui está em isolamento total. Não está conectado à rede do cassino, não tem acesso à internet e não recebe comunicação de fora por nenhum canal. Vou conectá-lo depois à máquina do *keno* através de hardware. E não vou sequer implementar um sistema de pedido e resposta. Ele vai apenas subir um conjunto de números *keno* a cada quinze minutos. Dessa maneira, não vai haver informação alguma entrando no 707. Você só hackeia algo se houver algum tipo de diálogo entre os dois.

— Grande parte das fraudes empresariais são concretizadas pelo lado de dentro. — Prashant olhou para a porta para ver se outros empregados do setor de TI o escutaram dizer aquilo.

— Não há problema. Esta sala do servidor é isolada, e só eu tenho a chave. — Chen bateu com a mão no bolso. — E o sistema de segurança me manda uma mensagem de texto cada vez que a porta se abre, de modo que, mesmo que alguém consiga minha chave ou faça uma cópia dela, eu fico sabendo no instante em que entrarem na sala. Em um minuto haverá guardas armados aqui dentro.

Prashant terminou de conectar os cabos da unidade de memória.

— Bem, isso aqui parece consistente, mas lembre-se de que nenhum sistema é mais seguro do que os humanos que o operam.

— Trabalho com TI há dezessete anos — falou Chen. — Pode acreditar, eu sei disso muito bem.

Prashant plugou o último cabo. Digitou alguns comandos rápidos de diagnóstico no sistema, depois assentiu de forma positiva ao ler os resultados.

— Ok, a memória está ligada, e o sistema parece em ordem.

Chen acariciou o monitor.

— Muito bem, está na hora de nosso código quântico! O bebê *keno* do papai aqui está precisando de números.

— Divirta-se — disse Prashant. — Estou aqui na cidade até amanhã de manhã. Me chame se tiver algum problema. Enquanto isso, pode me recomendar algum bom restaurante aqui perto?

— Está brincando? — respondeu Chen. — Acha que vai pagar por seu jantar hoje? Claro que não! Suba até o clube das grandes apostas. Seu nome está na lista. Peça o que quiser, é por conta da casa.

— Uau, obrigado! — exclamou Prashant. — Bem, me ligue se precisar de qualquer coisa.

— Sem dúvida — disse Chen.

Prashant saiu da sala sorrindo.

O DIA ANTERIOR

Sumi terminou de arrumar a mala do marido. A viagem dele a Las Vegas ia ser um bate e volta. Um voo para depois do meio-dia, na mesma tarde a instalação do computador do Babylon Casino, e na manhã seguinte o voo de volta. Muitas esposas ficariam preocupadas se o marido fosse sozinho para a Cidade do Pecado, mas Prashant sempre fora um homem fiel e dedicado.

Em termos práticos, ele ia precisar apenas de uma muda de roupas, mas sua mala com rodinhas tinha mais espaço, então por que não colocar umas peças de reserva? Ela colocou três camisas brancas, imaculadamente passadas e dobradas, e dois pares de calças pretas. Acrescentou duas gravatas azuis e incluiu uma vermelha só para se divertir. Ele ficava tão bem de gravata vermelha, mas sempre preferia as azuis. Ah, tudo bem. Colocou lá dentro uma bolsa com alguns petiscos para ele comer no hotel e fechou bem o zíper.

Foi até a pequena cozinha, onde Prashant estava jantando o arroz com *dal* que ela tinha feito mais cedo.

— Está com bastante iogurte? — perguntou.

— Sim, obrigado — disse ele. — Isto está delicioso!

— Temos *kheer* para sobremesa, então guarde espaço.

— Hmmm! — exclamou ele.

Ela se sentou à mesa, de frente para o marido. Quase nunca faziam refeições juntos — ela crescera na Índia, onde a hora habitual do jantar era entre oito e nove da noite, e ele tinha sido criado nos Estados Unidos. Ainda assim, o casamento de conveniência tinha sido um sucesso. Ela não se imaginava casada com nenhum outro homem.

— Está nervoso? — perguntou Sumi.

Ele pousou o garfo.

— Para falar a verdade, sim. Tudo isso parece muito perigoso. Las Vegas é… bem… as pessoas lá podem ser bastante ameaçadoras.

— Isso depende de você. Podemos não fazer nada, se preferir.

— Não, eu quero. — Ele fez um gesto mostrando o apartamento como um todo. — Não é isto que eu desejo para nós. Para você. Um quarto e sala ridiculamente caro, num lugar pouco recomendável, em Oakland? As pessoas que trabalham no Vale do Silício não conseguem pagar para viver lá. É absurdo.

— Eu não tenho do que reclamar — rebateu ela.

— Você merece mais. E estamos pensando em ter um bebê. Precisamos de mais espaço. E, para isso, precisamos de mais dinheiro. Mas mesmo assim, se formos pegos, podemos passar muito tempo na cadeia…

— Isso não vai acontecer — disse a esposa.

— Não tivemos uma chance real de examinar tudo isso e ver como funciona. Tem certeza de que não vamos ser descobertos?

— Não, mas, na ausência de provas, por que alguém suspeitaria de nós?

Ela ficou de pé e foi para seu cantinho de trabalho na sala de visitas. Seu QuanaTech 707 zumbia mansamente. Um cursor piscava na tela, aguardando instruções. Duas unidades de armazenamento a longo prazo estavam de lado, conectadas ao computador.

Prashant esticou a cabeça para acompanhá-la com os olhos.

— É difícil montar isso?

— É trivial. — Ela executou um programa no console. Em menos de um segundo, estava concluído. — Aí está. Cada qbit na minha unidade está entrelaçado com um qbit na unidade que você está levando para o Babylon.

— Tem *certeza* de que não há como eles descobrirem que os qbits estão entrelaçados?

— É fisicamente impossível saber se um qbit está entrelaçado.

— E de que modo, precisamente, esse entrelaçamento nos permite trapacear no *keno*? Essas ideias quânticas sempre me deixaram confuso.

Os pais de Sumi tinham feito todo o possível por ela. Sua inteligência absurdamente alta tinha se tornado evidente a todos assim que ela aprendeu a falar. Eles a puseram nas melhores escolas para crianças superdotadas, mas ela ainda achava tudo aquilo muito chato. A família se endividou para pagar professores particulares, só para poder acompanhar a velocidade com que ela aprendia.

Em breve Sumi poderia lhes devolver tudo que recebera. E construir a vida que ela e Prashant desejavam. O sonho americano.

Os pais dela sabiam que nunca encontrariam um homem tão inteligente quanto Sumi. Focaram-se, então, na procura de um homem "esperto o bastante para não ser deixado para trás". E Prashant era brilhante, a seu modo. A sintonia dos dois era uma maravilha.

— A física quântica é algo confuso, não intuitivo — explicou ela. — As regras que governam o universo na escala micro não são nada do que nós esperamos. Basta dizer que dois qbits podem ser relacionados de tal modo que se você randomizar um deles, o outro irá assumir o mesmo valor. Depois que os dois são interligados dessa forma, ficam "entrelaçados", e não importa quanto tempo demore até você utilizá-los, ou a que distância estão e o quanto estejam desconectados um do outro. Assim que se entrelaçam, existe a garantia de que agirão da mesma forma quando forem randomizados.

Ele apontou as unidades de armazenamento.

— Então nós temos duas cópias dos mesmos dados?

— Não, não pense neles como dados de informática. Pense nessas unidades de armazenamento como duas pilhas de dados, mas esses dados estão magicamente vinculados, de modo que se você rolar um deles e rolar o seu correspondente na outra pilha, pode ter certeza de que quando eles pararem vão exibir o mesmo resultado.

— Isso não faz muito sentido.

— A física quântica não faz sentido — retrucou ela. — Por favor, não perca muito tempo pensando nisso. Pode ser estressante.

»

Ele se remexeu inquieto na cadeira.

— A unidade de armazenamento deles e a nossa unidade de armazenamento estão conectadas. Assim, elas estarão basicamente conversando uma com a outra através do país. Mas você não me disse uma vez que o entrelaçamento quântico não pode ser usado nas comunicações?

Ela digitou algo no teclado e fez rodar um rápido autoteste.

— Sim, falei. E é verdade. Mas estamos usando um desvio. Duas pessoas não podem se comunicar através de medições quânticas. Mas podem observar os respectivos resultados dessas medições, e agir de acordo.

— Me parece uma forma de comunicação.

— Não propriamente. Pense num cruzamento de duas ruas, com semáforos. Em termos funcionais, os semáforos estão entrelaçados. Se eu olho e um deles está verde, eu sei que o outro está vermelho.

— Até aqui estou acompanhando — afirmou ele.

— Digamos que dois carros estão se aproximando, cada um vindo de uma direção. Um motorista vê um sinal vermelho, e o outro vê um sinal verde. Os dois não podem falar um com o outro, nem podem se comunicar de nenhuma maneira. Mas cada um deles observa o próprio sinal, e isso lhes mostra o que fazer e o que o outro motorista deverá fazer. Não houve comunicação, apenas uma espécie de acordo antecipado sobre o que significam a luz verde e a luz vermelha.

— Muito bem. E nós termos um "acordo antecipado" com o cassino sobre o significado desses qbits?

— Sim, nós temos. — Sumi voltou para a cozinha e começou a mexer o *kheer*. — O Babylon Casino tem um computador para *keno* de 2002. Velho, mas confiável: tudo que os cassinos querem. O fabricante tem uma excelente documentação disponível on-line, de modo que eu sei exatamente como os valores aleatórios dos qbits serão transformados em números aleatórios. Rodar essa operação em nossos próprios qbits vai gerar os mesmos números aleatórios. Esse algoritmo corresponde ao nosso "acordo antecipado".

— Por que não entrelaçar todos os qbits, e não apenas os de armazenamento a longo prazo?

Ela experimentou o *kheer*. Estava perfeito.

— O entrelaçamento não é algo perfeito. Sabe os dados que mencionei ainda há pouco? Eles só funcionam uma vez. Depois que os dados rolam, o encantamento se desfaz, e esses dados não têm mais nada a ver um com o outro. Se você rolar os dois novamente, não acontecerá mágica nenhuma. Somente números ao acaso. Então você tem direito a um lance, apenas um, no qual você sabe que o dado no lado oposto será afetado também.

— Entendi — disse Prashant. — Então eu presumo que a função normal do 707 reutiliza os qbits vezes seguidas, certo?

Sumi serviu uma porção generosa de *kheer* numa tigela. Prashant adorava doces, e sempre queria mais do que fazia transparecer.

— Certo — replicou ela. — A máquina de *keno* do cassino esgotaria nosso suprimento de qbits entrelaçados em questão de segundos. Assim, o truque é fazer com que eles usem a memória a longo prazo como memória RAM, e atacar no momento exato.

Prashant empurrou o prato para o lado, abrindo espaço para a tigela de doce.

— E como fazemos isso?

— O 707 faz uma checagem de coerência uma vez por semana. Quando você instalar o sistema, certifique-se de que os parâmetros irão marcar essa checagem para este domingo à noite, às 23h58.

Ela ajeitou o *sari*. Roupas americanas certamente ficavam bem nas americanas, mas ela preferia os trajes tradicionais.

— Essa checagem vai levar cerca de cinco minutos. Durante esse tempo, se for exigido que o sistema execute operações com qbits, ele vai usar os qbits na unidade de armazenamento a longo prazo, porque a memória RAM normal vai estar ocupada. O Babylon sorteia os números do *keno* a cada quinze minutos — vai acontecer um sorteio precisamente à meia-noite de domingo. É então que nós damos o bote. No entanto, só vamos ter direito a uma tentativa. A memória de longo prazo tem 512 qbits, e um sorteio de *keno* é de vinte números de oito bits.

Prashant ergueu um dedo.

— Vinte números vão requerer apenas 160 qbits. Então nós temos, tipo, três tentativas antes de usar todos os 512.

Ela balançou a cabeça em negativa.

— Os números do *keno* têm que ser únicos, e estão num universo de um a oitenta. Haverá um grande número de duplicações. O computador terá que gerar números aleatórios até que sejam sorteados vinte números *únicos*.

— Ah.

— Assim que o sistema atingir o final da memória de longo prazo, ele dá a volta e faz um *loop*, rerrandomizando, e reusando os qbits que já foram medidos. Não teremos mais informação dessa parte em diante. — Ela suspirou. — Isso tudo seria muito mais simples se eu pudesse modificar o computador propriamente dito antes de você instalá-lo.

— Seríamos descobertos com certeza — disse Prashant. — Há um selo de fábrica garantindo cada entrada, e o sistema operacional vai num CD-Rom. O mesmo com o módulo da memória de longo prazo. Foi bastante fácil trazê-lo aqui para você prepará-lo, mas se tentássemos entrar nele ou modificar o hardware, o cassino ficaria sabendo assim que eles examinassem o sistema.

Ela colocou a tigela com *kheer* diante dele, com uma colher limpa.

— Tem certeza de que chegariam a perceber?

Ele assentiu.

— Total. Falei pelo telefone com o gerente de TI do Babylon. Ele me pareceu... muito diligente. O tipo do cara extremamente cuidadoso.

— Bom, então esta é a única maneira que temos — disse ela. — Por sorte, a memória de longo prazo já vem pré-superposta. O sistema vai pular a operação Hadamard quando for usado pela primeira vez.

— Isso eu não compreendo mesmo.

— Basta saber que o sistema tem uma ação de otimização, de menor importância, mas que produz a brecha de segurança da qual vamos nos aproveitar. — Ela voltou para a sala e sentou-se novamente diante do computador. — Bem, agora é um bom momento para gerar aqueles números.

— Espere, o quê? — indagou ele. — Agora? Não entendi.

Sumi digitou alguns comandos rápidos no aparelho.

— O entrelaçamento é uma via de mão dupla. Eu posso medir agora mesmo os valores de uma unidade de armazenamento, e os valores da outra se tornarão instantaneamente os mesmos, não importa quando o Babylon os medir.

— Quer dizer então que você está, basicamente, gerando agora os números de *keno* que serão sorteados no domingo à noite?

— Sim.

Ela apertou a tecla ENTER. Uma cascata de números apareceu na tela. Sumi ficou olhando com intensidade, memorizando a lista por inteiro. Ganesha a havia abençoado com uma excelente memória.

— Os números são esses aí?

— São — confirmou ela, sem tirar os olhos do monitor.

— Você está memorizando? — perguntou ele. — Por que não os salva num arquivo ou tira uma foto com o celular?

— Não. — Ela balançou a cabeça com firmeza. — Nenhum vestígio digital. Tudo está apenas na minha mente, deste ponto em diante.

— Ah, sim. Faz sentido.

Sumi fechou os olhos e visualizou os números. Eram vinte, e todos muito nítidos em sua lembrança. Ela abriu os olhos para conferir mais uma vez com a tela; estavam todos corretos. Perfeito.

Prashant mexeu o *kheer* com a colher. Não era típico dele ainda não ter começado a comer tudo.

Ela girou a cadeira e virou-se para o marido.

— O que houve, querido? Você ainda parece inquieto.

Ele brincou com a colher.

— Tem que ser *você* quem vai fazer a aposta?

— Claro que sim — respondeu ela. — Eles reconheceriam você como o homem que instalou o computador.

— Não poderíamos pagar a um estudante qualquer para fazer isso, algo desse tipo?

Ela franziu o cenho e negou com a cabeça.

— Cúmplices são sinônimo de complicações. Eu sou a única pessoa que pode fazer essa aposta com segurança.

— Sim, imagino que seja.

— Vai dar tudo certo, meu amado esposo. Coma seu *kheer*.

— Está bem.

Ele comeu um pouquinho e começou a se descontrair. Um pouco de doce sempre o deixava de bom humor.

Às vezes ele era um homem complicado, mas em geral Prashant era bastante simples. Descobrir esses momentos simples e fazê-lo feliz era um dos maiores prazeres da vida de Sumi.

Ela sorriu enquanto o via comer seu doce.

»

Sumi bebericou a limonada no salão de *keno*. O público era um pouco menor do que seria num horário de pico. Ainda assim, meia-noite ainda contava com grande atividade num cassino de Vegas. O ar estava cheio da habitual cacofonia de tinidos, sininhos e zumbidos de toda espécie.

Ela segurava o tíquete vencedor na mão — bem, o que seria o vencedor caso tudo funcionasse como planejado —, entre vários outros tíquetes destinados à derrota. Seria um pouco suspeito se ela fizesse apenas uma aposta.

Havia muitas coisas capazes de fazer o plano dar errado. Talvez a unidade de armazenamento a longo prazo, ou o próprio computador, apresentasse algum problema de software que tornasse necessária a rerrandomização dos qbits. Talvez as configurações do teste de coerência estivessem erradas e ele já tivesse acontecido, ou só acontecesse depois do horário que ela escolhera. Nesse caso, seus números tinham a mesma (pouca) chance de ganhar do que a de qualquer outro conjunto de apostas.

Para ter a aparência de uma turista comum, ela estava usando um tipo de *sari* mais tradicional do que era seu costume. Algo um pouco Velho Mundo, com joias de latão aqui e ali. Sumi tirou fotos com seu smartphone. Que turista não faria isso?

Um jorro de música digital encheu o salão, precedendo o anúncio de que o próximo sorteio estava para acontecer. Ela ergueu os olhos para o enorme painel acima da mesa de apostas do *keno*. Apertou com mais força o maço de tíquetes.

Imagens de animação esfuziantes e coloridas mostraram uma grade quadriculada contendo os números do *keno* traçados num estilo cuneiforme, para lhe dar a aparência de um tablete de argila do mundo da Antiguidade. Os números se balançavam em suas casinhas enquanto um arqueiro com trajes babilônios, abaixo da grade, colocava uma seta no arco e fazia pontaria. Era uma animação de desenho infantil, bastante bobinha. Se tudo corresse bem, o primeiro número seria um nove.

O arqueiro desenhado desferiu sua flecha, que descreveu um arco antes de cair sobre a grade. Ela se cravou no nove. Sumi soltou um suspiro de alívio.

Daí em diante, tudo começou a correr de acordo com o plano. Os números restantes foram sendo sorteados conforme ela esperava. Sumi desempenhou seu papel de vencedora estarrecida e depois eufórica, então correu para a mesa de apostas, para comunicar sua vitória.

Era uma vitória de tais dimensões que requereu a convocação do gerente, que verificou o tíquete. Em seguida, as gravações das câmeras de segurança foram examinadas, para confirmar se ela tinha sido a pessoa que o comprara. Pediram-lhe para esperar até que fosse preparada uma sessão de fotos. O gerente do cassino desceu até lá.

Rutledge, o gerente, apertou a mão de Sumi.

— Parabéns — disse ele.

Os dois ficaram de pé diante de uma enorme placa com os dizeres KENO NOVE CASAS - SORTEIO PROGRESSIVO: US$741.299. E um fotógrafo do cassino tirou as fotos.

— Obrigada — disse ela, com um sotaque indiano carregado.

— Como escolheu os números ganhadores? — quis saber Rutledge.

— Eu escolho por acaso — replicou ela. — Queria apenas tíquetes para mostrar a amigos de Mumbai. Nunca achei que vou ganhar.

— O que pretende fazer com o dinheiro?

Ela sorriu.

— Vou dar muito dele para minha família. Eles são pobres. Vai ajudar muito todos eles. E vou comprar grande automóvel americano. Para dirigir quando voltar para Índia.

— É só isso por enquanto — disse Rutledge ao fotógrafo.

O fotógrafo se afastou e Rutledge escoltou Sumi até os elevadores.

— Sra. Singh, sei que não deve ter familiaridade com o local. Posso ajudá-la a se orientar.

— O senhor é homem importante — começou Sumi. — Não preciso de homem tão importante me ajudar.

— Será um prazer — replicou ele. — E uma boa divulgação para o Babylon. Um prêmio grande como este é a melhor propaganda que um cassino pode desejar.

— Obrigada, sr. Rutledge — disse ela. — O que vamos fazer agora?

Ele apertou o botão do elevador.

— Primeiro, a senhora vai conversar com um representante da Receita Federal. Eles preferem recolher a parte deles agora mesmo. Nós creditamos a eles a parte devida e podemos lhe dar um cheque do restante. Ou, se preferir, podemos lhe pagar em espécie.

Ela riu.

— Ah, não. Em dinheiro, não. Não posso andar embaixo de tanto dinheiro.

As portas se abriram, e eles entraram. Rutledge passou seu cartão magnético na ranhura. Vários outros botões já iluminados se apagaram, e acendeu-se apenas o mais alto de todos. Subiram para o topo do edifício sem interrupções.

Ele a conduziu do elevador para uma ampla sala de espera decorada em mogno.

— Sinto muito, minha secretária já foi para casa — explicou ele. — Afinal, já é quase uma da manhã.

— É claro — disse ela.

Ele abriu as portas duplas que davam acesso ao escritório, e as luzes se acenderam automaticamente. Ele foi direto para o bar.

— Posso lhe oferecer um drinque?

— Obrigada, não bebo.

— Que pena.

— Onde está a pessoa da Receita Federal? — perguntou ela.

Ele fez um gesto convidando-a a se sentar num confortável sofá revestido em couro.

— Ah, não está aqui.

— Por que não? O governo não deseja seu dinheiro?

— Não vai haver nenhum dinheiro. — Ele bebericou seu drinque e pegou uma pasta em cima da mesa. — Eu tenho uma equipe de segurança muito eficiente. Sabia que fazemos uma varredura completa sobre qualquer pessoa que ganhe aqui mais de cem mil dólares?

Ela contraiu os lábios.

— Não, não sabia.

— Parece que seu sotaque desapareceu. — Ele abriu a pasta. — Faz ideia de quantas pessoas chamadas Sumi Singh existem no mundo? São muitas, pode acreditar. Mas somente uma delas foi uma criança prodígio que cresceu e conquistou títulos de ph.D. em física, matemática e teoria quântica. Uma coincidência extraordinária, não acha? Uma especialista em física quântica ganha um prêmio enorme em meu sorteio progressivo do *keno* de nove casas apenas quatro dias depois que o cassino instalou um computador quântico! Ah, e detalhe: ela é casada *com o cara que instalou o computador*!

Sumi afastou o olhar.

Ele se sentou atrás da escrivaninha.

— Aqui em Vegas aparece muita gente inteligente querendo aplicar golpes. Gente *muito* inteligente. Gênios, cientistas, engenheiros elétricos, o que houver. Vêm do mundo inteiro para cá, para experimentar seus esquemas infalíveis. E eles sempre mostram um ângulo novo do problema, algo em que não tínhamos pensado. Porque são inteligentes. Assim como você.

Ele se inclinou para a frente.

— Você é mais inteligente do que eu nem consigo me imaginar sendo. Não me envergonho em reconhecer isso. Mas nada substitui a experiência. Você pode entender a física quântica de A a Z, mas eu dirijo este cassino há vinte anos. E Vegas tem um século de experiência em apanhar trapaceiros extremamente espertos.

— Vocês não podem provar nada — disse ela. — E se não me pagarem o dinheiro que ganhei, vou processá-los.

Ele ergueu as sobrancelhas.

— Uau. Você é ousada, reconheço.

— Esta é uma soma de dinheiro banal, comparada aos lucros do seu cassino — afirmou ela. — Não vale a pena brigar por ela.

Rutledge ergueu a voz.

— Se alguém roubasse *um centavo* do meu bolso, eu seria capaz de gastar cem mil dólares até colocar as mãos nessa pessoa. Não é uma questão de lucro, é uma questão de proteger o estabelecimento. Existe uma centena de cassinos aí fora, todos eles prontos para arrebatar meus clientes. Qualquer sopro de fraude ou de relaxamento de nossa parte bastaria para sujar nosso nome e nos jogar entre as casas de segunda categoria. E não há lugar para uma casa de segunda categoria aqui na Strip. As pessoas não vêm aqui como quem entra num cassinozinho qualquer. Elas querem os melhores.

Rutledge respirou fundo e retomou seu tom de voz normal.

— De acordo com meu gerente de TI, que aliás está bastante aborrecido neste momento, talvez possamos botar a culpa numa coisa chamada entrelaçamento, certo? Não faço a menor ideia do que seja, mas ele disse que provavelmente a unidade de armazenamento a longo prazo do nosso computador deve ter sido conectada antes ao computador de outra pessoa. Meu palpite é que seu marido levou essa unidade para você antes de trazê-la para nós.

— Teoricamente, se isso tivesse acontecido — disse ela, —, os qbits de ambos os drives não estariam mais entrelaçados, e não há como provar que estiveram em algum momento.

— Está vendo? Lá vai você, bancando a esperta novamente. Pensando como uma física quântica pensa. — Rutledge girou o copo, mexendo as pedras de gelo dentro do uísque. — Já eu penso como pensa um criminoso. Nossa unidade de armazenamento está guardada numa sala de alta segurança. Você nunca entrou nessa sala, não é mesmo? Mas eu sou capaz de apostar que algumas células de sua pele estão grudadas nela, depois que você a manuseou.

Sumi arregalou os olhos.

— Pois é — continuou ele. — Os bandidos mais espertos acabam tropeçando nos detalhes mais bobos. Bem, de qualquer modo, a polícia está a caminho.

— O quê?!

— Eu poderia ter feito você ser presa no ato pelos nossos seguranças, é claro. Mas amanhã apareceria em todos os noticiários: *Capangas de bilionário de Las Vegas agridem mulher estrangeira indefesa.* Achei muito melhor trazê-la até aqui, para que a polícia viesse buscá-la pessoalmente.

Sumi ficou de pé num salto.

— O elevador só funciona se a pessoa tiver um cartão — sentenciou ele. — Você não pode ir a lugar algum. — Então ergueu o copo em saudação. — Tem certeza de que não quer um drinque?

— Me dê um segundo — disse ela. — Estou... pensando.

— Em quê?

— Em como sair disso.

— Hmmm — falou ele. — Não há saída. A polícia vai estar aqui em poucos minutos.

— Então eu tenho alguns minutos para pensar.

»

Ele deu de ombros. Era preciso reconhecer que Rutledge não estava tripudiando. Parecia não estar sentindo o menor prazer com aquilo tudo. Não estava pensando em vingança, nem em dinheiro. O foco dele era o respeito.

Ela franziu a sobrancelha. Esse poderia ser um caminho.

Aquele cassino era a vida dele. Era seu filho. Um bilionário como ele não tinha a obrigação de supervisionar o dia a dia da empresa. Poderia facilmente contratar alguém para aquele trabalho e ir curtir a vida nas estações de esqui da Europa ou coisa equivalente. Um homem rico como ele podia fazer o que quisesse. E o que ele queria era administrar aquele cassino.

E ser respeitado. Não, não era bem isso. Não era uma questão pessoal, do seu ego. Era para que o cassino fosse respeitado. Por quê? Porque sem esse respeito os negócios seriam prejudicados. Então, a questão final era o sucesso nos negócios. E o golpe que ela tentara estava colocando tudo aquilo em risco.

Ali estava. A resposta.

— Tenho uma proposta — começou ela.

— Perdão?

Ela se sentou, recostou-se no sofá e pousou as mãos no colo.

— Você dispensa a polícia e me paga o que eu ganhei.

— E por que eu faria isso?

— Meu marido vai largar o emprego que tem na QuanaTech e nós vamos abrir uma nova empresa, uma empresa voltada para a produção de instrumentos quânticos especiais para a indústria do jogo. É algo que faz sentido totalmente, dado o currículo profissional dele e o meu conhecimento teórico dessa tecnologia.

— Ainda estou sem saber por que motivo eu concordaria com isso.

— Para começar uma empresa assim, seria preciso mais dinheiro do que eu ganhei hoje — refletiu ela. — Então, você teria que ser o nosso "anjo", um investidor anônimo.

Ele gargalhou.

— Meu Deus do céu! Ainda há pouco eu disse que você era ousada. Isso é um eufemismo. Você é uma pessoa à beira da insanidade.

Ela insistiu.

— Nossa nova companhia vai produzir geradores quânticos de números aleatórios. Nosso produto será uma caixa capaz de produzir séries de números randômicos criados por meio de propriedades quânticas, e emitidos num fluxo contínuo. Nada de configurações. Nada de sistemas operacionais. Apenas uma porta serial.

Rutledge ergueu o dedo e abriu a boca, mas se deteve. Pensou por um momento e depois falou:

— Todo cassino ia querer uma dessas caixas. E iam querer centenas delas. Uma para cada máquina de vídeo pôquer, cada máquina caça-níquel, e assim por diante. É um excelente modelo de negócios com um enorme mercado, facilmente acessível.

— Obrigada.

— Eu posso financiar uma start-up com isso em mente. Mas não com você. Você vai para a cadeia.

— Não, vai ser comigo, sim. — Ela ia pensando à medida que falava, pois o fator tempo era crucial. Assim que a polícia chegasse, estaria tudo acabado. — Quer dizer, conosco. Meu marido e eu.

— Você acaba de literalmente tentar me roubar.

Ela assentiu lentamente.

— Sim. Com isso ficou estabelecido que eu tenho certa flexibilidade moral.

— E por que eu iria me preocupar...

Ele ficou de pé, começou a andar de um lado para outro.

— Vamos vender essas caixas com um pequeno prejuízo. O que for preciso, para fazer todo mundo comprá-las, e para manter à distância qualquer competidor que se atreva a concorrer. — A voz dela se acelerou. — Sim. Isso faria com que todos os cassinos aderissem ao modelo. E é claro que as caixas seria à prova de interferência. Não, não só à prova de interferência. Literalmente lacradas, para que ninguém pudesse mexer em nada nelas.

O interfone na mesa de Rutledge zumbiu. Ele apertou um botão.

— Sim?

— Senhor, a polícia de Las Vegas está aqui embaixo — avisou uma voz pelo aparelho. — Dizem que foram chamados pelo senhor.

— Sim. Mande subir. — Ele encerrou a chamada e voltou a olhar para Sumi. — Pode continuar seu falatório.

Ela sabia por experiência própria que o elevador levaria no mínimo noventa segundos. Era o tempo que lhe restava. Bateu com força com as mãos espalmadas sobre a mesa dele.

— Numa data e hora previamente determinada, para daqui a uns dois anos, todas as unidades randomizadoras dariam defeito simultaneamente. Porque vamos programá-las para isso, desde a fabricação.

Ele franziu o cenho. Aquilo seria uma centelha de interesse?

— Defina esse "dar defeito".

— As caixas passarão a emitir uma corrente contínua de zeros. A maior parte das máquinas de jogo que as utilizarem vão entrar em pane, porque seu software não está programado para aceitar o mesmo número "aleatório" vezes seguidas. No mínimo as máquinas serão desligadas. Outros sistemas podem permanecer on-line, dando o mesmo resultado em todos os sorteios. Isso vai ser ainda pior, especialmente se for um resultado em que o jogador ganha alguma coisa. Cada cassino da cidade vai mergulhar no caos.

Ele cravou os olhos no teto, a compreensão despertando.

— Exceto o Babylon.

— Claro! Todos menos o Babylon. — Ela apontou para ele. — Porque vocês já terão um sistema diferente instalado. Você pode dizer que nunca se deram o trabalho de fazer um upgrade. Sorte sua. Então, o que acontece, sr. Rutledge? O que acontece quando o Babylon for o único cassino em Vegas cujas máquinas estejam funcionando?

— Ficaremos com toda a clientela. Até o derradeiro deles. — Rutledge virou o resto do uísque num só gole, e girou a cadeira para olhar a cidade que se estendia faiscante à sua frente. — E os nossos concorrentes perdem centenas de milhões de dólares.

Ela rodeou a escrivaninha.

— Eles precisariam de tempo para reaparelhar as máquinas — afirmou ela. — Não poderiam voltar a usar os velhos randomizadores não quânticos. Ora, a essa altura todo mundo já teria computadores quânticos capazes de superar os geradores de números pseudoaleatórios. Eles teriam que montar um computador quântico central, um randomizador igual ao que você já teria.

Ele beliscou o queixo e comentou:

— O pico na demanda por esses sistemas iria retardar ainda mais a produção. Provavelmente teríamos uma semana, talvez duas, de controle exclusivo do mercado de máquinas para o jogo. Hmmm.

Sumi ficou parada ao lado dele, contemplando a cidade inocente aos seus pés.

— É claro que, bem antes daquele dia, meu marido e eu já teremos providenciado novas identidades, e você terá pagado a nós dois uma boa soma em dinheiro. Digamos, uns dez milhões de dólares? Uma fração do que vai faturar.

Ele ficou em silêncio.

— É uma oportunidade única, sr. Rutledge. Envolve um grande risco, mas tem potencial para enormes recompensas. Acho que o senhor tem espírito de jogador. O que diz?

O elevador emitiu um tinido musical lá fora e as portas se abriram. Dois policiais entraram pela sala de espera e logo estavam dentro do escritório. Um deles era jovem e rijo, o outro era pelo menos vinte anos mais velho. O agente mais velho, evidentemente o líder da dupla, disse:

— Recebemos um chamado daqui. Está precisando de nós?

Rutledge girou a cadeira para encará-los.

Olhou para Sumi, depois de volta os agentes.

— Esta é a sra. Singh. Ela acabou de ganhar setecentos mil dólares. Acabou de chegar ao nosso país. Por favor, podem garantir que ela retorne com tranquilidade ao seu hotel?

— Sem nenhuma dúvida — respondeu o policial. — Parabéns, madame!

Sumi soltou um suspiro de alívio.

— Obrigada, sr. Rutledge. Se a oferta continuar de pé, vou aceitar uma bebida agora. Um gim-tônica duplo, com um bom pedaço de lima.

Ele sorriu e foi na direção do bar.

— O prazer é todo meu.

SOBRE O AUTOR

© WENN Rights Ltd / Alamy Stock Photo

Andy Weir é um escritor norte-americano best-seller do *The New York Times*. Sua obra de estreia, *Perdido em Marte*, foi adaptada para o cinema sob direção de Ridley Scott e recebeu sete indicações ao Oscar, incluindo Melhor Roteiro Adaptado e Melhor Filme. Premiado em 2016 com o John W. Campbell Awards, destinado a autores estreantes de fantasia e ficção científica, Weir era programador antes de se tornar escritor em tempo integral e tem como hobby se dedicar a assuntos como física relativista e mecânica orbital. Também é autor de *Artemis* e *Devoradores de estrelas*. Atualmente mora na Califórnia, Estados Unidos.

set / 2021

intrínsecos 036

forward

blake crouch, n. k. jemisin, veronica roth, amor towles, paul tremblay, andy weir

AOS LEITORES

Mais um aniversário! Há três anos nos encontramos aqui, todo mês, com novas histórias e a certeza de que, livro a livro, nossos horizontes se ampliam. Em datas como essa, é comum olhar para trás e fazer um balanço do que nos trouxe até aqui. Mas desta vez, não. Vamos mirar no futuro! Nosso livro do mês é *Forward*, coletânea de ficção científica idealizada por Blake Crouch, autor já conhecido do clube (é dele *Recursão*, livro da caixa **013**). São seis contos de autores renomados sobre laços, dilemas, escolhas e ambição, destruição e esperança, costurados em tramas que exploram o impacto de tecnologias como a inteligência artificial, a colonização de outros planetas e a engenharia genética, disruptivas a ponto de nos redefinir por completo. Reflexões que são o cerne da ficção científica, um gênero que oscila entre o sonho e a especulação, mas sem jamais se afastar dos nossos questionamentos mais particulares. A **revista 036** se dedica a essa literatura e suas visões de futuro. Em textos da mestre em Estudos de Ficção Científica Cláudia Fusco e da jornalista e estudiosa dos Futuros Lidia Zuin, investigamos a origem do gênero e sua conexão com as ciências da vida real. O ilustrador Tiago Lacerda brinca com antigas invenções futuristas e o escritor Ted Chiang nos apresenta a questões de uma medicina além da que conhecemos, em trecho reproduzido de sua obra mais recente, *Expiração*. Como não existe aniversário sem presente, o nosso é simplesmente John Green, que invade o **intrínsecos** com sua primeira não ficção: uma investigação inteligente e bem-humorada das contradições da vida humana. Juntas, as duas leituras de aniversário se complementam no convite a pensarmos sobre a vida e sobre nosso papel mundo — uma forma genuína de celebrar.

Boa leitura!

intrínsecos

ETRO
UTURISMO
UTURO VISTO DO PASSADO
A HUMANIDADE FOI SUBSTITUÍDA POR ROBÔS EM TODOS OS SETORES DA SOCIEDADE.
VAGAS

20

EXPIRAÇÃO

fragmento

COLABORAÇÕES

Lidia Zuin
Jornalista, mestre em semiótica e doutora em artes visuais pela Unicamp, atua como pesquisadora freelancer em tendências de comportamento e tecnologia do consumidor
@lidiazuin

Cláudia Fusco
Escritora, roteirista e professora, é mestre em Estudos de Ficção Científica pela Universidade de Liverpool, na Inglaterra
@clau.fusco

Tiago Lacerda
Ilustrador e quadrinista
@elcerdo

03

FORWARD

Até onde somos capazes de ir para mudar o mundo?

Para alguns, a tecnologia é o prenúncio do fim do mundo. Para outros, é apenas o começo. Entre os dois extremos, estão os contos reunidos em *Forward*. Encabeçada pelo escritor e roteirista Blake Crouch e povoada por N. K. Jemisin, Veronica Roth, Amor Towles, Paul Tremblay e Andy Weir, a coletânea combina o melhor de cada autor, em narrativas que vão da ficção científica especulativa à ação e ao suspense.

Quem abre o livro é o próprio Blake Crouch, que depois de uma breve introdução nos entrega "Summer Frost", um conto surpreendente, que desafia nossa noção de humanidade enquanto assistimos à obsessão de uma programadora de games por uma de suas personagens, cuja inteligência artificial extrapola o universo do jogo. Um envolvimento com desdobramentos arrebatadores.

As reflexões sobre a condição humana se apresentam ainda em outras histórias. Em "Você chegou ao seu destino", de Amor Towles, a decisão de um casal sobre recorrer ou não à manipulação genética para garantir a um futuro bebê importantes vantagens competitivas leva um deles a repensar as próprias escolhas — afinal, somos livres para traçar nossos caminhos ou o futuro não passa de uma imposição genética? Paul Tremblay, com seu "A última conversa", propõe algo ainda mais assustador: no conto, encontramos um homem que desperta em um quarto, sem nenhuma memória de quem é nem de como chegou ali. Tudo o que ele tem é a voz de uma mulher que se propõe a guiá-lo até as lembranças perdidas. Uma história potente, sobre consciência e identidade.

E se as lembranças, coletadas e reunidas, capazes de revelar o passado, também ajudassem a construir o futuro? Essa arqueologia é a missão da protagonista do conto de Veronica Roth, "Arca". Ela é uma cientista empenhada nos esforços urgentes de catalogar espécies e informações que vão ajudar a reerguer nossa civilização. A poucas semanas da colisão de um asteroide, a população da Terra já foi evadida, o fim está próximo, mas ainda é tempo de descobertas valiosas e improváveis, impossíveis de deixar para trás.

A hipótese do apocalipse, tão cara à ficção científica, aparece também no conto de N. K. Jemisin, mas de uma ótica diferente — em "Pele de emergência", acompanhamos a missão de um soldado em visita a uma Terra abandonada para sucumbir ao colapso climático, depois que uma parte seleta da humanidade passou a habitar outro planeta. Uma viagem potencialmente sem volta, mas pelos motivos mais inesperados.

"Randomizando", de Andy Weir, fecha a coletânea ao estilo *Onze homens e um segredo*, trazendo um plano ambicioso em plena Las Vegas. O responsável pela Tecnologia da Informação de um cassino decide aprimorar a segurança das máquinas de um jogo usando a computação quântica. Não é tarefa difícil para ele, mas é ainda mais simples para um prodígio que decide usar essa brecha para hackear a máquina.

Seja em Vegas, seja em uma Terra utópica, a verdade é que nossos dilemas se reeditam infinitamente em torno do que nos faz humanos — paixões, medos, sonhos, ambições... independentemente dos saltos tecnológicos e de qualquer ensaio de futuro. É disso que trata *Forward*. É disso que trata a vida.

UMA COLETÂNEA DE AFINIDADES

Se *Forward* não os reunisse, a vida certamente o faria

Mergulhados nas possibilidades abertas pelas mais diversas tecnologias e suas consequências previstas e imprevistas, Blake Crouch, Veronica Roth, N. K. Jemisin, Amor Towles, Paul Tremblay e Andy Weir reúnem-se em *Forward* para tecer contos sobre o futuro que nos espera. Histórias brilhantes, de autores que, juntos, formam um mosaico involuntário de maravilhosas conexões.

Organizador e autor da coletânea, **Blake Crouch** é um grande nome da ficção científica contemporânea, com obras de peso, como a trilogia *Wayward Pines*, *Matéria escura* e *Recursão*, livro da caixa **013** do **intrínsecos**. Em seu conto, "Summer Frost", Blake traz como protagonista uma mulher forte e surpreendente chamada Riley, uma programadora. Por coincidência, ou talvez não, essa é também a profissão de formação de outro autor da coletânea: **Andy Weir**, que assina o conto "Randomizando".

Programador desde os quinze anos, Andy usa o conhecimento sobre computadores e ciência para criar narrativas que parecem uma janela para o futuro. Autor premiado por livros como *Perdido em Marte*, ele também é fanfiqueiro de mão-cheia, e sua fanfic sobre *Jogador Número Um* já é considerada parte oficial do universo da obra.

A afinidade com números é também característica de **Paul Tremblay**, um mestre do suspense e do terror, dos quais temos um gostinho em seu "A última conversa". Ele, no entanto, começou a carreira como professor. Dava aulas de Matemática para adolescentes e treinava o time de basquete de uma escola em Massachusetts, nos Estados Unidos.

E não foi só Tremblay que atuou na Educação antes de se tornar autor premiado. **N. K. Jemisin** tem mestrado na área e é formada em Psicologia. Prestigiada por suas novelas e contos inovadores, como "Pele de emergência", que você lê na coletânea, ela já arrematou alguns dos maiores prêmios dedicados à fantasia e à ficção científica, entre eles o Nebula, o Hugo e o Locus.

Outro escritor com feitos impressionantes é **Amor Towles**. Seu início na literatura é curioso: aos dez anos, lançou ao mar uma garrafa com uma mensagem que foi encontrada por ninguém menos que Harrison Salisbury, à época editor do prestigioso jornal *The New York Times*. Além disso, assim como o protagonista de seu conto, "Você chegou ao seu destino", Towles trabalhou por muito tempo no mercado financeiro até o sucesso de seu primeiro livro lhe permitir se dedicar exclusivamente à escrita.

Tal qual **Veronica Roth**, alçada ao estrelato com seu livro de estreia, *Divergente* — o best-seller que originou o filme homônimo e proporcionou à escritora a chance de viver da literatura. Conhecida por suas obras de ficção científica para o público jovem, ela, que assina o conto "Arca", gosta de realizar pesquisas extensas para construir suas histórias, tendo como base documentos oficiais e notícias da atualidade. Hábito também de... **Blake Crouch** — conhecido por manter diversos cadernos com notícias sobre ciência e acontecimentos mundiais, incluindo pesquisas e descobertas científicas, para usar em possíveis novas narrativas.

O mundo, caros **intrínsecos**, é vasto, mas estamos todos mais próximos do que pensamos.

BASTANTE EM COMUM

Além da carreira de escritores, eles compartilham prêmios, manias e paixões.

BLAKE CROUCH

Blake escreve sobre uma programadora e Andy é programador. Os dois são grandes entusiastas da autopublicação, tendo Andy, inclusive, lançado *Perdido em Marte* de modo independente antes de encontrar uma grande editora. Blake foi lançado primeiro do modo tradicional, mas depois pegou os direitos de suas obras antigas e as publicou por conta própria.

ANDY WEIR

Loucos por números, Andy é programador e Paul é professor de Matemática. Os dois já escreveram usando pseudônimos. Paul era "P. T. Jones" e Andy era "Jack Sharp".

PAUL TREMBLAY

Paul e N. K. Jemisin já atuaram na área da Educação. Os dois também já venceram o Prêmio Locus.

Blake e Veronica gostam de fazer pesquisas documentais e colecionar notícias para construir histórias.

VERONICA ROTH

Seus livros de estreia foram tão bem-sucedidos que Veronica e Amor passaram a se dedicar totalmente à escrita.

AMOR TOWLES

Amor nasceu em Massachusetts, onde Paul trabalhou por muitos anos.

N. K. JEMISIN

Amor Towles e N. K. Jemisin: os dois são considerados gênios.

FICÇÃO CIENTÍFICA E FUTUROLOGIA

Desvendando o futuro a partir do presente

LIDIA ZUIN

Pensar o futuro já não é algo reservado a especialistas. Cada vez mais os Estudos dos Futuros e suas disciplinas (futurologia, *coolhunting*, *trend forecasting*, pesquisa de mercado, ficção científica) vêm se entremeando no cotidiano à medida que instituições de relevância, como a Unesco, promovem o letramento de futuros como uma habilidade a ser desenvolvida no século XXI.

Afinal, diante da exponencial aceleração das inovações tecnológicas e científicas que promovem a iminência de uma Quarta Revolução Industrial, são as disciplinas dos Estudos dos Futuros que podem nos ajudar a interpretar melhor a realidade. Isso fica claro quando lembramos que a ficção científica enquanto gênero artístico surgiu logo no início da Primeira Revolução Industrial, quando Mary Shelley publicou *Frankenstein* (1818) como uma espécie de alerta e reflexão sobre os perigos e consequências da ambição humana perante descobertas científicas e inovações tecnológicas.

Nas décadas seguintes, autores como H. G. Wells e Júlio Verne também contaram narrativas grandiosas, incluindo elementos tecnológicos ainda nem inventados, como foi o caso do submarino. Para melhor organizar esse novo movimento artístico, Hugo Gernsback foi o autor que propôs nomear o gênero como ficção científica, entendendo que esta poderia ser "um meio popular de educação sobre ciência, tecnologia e mudança, insistindo-se na acurácia científica e encorajando a leitura crítica dos detalhes científicos".

No século XX, vimos a publicação de três grandes distopias (*Admirável mundo novo*, *1984*, *Nós*) e também o surgimento de escritores-cientistas como Arthur

No fundo do mar, o *Nautilus* do capitão Nemo é atacado por um polvo gigante — na ficção de Júlio Verne, o prenúncio da invenção do submarino.

11

C. Clarke e Isaac Asimov. Na série *Fundação*, Asimov chegou a propor a psico-história como um campo de estudos fictício que combinaria dados históricos, sociológicos e estatísticos para formular uma previsão probabilística de ocorrências futuras, algo a que, fora da ficção, alguns governantes também almejavam.

Georges Minois conta em *História do futuro* (2016) que Roosevelt e Hoover buscaram transformar essa visualização de cenários em um método mais estratégico, até que, nos anos 1940, Ossip K. Flechtheim propôs a futurologia como uma disciplina que "aborda o destino da humanidade, o futuro da sociedade e o amanhã da nossa cultura. Ela lida não

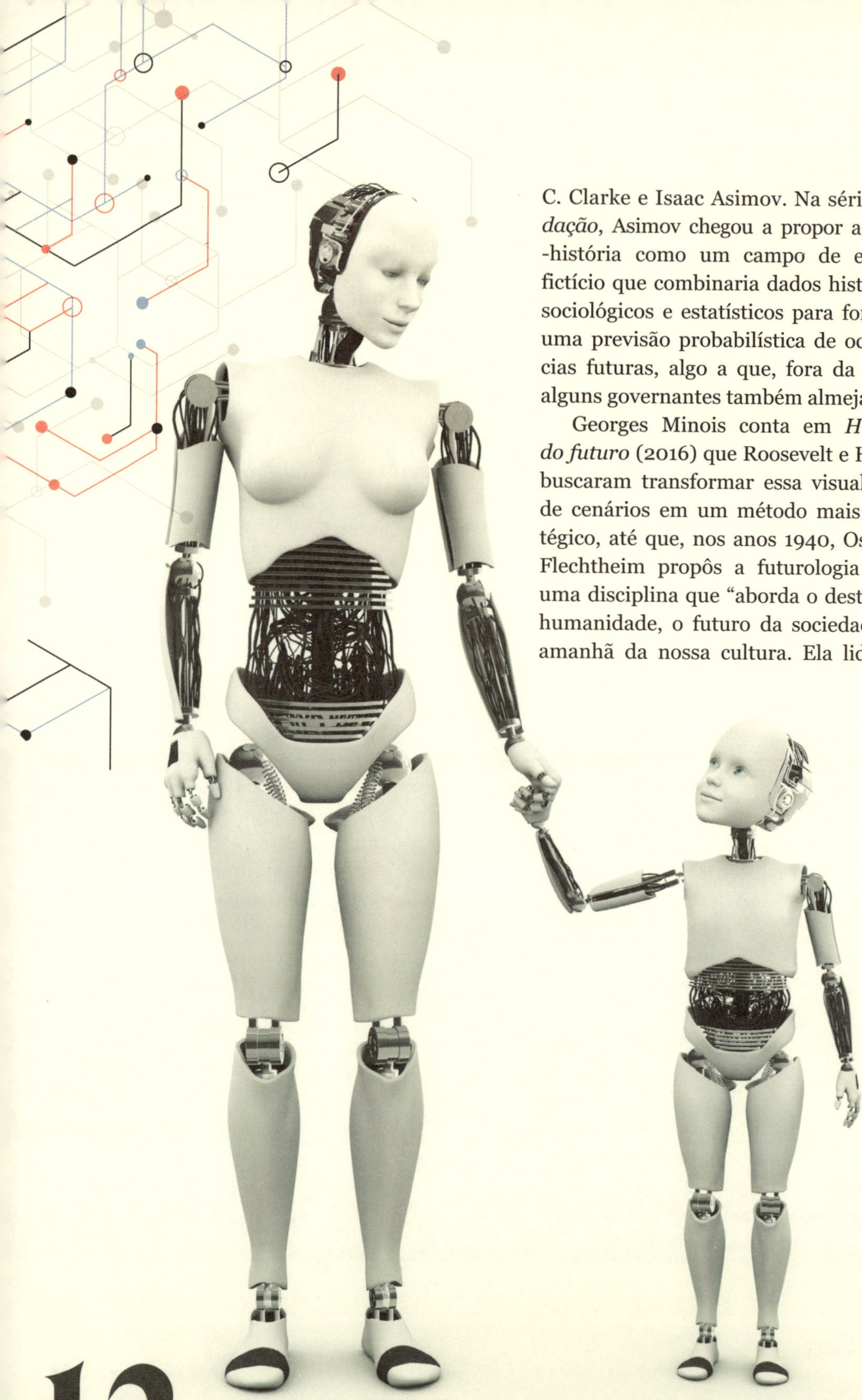

apenas com uma perspectiva biológica e psicológica da evolução, mas também com uma vasta gama de futuras atividades culturais".

Desde então, instituições como a World Futures Studies Federation e autores como Alvin Toffler passaram a propor a futurologia como uma disciplina que busca equilibrar os referenciais quantitativos com uma leitura subjetiva de possíveis desdobramentos do futuro a partir da análise de dados disponíveis no presente. Portanto, não há pretensão de se propor uma disciplina capaz de *prever* o futuro, mas sim de fazer aproximações. A futurologia está mais próxima de projeções matemáticas e econômicas do que da astrologia, por exemplo.

Com a chegada da Terceira Revolução Industrial (1970-80), o Vale do Silício se tornou um polo de inovação onde se estabeleceram empresas como IBM, Apple, Microsoft e, posteriormente, Google, Facebook e Amazon. As chamadas *big techs* não só concentram grande valor de mercado como também monopolizam as interfaces pelas quais nos comunicamos e utilizamos serviços. Tentar "adivinhar" o futuro tornou-se, assim, uma estratégia econômica.

Se no início do século XX, Arthur C. Clarke escrevia seus romances e também contribuía com o desenvolvimento dos satélites geoestacionários, hoje temos autores de ficção científica como Neal Stephenson trabalhando como futurista na empresa Magic Leap e o livro *Jogador Número Um* sendo distribuído a todos os funcionários da Oculus, duas empresas especializadas em realidade virtual. Ainda, nos anos 1990, vimos engenheiros da Motorola se reunindo para desenvolver o primeiro celular *flip*, que chamaram de StarTAC em homenagem ao seriado *Star Trek*, de onde surgiu a inspiração para o dispositivo. Governos e empresas também recorrem a métodos como o Design Fiction, criado pelo escritor Bruce Sterling, que faz uma ponte entre Design Thinking e ficção científica para projetar cenários futuros que ajudarão a definir suas próximas ações. Nos serviços de streaming, séries como *Black Mirror* e *Years and Years* abordam futuros próximos que nos fazem refletir sobre o impacto que tecnologias emergentes como inteligência artificial, robótica e realidade virtual poderiam gerar em nossas vidas.

A ficção científica, portanto, nos oferece não apenas inspiração para novas tecnologias, mas também nos ajuda a imaginar desdobramentos sociais a partir de uma visão contemporânea e didática, uma vez que não demanda profundos conhecimentos técnicos do público. No fim das contas, como diz Margaret Atwood, escritores não são profetas: a ficção científica é, de fato, sobre o presente e, por isso, os autores trabalham com o que está disponível para imaginar o futuro.

HIDROALIMENTO
SABOR ARTIFICIAL
H2O
- SENSAÇÃO DE REFRESCÂNCIA -
CRIXTA
POR TEMPO LIMITADO
PREÇO ESPECIAL
SABORES:
* CATARATAS DO IGUAÇU
* CATARATAS DO NIÁGARA
* VÉU DA NOIVA
* EL DORADO
* BOA VISTA
* RISCO VERDE
RETRO FUTURISMO
O FUTURO VISTO DO PASSADO

CAPACETE DE AR MAX
PURO BREATH
> LANTERNA PARA ACOPLAR
> NOITES MAIS SEGURAS
GRÁTIS
2 CILINDROS DE
ÓXIDO
NITROSO
SOLUÇÃO PERFEITA
PARA OS PROBLEMAS
A SOCIEDADE MODERNA
RETRO
FUTURISMO
O FUTURO VISTO DO PASSADO

MEDO E ENCANTAMENTO

A breve história de um gênero literário

CLÁUDIA FUSCO

O que *Jogador Número Um, A Chegada* e *Black Mirror* têm em comum? Bom, todos são histórias de ficção científica. Com isso, podemos dizer que gravitam ao redor da ciência, seja ela usada para criar realidades virtuais alternativas, proteger a Terra de um fim catastrófico ou criticar o uso excessivo das redes sociais. Mas não se engane. Por trás de naves espaciais e engenhocas mirabolantes, é o universo interior que se quer explorar.

Definir o gênero "ficção científica" é uma questão complicada. Para alguns escritores e pesquisadores, explicá-lo em conceitos fixos é tirar dele um de seus maiores triunfos: a natureza extrapolativa e surreal dessa literatura. Como dizia o editor Lester Del Rey, é difícil dar nome ao que não tem limites. Como acolher, numa mesma caixinha, Kafka e Le Guin?

É aí que começam os malabarismos conceituais, uma das partes mais divertidas de estudar os gêneros fantásticos. O escritor Mark C. Glassy, por exemplo, diz que "ficção científica é como pornografia — você não sabe o que é, mas quando vir, vai saber". Já o editor Damon Knight é ainda mais vago: "Ficção científica é aquilo que você aponta e chama de ficção científica." Essas definições rendem risadas e até nos mostram quão vasto é esse universo imaginativo, mas não ajudam muito. Se queremos entender realmente a essência do gênero, é preciso, assim como numa história de viagem no tempo, voltar ao passado.

O ano é 1816. Uma jovem inglesa vai passar as férias em uma casa de veraneio ao lado de seus melhores amigos e é surpreendida por uma nevasca sem fim. Entediados e presos no local, os amigos

/ cultura

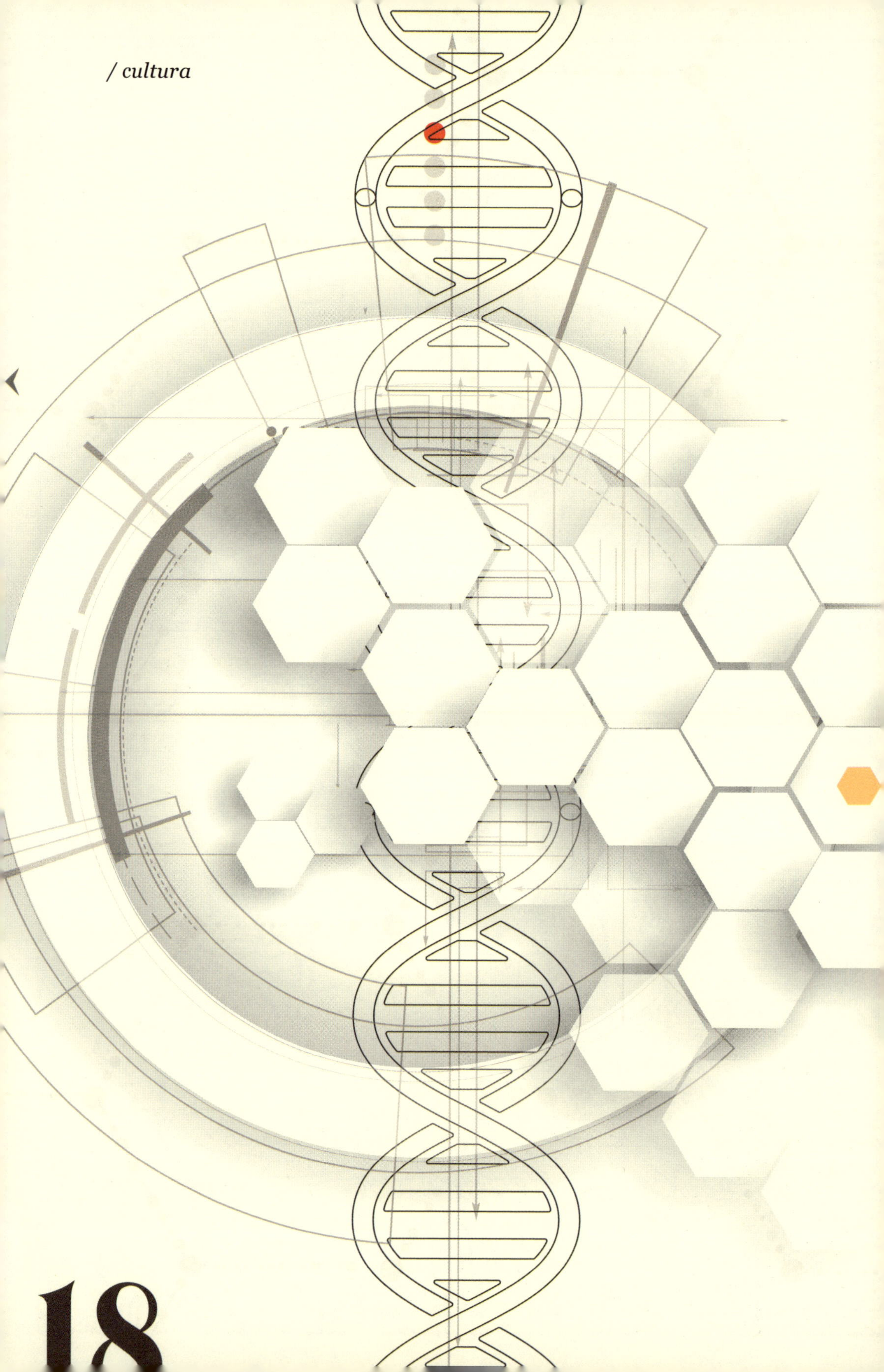

18

se fazem um desafio: escrever a história mais horripilante para contarem ao grupo. Apenas a garota termina a tarefa, um conto sobre um monstro terrível construído de partes humanas. Ali, Mary Shelley cria *Frankenstein*, o Prometeu Moderno. Segundo o pesquisador Brian Aldiss, é nesse momento que nasce também a ficção científica.

Frankenstein não é apenas uma história assustadora sobre um monstro querendo vingança. É, acima de tudo, uma reflexão sobre o avanço científico e se estamos preparados para lidar com suas consequências. A ciência não é apenas um objeto, um recurso ou cenário — ela envolve profundamente cada parte das nossas vidas.

Muitos pensadores tentam dar nome a essa forma de contar histórias. H. G. Wells, um dos maiores escritores do gênero, chamava suas obras de "romances científicos", sem fazer segredo sobre seu principal tema; já Júlio Verne escrevia "*voyages extraordinaires*", indicando o caráter fantástico da jornada de seus personagens. No século XX, as revistas *pulp* popularizam o termo "ficção científica", definindo-o de maneira branda.

Darko Suvin, escritor e crítico nascido na Iugoslávia, atual Croácia, teve mais sucesso na tentativa de enquadrar o tema. Depois de décadas lendo e estudando seu gênero favorito, Suvin o descreveu a partir de dois conceitos principais. O primeiro deles é o estranhamento cognitivo. Toda boa história de ficção científica nos desperta, ao mesmo tempo, dois movimentos internos. De um lado, temos o desconforto causado pelo território alienígena, estranho; do outro, a certeza de que este mundo obedece a certas engrenagens lógicas e narrativas. O estranhamento cognitivo nos motiva a continuar lendo, porque, em algum momento, algo grande vai acontecer. O mundo vai explodir e todas as respostas vão se revelar.

Esse sentimento sempre parte de um segundo conceito: o *novum*. Em toda ficção científica há um elemento novo, construído para a história. Pode ser uma tecnologia, uma dinâmica social ou um jogo tão cativante que absorve uma sociedade inteira. O *novum* é uma promessa de futuro revelado. Ele nos encanta e dá medo.

Você agora tem em mãos uma coletânea recheada de *novum*. Os autores reunidos em *Forward* não são apenas ótimos escritores — são vozes com frescor, premiadas, uma amostra do que há de melhor da ficção científica contemporânea. Aproveite a viagem, aperte os botões, tire fotos da jornada. O futuro está só começando.

EXPIRAÇÃO

Trecho reproduzido da obra homônima de Ted Chiang

TRADUÇÃO DE BRAULIO TAVARES

Eu era (sou) um estudante de anatomia e, para fornecer o contexto de minhas ações subsequentes, preciso agora fazer um breve relato da relação que tenho com esse campo do saber.

A morte é algo incomum, felizmente, porque somos duráveis e porque acidentes fatais são raros. Isso, porém, dificulta o estudo da anatomia, em especial porque muitos acidentes sérios o bastante para causar a morte deixam o que sobra prejudicado demais para esse fim. Se os pulmões forem dilacerados quando cheios, a força explosiva deles pode fazer o corpo ficar em pedaços, rasgando o titânio como se fosse uma lata qualquer. No passado, os anatomistas focaram sua atenção nos membros, que eram as partes com mais chances de sobreviverem intactas. Durante a primeira aula de anatomia a que assisti, um século atrás, o conferencista nos mostrou um braço amputado, com a cobertura removida para exibir a densa coluna de hastes e pistões no interior. Consigo lembrar, como se fosse ontem, o modo como ele foi capaz, depois de conectar as mangueiras arteriais a um pulmão embutido na parede do laboratório, de manipular as hastes que se projetavam da base dilacerada do braço e fazer com que a mão se abrisse e fechasse em movimentos espasmódicos.

Ao longo dos anos seguintes, nosso campo de estudo avançou até o ponto em que anatomistas são capazes de consertar membros defeituosos e, em certas ocasiões, reimplantar um membro decepado. Ao mesmo tempo, tornamo-nos capazes de estudar a fisiologia dos vivos. Eu mesmo já realizei uma versão daquela primeira aula a que assisti, durante a qual abri a cobertura do meu braço e chamei a atenção dos estudantes para as hastes que se encolhiam e se esticavam quando eu movia os dedos.

Apesar dos avanços, o campo da anatomia continua a ter um grande mistério em seu âmago: a questão da memória. Embora saibamos um pouco a respeito da estrutura cerebral, sua fisiologia é bastante difícil de estudar, devido à extrema delicadeza do cérebro. É típico em casos de acidentes fatais que, quando o crânio é rachado, o cérebro brote de seu interior em uma nuvem de ouro, deixando pouco mais do que filamentos dilacerados e minúsculas folhas, dos quais nada conclusivo pode ser extraído. Durante décadas, a teoria predominante a respeito da memória era de que todas as experiências de uma pessoa estavam gravadas em páginas finíssimas de ouro — eram essas páginas, destruídas pelo impacto da explosão, a origem dos minúsculos flocos dourados encontrados depois dos acidentes. Anatomistas, então, recolheriam esses fragmentos — tão finos que a luz os atravessa, com um brilho esverdeado — e passariam anos tentando reconstruir as páginas originais, na esperança de, em algum momento, serem capazes de decifrar os símbolos nelas inscritos, contendo as experiências recentes do falecido.

Eu discordava dessa teoria, conhecida como hipótese da inscrição, pela simples razão de que, se todas as experiências que temos são de fato registradas, por que então nossas lembranças são incompletas? Os defensores dessa hipótese oferecem uma explicação — alegam que, com o tempo, as páginas laminadas se desalinham ou até mesmo perdem contato com a agulha que faz a leitura —, mas nunca a achei convincente. Seu apelo, contudo, é fácil de

entender: também dediquei muitas horas no microscópio, examinando fragmentos minúsculos de ouro, e posso imaginar a satisfação de alguém ao conseguir graduar o delicado botão do foco até enxergar símbolos legíveis através da lente.

Mais do que isso: como seria maravilhoso decifrar as lembranças mais antigas de uma pessoa morta, registros que ela mesma já teria esquecido! Nenhum de nós consegue lembrar muito mais do que cem anos no passado, e registros escritos — notas que nós mesmos redigimos, mas que mal nos lembramos de tê-lo feito — se prolongam apenas alguns séculos antes desse limite. Por quantos anos vivemos, antes do começo da história escrita? Qual é nossa origem? O que torna a hipótese da inscrição tão sedutora é a promessa de descobrir as respostas para essas perguntas no interior de nosso cérebro.

Fui proponente de uma escola de pensamento rival, segundo a qual nossas lembranças ficavam armazenadas em algum meio no qual o processo do apagamento era tão fácil quanto o da escrita — talvez, na rotação de engrenagens ou na posição de uma série de interruptores, as memórias desaparecessem. Essa teoria deixa implícito que tudo que esquecemos está perdido e que nosso cérebro não contém histórias mais antigas do que as que existem em nossas bibliotecas. Uma vantagem dessa teoria é que ela explicava melhor por que, quando pulmões eram colocados em alguém que morrera por falta de ar, a pessoa reanimada não tinha lembranças, e, na verdade, sua mente estava como que em branco: de algum modo, o choque da iminência da morte fazia todas as engrenagens e interruptores voltarem à posição inicial. Já os inscricionistas alegam que o choque desalinha as páginas metálicas, mas ninguém está disposto a matar alguém, mesmo um deficiente intelectual, para resolver esse debate. Imaginei um experimento que poderia me ajudar a determinar a verdade de modo conclusivo, mas era arriscado e precisava de uma avaliação cuidadosa antes de ser posto em prática. Fiquei indeciso por um longo tempo, até que ouvi novos fatos relativos à anomalia dos relógios.

Chegaram a meus ouvidos notícias de um distrito mais afastado cujo pregoeiro tinha observado, tal como os outros, o relógio da torre batendo uma hora da tarde antes que ele tivesse terminado seu recital de Ano-Novo. O que tornava isso digno de nota era que o relógio desse distrito empregava um mecanismo diferente, no qual as horas eram marcadas pelo fluxo de mercúrio no interior de um cilindro. Nesse caso, a discrepância não podia ser explicada por uma simples falha mecânica. Diversas pessoas desconfiaram de fraude, de uma peça pregada por indivíduos dados a traquinagens. Eu tinha uma suspeita diferente, muito mais sombria, que não me atrevia a verbalizar, mas isso me ajudou a decidir o curso de minhas ações. Resolvi que realizaria meu experimento.

Acesse o
QR Code
e leia mais

23

intrínsecos + JOGOS

Uma nova sessão da revista, a intrínsecos+ é a nossa área de interação e conectividade: jogos, contribuições dos leitores, diálogo com o intrínsecos digital e o que mais nossos livros e imaginação permitirem, faremos juntos, aqui.

CAIXAS CRUZADAS

Para descobrir as palavras, siga os números das caixas do clube.

Soluções no final da revista.

SUDOKU

Sua meta é preencher os quadradinhos de modo que cada coluna, cada linha e cada quadrante destacado tenha todos os números de 1 a 9, sem se repetir.

4			8					
						8		1
			3					
	6					2	4	
	1		6	2			9	
9	3				8			6
	4				2	1	6	7
6	9							
		1		7			8	

intrínsecos 3 ANOS

Romance, mistério, dilemas, paixões, certezas e *plot twists* — não só os dos livros, mas também os que nasceram em cada um de nós, caixa após caixa, nesses trinta e seis meses. Que incrível vivermos juntos essa jornada!

O **intrínsecos** pra mim é um passaporte para novas possibilidades! Estar no clube e receber livros que não fazem parte da minha bolha amplia meus horizontes de leitura! As histórias me tiram da zona de conforto, pela narrativa e por eu poder conversar com pessoas sobre elas. Afinal, estar no clube é estar em uma comunidade que vive o mesmo que você! A mesma surpresa gostosa em abrir cada caixinha, a mesma disposição em ler coisas diferentes, o mesmo amor pela estante diferentona. Eu amo cada detalhe do **intrínsecos**.

Lucy Robertti
@livrosdalucy_

Brenda Euriques
@pequenaliteraria

É difícil expressar em palavras meu amor por esse clube que todo mês colore a minha vida. Ele é repleto de leituras que me fazem viajar por lugares que nunca sonhei conhecer e me permitiu fazer amizade com tantas pessoas legais, com quem posso conversar sobre as histórias que lemos, que amamos e que nos trazem tantos ensinamentos. O **intrínsecos** me ensinou a ver a vida de forma diferente, me enriqueceu como leitora e me mostrou que os livros são a prova de que é possível manter a esperança mesmo nos nossos piores dias.

O **intrínsecos** entrou na minha vida pra me tirar da zona de conforto literária, e que experiência ótima tem sido! Já li livros maravilhosos que, se não fosse o clube, talvez não tivesse escolhido numa livraria. É isso o que eu mais amo: ser surpreendida e descobrir paixões antes desconhecidas. Nada melhor para um leitor que receber todo mês, em casa, uma experiência única e prazerosa. Obrigada, **intrínsecos**!

Agda Marianne
@toqsutil

Fernanda Ribeiro
@embarqueliterario

Eu amo fazer parte desse clube que, desde a primeira caixa, demonstra cuidado e amor em cada detalhe. Ser **intrínseco** se tornou um estilo de vida que não só expandiu minhas leituras, mas também trouxe amizades e momentos inesquecíveis. Recebemos uma caixa igual, mas a experiência de cada assinante é diferente, e poder compartilhar isso com pessoas de vários estados torna a experiência ainda mais completa. Somos leitores, somos cores, somos páginas de grandes histórias... somos **intrínsecos**!

> CANSADO DE DORES NAS COSTAS?
> IR ATÉ A PADARIA É EXAUSTIVO?
> SEM DISPOSIÇÃO?
> DORES NOS JOELHOS?
> ESTÁ DIFÍCIL ABRIR O POTE DE PALMITO?
> SUBIR ESCADAS TE DEIXA BUFANDO?
SCULPTO
CUBE-EXTREM
COM APENA
25 segund
DIÁRIOS
RESULTADO
SURPREENDENTE
EM 1 SEMAN
PREÇO ESPECIAL
RETRO FUTURISMO
O FUTURO VISTO DO PASSADO
NÃO ESPERE, EXPERIMENTE AINDA HOJE!

A revista **intrínsecos** é uma publicação exclusiva do clube
de assinatura da editora Intrínseca e chega aos leitores mensalmente
acompanhando o livro distribuído pelo clube.

© 2021 Editora Intrínseca Ltda.

PROJETO EDITORIAL
Danielle Machado

PROJETO GRÁFICO E DIREÇÃO DE ARTE
Aline Ribeiro | alineribeiro.pt

DIAGRAMAÇÃO
Julio Moreira | Equatorium Design

IMAGENS
Fotos dos autores Blake Crouch © Jesse Giddings, Paul Tremblay © Allan Amato,
Andy Weir © WENN Rights Ltd./Alamy Stock Photo, Veronica Roth © Nelson Fitch,
Amor Towles © David Jacobs, N. K. Jemisin © Laura Hanifin;
págs 26 e 27 - arquivo pessoal; demais imagens: ShutterStock

Fragmento do conto "Expiração" © 2019 by Ted Chiang. Todos os direitos reservados.

Solução dos passatempos

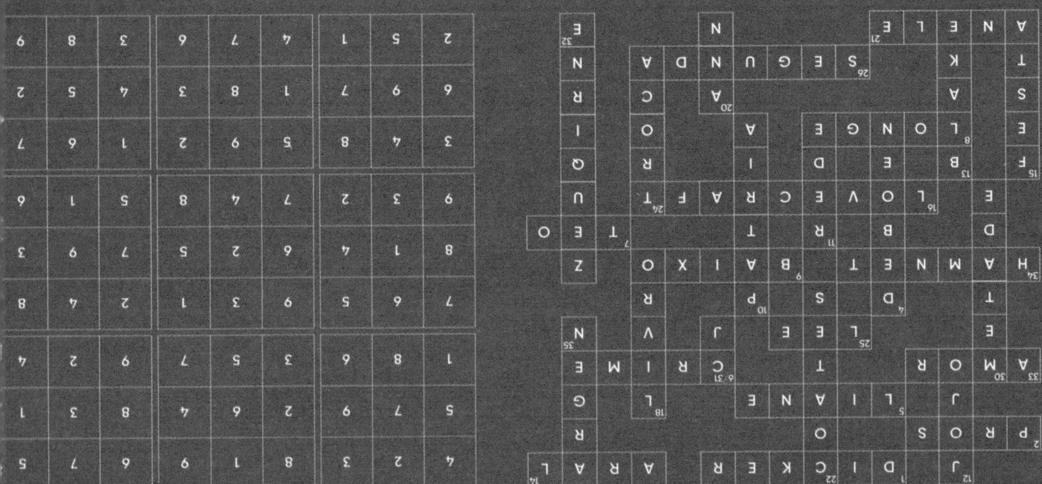

---

www.intrinsecos.com.br
www.intrinseca.com.br

Intrínsecos® e Clube Intrínsecos® são propriedade da Editora Intrínseca Ltda.
CNPJ 05.660.045/0001-06 — Rua Marquês de São Vicente 99, 3º andar, Gávea,
Rio de Janeiro, RJ, CEP 22451-041
Telefone: (21) 3206-7474 — e-mail: contato@intrinsecos.com.br

intrínsecos

"No momento da descoberta, como alguém é capaz de prever aonde seu trabalho irá levar? Devemos permitir que essa incerteza interrompa o impulso de avançar ou nos lançamos à sorte, deixando que o acaso se encarregue de tudo? Qual é a sensação de mudar o mundo?"

intrinseca.com.br

@intrinseca

editoraintrinseca

@intrinseca

1ª EDIÇÃO

PAPEL DE MIOLO
Pólen® Soft 80g/m²

TIPOGRAFIA
Minion Pro

IMPRESSÃO
Geográfica